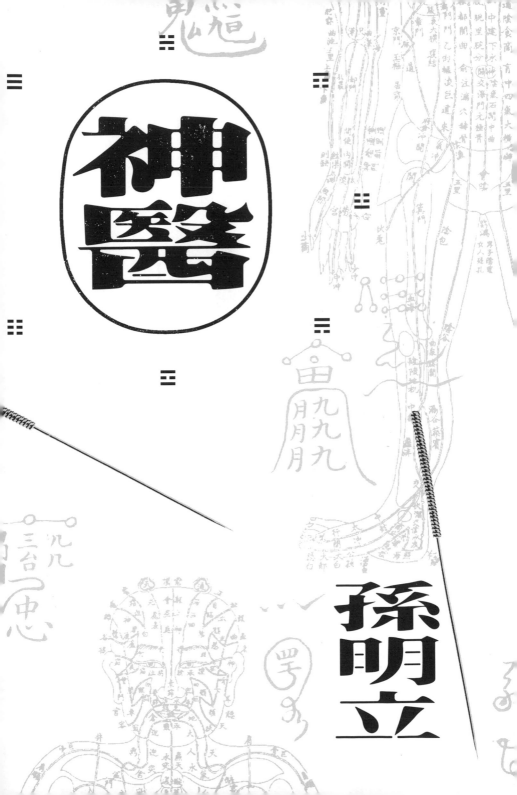

神醫

孫明立

CONTENTS

目次

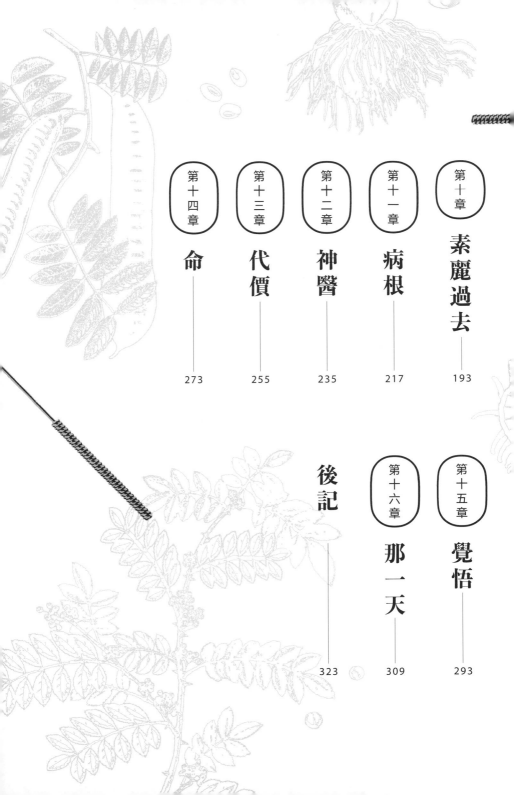

第一章

二十年前

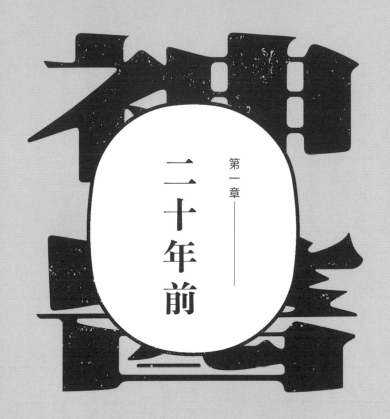

東毅常常會想，如果那晚他沒有醒來，沒有遇見剛好在校長家留宿的汪昊，如果讓媽媽就這樣發瘋死掉，那該有多好，至少，整件事就能在那時結束。

深夜，一陣刺耳的尖叫聲驚醒八歲的謝東毅，那是媽媽張素麗的聲音。他彈起身子跑出房門，只見素麗打開大門跑了出去。東毅跟著追上，卻在門打開的一瞬間猶豫了，他想到朋友說過，狗會在知道自己要死的時候跑出家門，躲在不會被人發現的地方默默死去，東毅不禁期待，素麗會不會躲在哪裡死掉呢，因為以現在的狀況，他沒有自信，心中對母親的這份愛能持續多久。

這不是媽媽第一次發病，可是東毅不希望這是最後一次。

待東毅回神，已經看不到母親的背影了，東毅趕緊追出去。

山上，八月的夜裡，吸進肺裡的空氣很涼，淡淡的茶香混著肥料與農藥的化學臭味，沿途的茶樹由於海拔過低且日照過長，摘去茶心後看起來萎靡又黯淡，東毅的雙腳狂奔，彷彿它們不是自己的。

昏暗的夜路下，東毅不知該去哪找人，就這麼一直向前跑。媽媽是唯一的家人，媽媽也只能靠我了，東毅這麼想著。

遠處的雞舍傳出一陣騷動，是校長家的方向，東毅轉了個大彎，來到村裡為了吸引觀光客架設的垂簾路段，這是條連白天時都顯得特別陰森的小路，夜裡根本沒有人想經過。頂上的垂簾時而濃密得見不得月光，時而又見某些區塊像鬼剃頭的禿頂一樣稀疏。長大之後東毅才知道，原來那就是風水。氣乘風則散，界水則止，風水不只是水陸山林，而是人的世界，人心即氣，呼吸生風，行走即水。人們有意無意地習慣走某一條路，在空間中自發地想待在某個地方，就是被當下的風水所影響，也同時主動界定了風水。

垂簾下，東毅鼓起勇氣拚命跑著，卻在途中遭遇平時都會刻意躲開的那隻黑土狗，牠這時已經壓低身體擺出攻擊架勢。知道一跑，狗就會追，東毅只好跟著壓低身體緩慢靠近，試圖通過那條路。垂簾的氣根刷過東毅肩膀，嚇得他一陣毛，便自動跑起來，這動作刺激了狗，狗發狂吼叫追上來。東毅死命跑，不敢往後看，就在狗幾乎咬上褲腳，他突然有一個很奇怪的念頭——為什麼要跑？這個念頭很快地從困惑化作一股憤怒，他繃緊全身的肌肉猛然轉過身，用自己也認不得的聲音爆發地對土狗怒吼，土狗被聲嘶力竭的東毅震懾，縮著脖子逃走。

東毅來到校長家，果然看見素麗的身影，媽媽平時的工作就是幫校長打理家務，校長家是全村唯一的西式別墅，位在村子邊陲地帶，媽媽除了內務，也負責照顧院子裡的鸚鵡「傑克」和兩隻狼犬。東毅遠遠看見素麗竟能打開校長家的後門，便疑惑她是否其實沒有發病，只是半夜突然想到還沒完成的工作所以回來查看，然而當他緩緩靠近，卻看見平時跟素麗親暱的傑克正發出怪異的咽嗚聲，焦躁地在牠的樹枝上來回走動，而當素麗的身形也漸漸清晰，東毅便知道傑克反常的原因。

素麗看起來根本不像人了，她的背往後繃著，整條脊椎像是被人朝上扯住頭髮，在腰椎給人狠狠踹了一腳似的，但她卻依然扭曲著身子賣力前進，有一瞬間，素麗似乎跟東毅對上眼，東毅的腿不自覺顫抖了起來。

媽媽不是媽媽，媽媽也不認得他，他無法從母親的眼裡看見任何東西。

十八年後，東毅的兩篇研究同時在醫學期刊上發表，就是以母親為案例的深入研究，在西醫期刊的那篇，詳述解離性障礙與癲癇的交錯影響因子，在這篇論文裡，素麗病發的原因是環境壓力，包含對撫養義務的負擔、生涯焦慮及社會支持網絡不足等，最後奇蹟似地在毫無醫療系統的幫助下自然痊癒。

然而投稿在中醫期刊的論文，才完整說明母親的一系列病症及治療方式，包括角弓反張當下判斷為陰虛風熱造成的熱擾營血、用藥方式，以及採鸚鵡血為藥引的理論背景。在中醫師的思維裡，萬事萬物都有其五行，五行做為一個分類系統，除了表面上的顏色、形狀，甚至連音階、個性等無形的概念也加以分類，因此具有極高的詮釋力及延展性，直接信手捻來就能實踐，以鸚鵡為例，雞為酉，為陰金入肺，但鸚鵡羽毛美艷，為麗為離，屬火入心，因此有金火二性並存，加上五臟之所藏者，心藏神、肺藏魄，便以其血做藥引，達到同時安神斂魄的整體思路。

這不是憑空而來的靈感，而是經過多年的咀嚼與臨床檢驗，最後回推出來的原理，一切的根源，都來自那天晚上東毅親眼所見。

當時，素麗低沉的喘息聲帶點粗糙的喉音，啪啪啪啪，傑克的亮綠色翅膀在空中激烈擺動，抖下不少羽毛飄著，東毅就這麼盯著傑克上下飛跳，但隨著牠右腳踝上的鐵鍊被素麗緩緩鎖緊，晃動的幅度慢慢縮小，終於被素麗抓在手上。素麗一手掐著傑克的脖子，另一手逐一扣住兩隻翅膀，傑克死命扭動著頭想啄素麗的手，卻只在虎口處啄出一個小洞後，整顆頭骨被扣住無法動彈。

接下來發生的事，東毅簡直不敢相信自己的眼睛，像時間暫停被解除一樣，東毅意識到自己該做些什麼，衝上前想阻止素麗，卻被一個柔軟的手掌搭住肩膀，意料之外的指力透進肩膀深處，東毅頓時全身一陣麻，無法呼吸，雙腳軟了下來，後來他才知道，那裡是肩峰下的棘上肌，汪昊用中府、雲門二穴斷了他的肺氣。

「你不要緊張，牠的血會讓她很快冷靜下來。」一個扁扁的聲音說道，語氣中充滿東毅連想像都做不到的沉穩。

東毅抬頭一看，是一個又高又瘦的成年男子，純白的T恤更顯得他身材乾癟，下巴微削，濃密的頭髮，額頭卻異常寬大，整顆頭成一個倒三角狀，讓東毅不禁覺得好像這整個宇宙都可以裝進這個男人的額頭裡。

東毅回過神，一轉頭，已經來不及了。傑克的喉嚨被咬破，暗紅色的血像膠管裡的顏料一樣自動被擠了出來，東毅整顆心也像被抽乾一樣縮得緊緊的。

素麗嘴邊的血沾滿了鮮豔的毛，傑克就像一支酒瓶一樣被倒舉著。東毅原以為會聽見什麼刮心的慘叫，然而卻完全沒有，整個過程異常安靜，就像有人不小心按下靜音按鈕一樣，傑克只是抖了幾下，就不動了，似乎在脖子被咬破的一瞬間就知道自己將命絕於此，或在生命最後一瞬的掙扎時，其實根本沒有多餘的力氣吼叫。

素麗在喝下傑克的血之後，原先緊繃的身體竟迅速放鬆下來，且眼裡也恢復了神，她直直看著東毅，恢復母親的樣子，顯然剛剛是沒有的。這時的素麗，似乎終於意識到自己做了什麼，甩開癱軟的鸚鵡屍體，眼中浮現不得已的恐懼與徬徨，卻又堅強地硬是撐起快要垮掉的身子。

當時母親的樣子深深印在東毅腦海裡，一直到很多年以後，東毅由於復原病人牙床萎縮的案例，來到西班牙馬德里大學演講，會後，他在「普拉多博物館」看見一幅畫，心中真實的感受才忽然一股腦地爆發出來。

在畫裡，骨瘦嶙峋的巨人正在啃食一個人類，人類的頭跟右臂已經被吃掉了，只能用下半身來辨識那東西曾經是個人，在一片漆黑的空間裡，巨人用嘴繼續把左臂連帶人身上的肉一起撕扯下來。這幅畫是哥雅的《農神吞噬其子》，東毅隱約聽見一旁的導覽員解釋畫作的故事背景，農神薩頓得知將被兒子叛變的預言，出於自保便狠心將親生兒子一一吃掉，畫家如何透過眼神表現出兇殘與憤怒如此種種。人潮來去，東毅就這麼坐在畫前，盯著巨人的眼睛出了神，彷彿從明亮的美術館被吸進畫中那個漆黑的空間裡，他哭得不能自已，因為他知道那眼裡不是凶殘或憤怒，而是澈底的無助，那是只有他才能同理的瘋狂，是將要失去唯一親人的絕望，他知道，因為他曾經就坐在這裡。

校長家的後院裡，東毅跟素麗默默看著彼此，東毅想說些什麼，卻如鯁在喉，在東毅想起自己可以說話的時候，聲音才回到這個世界上，一旁的兩隻狼犬正狂吠不已，牠們已經叫很久了嗎？還是剛剛才開始叫？東毅不知道，但狼犬們的吼叫驚醒了校長一家，整間別墅頓時燈火通明。

「我這幾天餵過藥，所以效果很好，你就是東毅吧？」男子又說，同時還打量了一下東毅的頭，似乎在確認東毅的臉型跟耳朵輪廓。

等一下等一下，這個人是誰？為什麼會在這裡？又為什麼要抓住我？東毅的小腦袋過熱地轉個不停，卻完全想不透。

東毅吃力地想站起來，但兩隻腳完全不聽使喚。

「你別急，讓我幫你。」

男子說完便伸手搓揉東毅的右手肘，另一手用指尖扣著東毅的虎口，像擒拿術一樣把東毅的手臂向後一扳，旋緊。一瞬間，東毅的雙腳恢復力氣，立刻站起來奔向素麗，母子兩人緊緊相擁，跌坐在地上。男子發覺東毅對身體有股敏銳意識，露出耐人尋味的表情。

校長這時拿著高爾夫球棒，戰戰兢兢地趕到，大兒子走到一旁安撫兩隻狼犬，小女兒則躲在門旁，隔著圍欄遠遠偷看。

「汪昊老師，發生什麼事？」校長的聲音裡有種詭異的敬意，好像帶著不得已的情緒硬裝出來的。

「已經沒事了，可以放心，就跟我說的一樣，多虧有牠。」

校長順著汪昊的眼神看過去，傑克看起來亂成一團，已經分不清哪裡是哪個部位，一動也不動地躺在一團黃土堆上。

「唉喲！噢！這，這真是太好了，謝謝老師，謝謝老師救命之恩。」校長很愛傑克，顯然心情很複雜，好不容易才擠出這幾個字。

「謝什麼？你沒聽過『大恩不言謝』嗎？請問我是幫你跑個腿，還是借你打火機，讓你覺得只要說句謝謝就能當作回應，之後都不用做什麼？」

東毅回過頭，看見校長繃著笑臉，他在心中默想，這個男的救了媽媽，叫做汪昊。

「你這人怎麼這樣說話？踐什麼踐？誰知道你是不是跟他們套好的。」校長的兒子搶上前，牽著兩隻狼犬，十七歲的他血氣方剛。

「鼎暘！」

「幹嘛，我又沒說錯。」

「把牠們兩個關進去，像什麼樣子。」校長拚命使眼色，卻拿兒子完全沒轍。

鼎暘逕自走到汪昊跟前，直到那種故意讓人感覺受威脅的距離才停下。

「不然你證明看看啊，證明你不是騙子。」

汪昊彷彿看到剛出生的小貓一樣，和藹的微笑。

「你可能想怪我，為什麼七年前的冬天，我沒有像這樣出現，來救你媽。」鼎暘聽著眼神一狠，汪昊則不以為意地別過身，走到素麗身邊，蹲下來搭住她的左手脈，才繼續說，「或者你也可能想怪我，為什麼半年前你女友懷孕，為了幫她墮胎花掉你一半的存款，我沒事先提醒你要注意。」

鼎暘愣了一下，一旁的校長更是難掩驚訝。

「原因很簡單，你的人生就這樣，平平順順，有些困難，但也不算太困難，你會煩惱，但也都會解決，我如果老實這樣跟你講，你更會覺得我是在放屁，是個騙子。」汪昊搭到素麗左手的脈，突然眉頭一皺，稍微多用了點力去按壓，似乎在脈動裡找什麼東西。一旁的校長跟鼎暘聽汪昊話說到一半，卻連大氣也不敢多喘一口，就這麼站著乾等。隨著汪昊的輕微動作，整個空間像是被壓縮似的，周圍的空氣都沉了下來。

汪昊抬起素麗的臉，素麗趕緊用袖口擦掉嘴上的血跟毛，卻只擦掉八成，然而汪昊直接從腰間拿出一支手電筒，撐開素麗的右眼。

「別動。」

在手電筒照射下，素麗的瞳孔迅速收縮，但速度漸漸慢下來，似乎有個極限，縮不進去了，眼球一抖一抖的，東毅在一旁看著這整個過程，一開始只感覺有趣，卻因汪昊的神情而逐漸擔憂起來。

「舌頭。」

素麗不假思索伸出舌頭，細長的舌型帶著濕潤光澤，舌腹像長著菌斑一樣有凸起的黃色舌苔，舌體的兩側是暗紫色，也跟眼球一樣一抖一抖的。

汪昊蹙著眉，一轉頭才看見東毅正緊張地等著他開口，他於是說：「暗沉的地方是腎區，代表媽媽的腎裡頭還有什麼東西，乍看像是普通的痰濕跟瘀血，但她的脈是鬼祟脈，說明沒那麼單純，這樣不行，我們先起來。」汪昊說完扶著素麗起身，一回頭看見愣著的校長父子倆，想起剛剛話說一半。

「噢，我要說的很簡單，如果你能站在我的角度，你也不會想幫你自己，因為那根本就不算幫忙，就這麼簡單。」汪昊使了個眼色，「過來幫我扶她進屋。」

鼎暘全力思考這段話的意義，但看見父親迅速上前，也趕緊搶著要扶素麗。當眾人準備進屋，東毅卻沒有跟上，他走到傑克身邊，蹲了下來，安靜地看著這位曾經的玩伴，深深點頭致意。

汪昊注意到東毅的舉動，露出遺憾的表情。

汪昊感慨的是他想到自己兒時也是因面對這世界的殘酷才開始懂事，他也因此才開始學命理，命理之所以玄妙，是因為大部分人其實不了解自己，命盤可以是一場心理測驗、一位直言不諱的諮商師，或一個最殘酷的打擊。學醫則是後來的事，對汪昊來說，「山、醫、命、相、卜」，也就是五術，是同一個東西，都是人在體會到自己的渺小後求助的管道罷了。

客廳裡，米色大理石襯著深褐色原木，素麗躺在東毅唯一沒坐過的高級沙發上，一旁，桌上擺著一個打開的皮袋，裡頭用黑色束帶綁著一綑一綑的細長塑膠管，汪昊從中抽起一支大約八公分的塑膠管，從裡頭取出細細的東西。

「等等可能會有點不舒服，妳就盡量放輕鬆。」汪昊彷彿在宣告什麼似的，「至於你們，雖然可能不會用到，但有些穴道不方便你們在場。」校長立刻點頭，領著子女上樓去了。

東毅一動也不動，堅定看著汪昊。

「你沒關係，過來吧，反正你就是從那裡出來的。」

東毅似懂非懂地靠上前，這時他才看清楚，展開的皮袋裝有長短不一的鋼針，各用一個塑膠管包著，一旁有一小坨濕棉花，包裡還有一大堆瓶瓶罐罐。

「怎麼樣？你想學嗎？」

東毅拚命搖頭，汪昊則根本沒有要管東毅的回應，凝神看著素麗，左手壓在素麗左臉上，拇指掐進人中，右手的鋼針朝著腦門微微斜上，尖端抵著凹陷處，在素麗吐出下一口氣時，整支針順著吐氣的節奏刺進去，但奇怪的是，東毅感覺汪昊輕鬆得就算把手放開也能繼續進針，那針像是被腦門渴求地吸進去一樣。素麗雙眼皺了一下，看起來還能忍受不適。

汪昊接著抽出兩支短針，抓起素麗的右拇指，提著針的手迅速向內抖了一下，針尖便刺進素麗的指甲旁。

「哎！」

素麗不小心叫出聲來，似乎覺得有些不好意思，身體因為緊張繃了起來，汪昊輕搖她的身子。

「沒事，放輕鬆。」

素麗深呼吸，汪昊繼續抓起素麗的左手拇指，說：「咳一下。」

素麗咳嗽的瞬間，針若無其事地扎了進去，大概是有後勁的痛，素麗一臉皺，看汪昊準備脫下素麗的髒襪子，素麗趕緊開口說：「老師，我好像好一點了，謝——」說到一半，素麗又把話吞了回去。

「不用客氣，但還沒完。」

汪昊流暢的動作完全沒有頓點，像一場舞蹈一樣讓人很難不一直看下去。東毅看著他再次拿起棉花，在兩腳大拇指，對應方才手指的位置擦拭，棉花拭去黃黃的泥水，露出素麗粗糙的腳皮。

看著汪昊俐落進針，東毅心頭也像被扎了一下，然而素麗這次卻沒叫出聲，轉頭一看，素麗正咬緊牙關，一滴冷汗從額頭上滑了下來。

此時，汪昊的動作速度加快，好像在跟什麼人搶時間似的，對準素麗右手腕內中心的位置，朝著掌心，一針又塞了進去。

「啊呀——！」

東毅嚇得跌到地上，才確認這個聲音是從素麗嘴裡發出來的，素麗的下顎用超乎常理的方式開到最大，就像東毅在百科全書上看到的恐龍怒吼，然而儘管叫聲凌厲刺耳，素麗卻只有脖子以上能動似地，身體還是平靜地躺著。

一旁，汪昊竟絲毫不受影響，接著從左手施針，針一捻轉，那叫聲便像被拔掉插頭的電風扇一樣無力地緩了下來。汪昊回過頭，看見東毅還坐在地上，驚魂未定地喘著氣。

「怕可以先回家。」

汪昊拿出打火機，點火後在針上來回燒了幾次，直到針體通紅，接著迅速刺入穴道，又立刻抽提出來，在素麗兩側的外腳踝下來回刺了好幾次，而素麗毫無反應，看來已經暈了過去。

汪昊接著把素麗翻到側面，扶著素麗的頭準備從後腦勺進針，這時東毅也貼上前，幫忙扶著媽媽的腦袋。

汪昊的針灸很不尋常，東毅緊盯著汪昊的動作，當細細的針從媽媽後腦勺往下巴鑽去的一瞬間，他自己的眼前卻瞬間一片漆黑，室內停電了，汪昊這一針下在媽媽身上，室內也同時斷電。東毅背脊的寒毛全豎了起來，一瞬間以為自己是不是突然瞎了，過了兩三秒後，眼睛習慣黑暗，東毅才又能看見。汪昊在黑暗中還在繼續動作，東毅看見汪昊把針從管裡取出，此時微弱的月光從雲層裡透出，穿過窗簾，微微籠罩在三人身上。

這時，汪昊已經提起下一支針，朝著素麗的耳垂下，右顎關節的頰車穴刺入。

「停下。」

是一個低沉地不像人的聲音，要不是東毅扶著素麗的頭有些微震動，搞不好會以為這個聲音是直接對著自己的腦袋說話。

這是誰？不是媽媽吧？為什麼會用媽媽的嘴巴說話？令東毅更疑惑的是，汪昊顯然也聽到了，卻毫無反應，提著下一支針繞了過去，準備往另一側的臉頰進針。

「叫你停下，這不關你的事。」又是那個聲音，東毅聽著渾身起疙瘩，但完全不敢把手拿開。他怕得把眼睛閉起來，知道這一定不是什麼好東西，只希望這一切能趕快過去。

「不用裝了，就憑你這種貨色，該往哪去往哪去。」

「再繼續，我就要帶他走。」

東毅好像被點名一樣，驚恐地睜開眼，這是東毅第一次看到汪昊停下動作，也是他第一次看到汪昊在猶豫什麼，對，他在掙扎，東毅能感覺到。

「媽的。」

汪昊碎嘴一聲，開始逆著方才的順序起針，出針時用食指按住穴孔兩秒。放素麗平躺後，汪昊陸續把針取出，接著從素麗的虎口處進一支長針，一路穿透手掌到另一端，腳上的對應位置也各進一針，從腳背直直插進腳底，隨著汪昊口中唸唸有詞，用手來回比畫的當下，穴位的皮肉竟微微鼓了起來。

「只好先這樣，之後只能靠你了。」汪昊看著東毅說。

東毅很久之後才知道，那真的不是素麗的聲音，是鬼。

那天汪昊用的是十三鬼穴，源自唐朝藥王孫思邈的醫書經典《備急千金要方》，孫思邈特在書中註明這不是他所原創，而是摘自戰國時代扁鵲所言，並強調在用針過程中，若真的有鬼，祂將在五六針後開口，說明自己為什麼會在這裡，此時醫家必須恭敬相待，且在得知來意後，看是冤情還是仇恨都得幫忙處理。

然而汪昊的十三鬼穴沒有下完，他用特殊手法把素麗的四關——也就是雙合谷、太衝的氣給封住，才讓素麗就這麼撐了二十年沒有發病，而他當時運氣的方法，東毅則始終不曾得知。

之後是怎麼回到家的，東毅已經記不得了，他只記得素麗恢復聲音，又變回那個囉嗦又可愛的媽媽，在他累得睜不開眼睛時，靠在床邊向他叨唸。

「不用擔心，為了你，媽媽會好起來的，你也會一直陪著媽媽吧？」

東毅閉著眼，意識模糊的他有些疑惑。

「不會也沒關係，媽媽只要能把你帶大就好，你有你自己的人生。」

東毅趕緊搖搖頭。

「不然呢？你在乎媽媽嗎？」

東毅點點頭，才感覺到額頭被親了一下，接著便沉沉睡了過去。

隔天一早，熟悉的粿香喚醒東毅，東毅出了房門在家裡打轉，看見老舊的廚房裡，電鍋正吃力地噗噗冒著煙，最後才在廁所外發現素麗啜泣的哭聲，素麗也意識到東毅在門外。

「東毅？醒了嗎？」

「妳怎麼了？」

「沒有啦，早餐在桌上，你趕快先吃，然後幫媽媽去一趟校長家，昨天的老師好像留了什麼東西給我們。」

「他走了？」

「對啊，他好像剛剛才離開，現在應該已經下山——」

沒等素麗說完話，東毅狂奔出門，每個人下山前都得先去鳳凰潭旁邊的開山廟拜拜，東毅沿著湖畔衝刺，用力祈禱自己能趕上，老師雖然很厲害，但一定也需要拜拜的吧，正當東毅這麼想著，便看見汪昊騎上他的偉士牌，在廟口準備離開。

「老師！汪昊老師！」東毅一邊大喊，一邊奮力揮舞雙手，同時還在繼續跑，卻不小心踩到一塊爛泥上的石頭，溜地一聲滑進池裡。

東毅水性不錯，很快就浮了上來，東毅沾了滿手滿臉的泥巴，一臉絕望地爬回岸上，以為就這麼錯過汪昊了，一抬頭，卻看見汪昊靠著機車，在岸邊等他。

「你在幹嘛？」汪昊像小孩一樣調皮地問。

「我、我想問老師一件事情。」東毅身上溼答答的。

「哦？」

「你昨天說之後只能靠我了，是什麼意思？」

汪昊頓了一下，似乎在整理腦中的思緒，思索該怎麼講才能讓眼前這個孩子聽懂，最後他嘆了口氣。

「你媽生病了，目前的我沒有能力治好，所以我只能先把病情壓著，未來或許會有人有能力處理，」汪昊清清喉嚨，似乎要讓東毅做好心理準備，才接著說，「二十年後的秋天就會病發，到時候她會很不舒服，症狀大概有幾個階段，首先會思緒混亂、無法控制四肢，接著會失去胃口，腹部脹大，最後頭腫起來，黑色腎氣浮到臉上的那天，胃口會突然很好，接著在隔天日出前死去。」

「會死？」

「會死，而且很快，更重要的是，你的脈象也有一樣的問題，到時候可能你也會一起發病。」

「我？我也會？」

汪昊點點頭，臉上絲毫沒有同情的成分，而東毅看汪昊竟如此輕鬆自若，竟也因此沒什麼緊張感，不死心地追問。

「老師這麼厲害，二十年後一定更厲害，到時候再拜託老師幫忙可以嗎？」

汪昊拍拍東毅的肩膀，試圖要安撫東毅，說：「我十九年後就死了，剛好幫不了你，你就看開一點，人家孔子五十歲才知天命，你八歲就知道了。」

汪昊好像自覺開了個不錯的玩笑，一臉得意的表情，接著便跨上機車。

鏗鏗鏗，鏗鏗鏗鏗，引擎發動的聲音好像有那麼點不在拍子上，汪昊一催油門，在東毅還沒能反應過來之前他就離開了，只能就這麼看著他的背影順著公路下山，很快地在轉彎處消失。

東毅用盡他當時八歲的腦袋所有的腦容量，去記住他跟汪昊的這段話，再用接下來的二十年，去跟隨這個再也沒有遇見的人。

東毅之所以這麼拚命去做這件事，是因為他很清楚自己孤身一人，不會再有人來幫忙，而在二十年後，以破紀錄的榜首成績拿到中西醫雙執照的東毅真的很有自信，他做到了。

只是，事實證明，命運還有很長一段路要走，首先，如汪昊所言，二十年後母親果然再次發病，而且這次，東毅也一起成為病友。

更如汪昊所言的是，十九年後，汪昊在他們母子發病前一年過世，那是當年醫學界最震撼的消息。

第二章

素麗病發

二十年還沒過，素麗就提前知道，那個東西又要來了，更準確地說，它其實一直都在自己體內，只是現在要醒來了。

小暑剛過，素麗獨自坐在銀行大廳等候區，由於冷氣壞了，兩位穿著長袖的男子正在維修，他倆有默契地合作，整塊區域都熱烘烘的，用看的就能聞到男人的味道，大家都有意識地不去注意他們，只有素麗靜靜看著。身著便裝的她乍看頂多三、四十歲，牛仔褲緣下的腳踝卻露了餡，儘管髮型跟妝感都不顯老，甚至手部平時也有做保養，腳踝周圍的枯燥紋理卻老老實實地陳述了素麗所經歷的風霜，此外若更仔細去看，耳朵上緣也呈現出類似的皮膚質感，雖然還不到皺，是那種如果注意到，就會不禁發出一聲輕嘆的那種程度。

大熱天裡，其他客人頻頻搧風，素麗的手腳卻冷冰冰的，素麗試過戴手套或穿襪子，但那樣在流汗沾濕後反而更冷。素麗看看四周，發覺沒人注意到自己，便緩慢伸出手腳，讓它們曬進走廊窗外灑進來的斜陽裡，些微暖意從皮膚上滲透進去，對於能把握住這一點點的溫暖，素麗發揮知足常樂的樂觀天性，相信自己已經比很多人更幸福了。

叫號一到，素麗倉促地上前，櫃檯木質紋理的桌面光滑得發亮，坐在人體工學椅上的櫃員是個有明星臉的小帥哥，有別於一般做作地打招呼，文青眼鏡下的眼神似乎是真誠的，他露出親切的微笑，傾身上前，看起來就像是真的想交朋友那樣自然。

「今天為什麼來？」

「我想領錢。」素麗不帶感情地開口，並遞上提款單跟存摺印章。

小帥哥看了一眼提款單上的金額，遲疑了一下。

「嗯……請問確定是這個金額嗎？」

小帥哥的反應竟然是有點擔憂的神情，素麗悄悄地有些高興。但畢竟是一把年紀的人了，沒有這麼容易被迷惑，況且現在銀行這麼在乎客戶評分，演得很親切而已，必須的。

「怎麼了嗎？」

「噢，沒有，只是我們有規定，超過五十萬需要提供身分證，登記姓名防制洗錢。」

「我還以為你會刁難我，誤會我是被詐騙的老太婆。」

「這不可能，畢竟這是您的財產，不會刁難，但既然您提到詐騙，還是需要照流程問一下，想請問您把戶頭清空是做什麼用途？」

「我想用來環遊世界。」

「環遊世界？跟家人嗎？」

素麗頓了一下，遞上自己的身分證。

「就我一個，我沒有其他家人。」素麗一臉燦笑地說。

就差那麼一點，素麗就要把心裡的話全給說出來，睡眠失調、情緒不穩、食慾差、胸悶、時常沒來由地哭泣等等，說出她何嘗不想在兒子的陪伴下安安靜靜過完下半輩子，但她不行，為了不拖累東毅，她甚至想過做一堆丟人現眼的事情，讓東毅沒臉認這個媽，但她知道那始終會被識破，到時會造成更大的傷害。她能做的只有消失，而且要安安靜靜平平淡淡，讓東毅沒有機會感到突然的悲傷，只要整個過程拉得很長，長得像是四季更迭那樣自然，悲傷會消解在每天流逝的生活裡，也就不需要另外花時間整理心情。雖然只是想像，素麗當然也期待在訴苦的過程中，這個小帥哥能說一些溫暖療癒的話，並在適當的時機收尾，期待整個過程很舒適，像是一單位收費數千元的高級心理諮商，但不是，素麗提醒自己，這裡只是銀行，她會來，只是為了有領錢的動作，以加強她在出國前做準備的真實感。

就在這時，素麗的症狀又發作了。

素麗知道這是一種不用期待別人可能瞭解的感受，如果真要比喻，就像是全身上下每一個細胞都在死命尖叫，抗拒著，想要離開這個該死的身體，而每次吃完精神科開的藥，雖然它們會暫時閉嘴，但那又是另一種折磨的開始。藥的副作用很多，主要是口乾，乾到能感覺咽喉枯萎的疼痛，但看到水又會一陣噁心，根本喝不下去，就算硬喝也對口乾幾乎毫無幫助，沒過一分鐘又會回到原樣，另外就是腸子像發了瘋一樣蠕動，好像盤古正在裡頭開天闢地，沒拿把斧頭把肚皮劈開前絕不休息。素麗有時候會想像自己的身體是個小型社會，那些只懂得上街抗議的群眾固然可惡，但她更好奇的是裡頭的那些正常人呢？應該有的吧，像她一樣腳踏實地，認份做事不吭聲的正常人呢？

素麗痛恨這種感官被粗暴地放大，無法控制地自言自語的感覺。

領到錢後，趕緊回到家裡，忍著身體的不適開始著手規劃一切，她的時間有限，汪昊預言的秋天馬上就要到了，在那之前，素麗必須提前完成自己的下半生，還得適當地安排一些互動，才能讓東毅在接下來的十年能安心拚事業，不會起疑。

素麗都想好了，在這次東毅去德國的期間，她就假裝對台灣的一切已經全然厭倦，決定自己打包行李出國環遊世界，以她的存款數目，省一點要玩個五年應該是沒問題的，只是要營造一個人還活著，而且不是故意搞消失，還需要一些設計，好在素麗平時總假裝自己是個3C白癡，出國後電話壞了打不通應該還算合理，況且她有不少時間準備，現在只需要整理這幾年來，在東毅出國期間跟著偷偷出國時，各個季節拍攝的照片就好。

素麗補上淡妝，稍作打扮出門，來到家裡附近碩果僅存的照相館，不起眼的招牌旁貼著底片攝影課程的招生資訊，這是一間老公寓，素麗在燈光昏暗的狹長樓梯前遲疑了一下，才抓著扶手往上爬。好不容易到了三樓，素麗卻只看見一扇鎖著的生鏽紅色鐵門，素麗按了按門鈴，沒人回應，在等待的過程中，由於內門是開著的，素麗透過鐵門欄杆的空隙打量內部，左側的牆上貼著大量的黑白照片，似乎是學員練習的作品，大部分都是風景照或貓貓狗狗，各自用紅線分隔區塊並標記著許多加減數字符號，房間的右側則掛滿大師們的照片，至於為什麼素麗知道那些照片是大師所作，不是因為他們真的拍得比較好，只是剛好其中有一張素麗認得，素麗也不確定其他照片是不是老闆自己拍的，她分不出來。

那是一個男人跳過水漥的照片，在他的鞋底跟水面之間，有個即將落水的極小縫隙，所有人都知道下一個瞬間會發生什麼事，但正因為這是一張照片，時間被靜止，下一秒永遠不會發生，然而對於相框外的其他人，時間總是要繼續下去。

素麗正要放棄準備下樓，才看見門上掛著一個小小的牌子，醜醜又俏皮地寫著「按電鈴沒人的話我在樓上」，於是素麗又往上爬一層，這兒的門沒關，是一間採光很好的房子。

「有人嗎？」素麗敲敲門，伸長脖子往房子裡頭看，這裡比樓下凌亂得多，看起來就像是堆滿工作用雜物的民宅，疊著大量文件的桌面上壓著橘白相間的瓶瓶罐罐，書櫃上擠滿了各國文字的標題，大部分都是攝影集。

「嗄，等我一下。」房間內部傳來一個中氣十足的女人聲音，素麗於是進到屋裡，抱起包包找了一塊侷促的角落坐下。不久後，一個穿著黑色圍裙的矮小女人走了出來，她脫下口罩，不少皺紋又素顏的臉蛋容光煥發，大大的眼睛透出理想主義者的篤定，如果早個十年，絕對是可以上電視的美人。

「有事嗎？」

「你們有在洗彩色照片嗎？」

「洗照片？」女子一臉疑惑，打量了一下素麗，才想到什麼似地接著說：「不好意思，這裡不是那種可以把照片印在馬克杯上當禮物的地方，沒有冒犯的意思。」

「不是，我只想把照片洗出來，一張一張的。」素麗比出照片大小的方塊，試著解釋。

「哦哦，我知道了，那妳應該去找輸出中心，就是影印店啦，妳是用手機拍的嗎？有帶檔案吧？」

素麗點點頭，猶豫了一下又說：「但是你們這邊不行嗎？妳看起來很專業，我沒有什麼要求，只要印出來，摸得到就可以了。」

「可是我們是專門洗底片的，妳是用底片拍的嗎？」

素麗完全不打算回答這個問題，就像這個問題從來沒存在過一樣，素麗只是盯著這個女人，沉默了一陣子，才開口說：「老闆，我可以叫妳老闆吧？我不想叫妳老闆娘，我的直覺告訴我，妳不喜歡被人家叫老闆娘。」素麗沒等她回應，又繼續講：「我們都是女人，也都有年紀了，相信妳在這個領域，一定因為妳的性別吃過很多虧，我不知道那時有沒有人願意對妳伸出援手，但無論如何妳挺過來了，而現在站在妳面前的，是另一個需要妳幫助的女人，我話說到這裡，不要讓我求妳。」

老闆看著素麗，沒有明確的反應，開始露出一個非常惹人憐愛的無奈表情。素麗一看見那個臉，便瞬間意識到這女人這輩子一定用過無數次這個表情，並藉此得到無數次的便宜，素麗接受了現實，不禁露出失落的神情，轉身離開，卻在下樓梯前被攔住。

「好吧，我幫妳，跟我來。」老闆帶著素麗走進內側隔間的辦公室，電腦桌及螢幕上貼滿待辦事項的便條紙，一旁的防潮箱擺放著Linhof、Rollei等德製各式蛇腹與兩眼底片相機，老闆撥開桌面上的雜物，露出一台顯然很久沒用過的事務機，接著拉開抽屜開始找東西，翻出一包用過的相片紙，才對著素麗說：「我要強調，我不是因為妳剛剛那段話才改變心意的，不要誤會，把照片檔案給我吧。」

素麗看著自己這幾年的自拍照一張一張被事務機吐出來，每張的背景都在不同國家，從布拉格到加德滿都，時間橫跨四季跟各緯度，時間有限的素麗只能趁東毅忙碌時進行，追求效率，抵達各個拍照點後一個燦笑拍完就直接離開。

這是素麗第一次對別人這樣說話，從有記憶以來，素麗凡事都求一個圓，遇到挫折能忍則忍，甚至以不起爭議的「俗辣」自豪，然而今天好像有什麼不一樣了。

拿到照片的素麗走在回家路上，看著眼前這條每天都會經過的馬路，道路中央那個熟悉的紅色告示牌，上頭寫著「禁止跨越／違者罰三百元」，素麗以前都會多繞一大圈再多等兩分鐘的紅綠燈，但她今天不想這麼做。素麗大步跨了出去，走在空曠的柏油路上，接著跨上帶著草皮的分隔島，素麗感覺到血液裡微量的腎上腺素流進心臟，產生一種長期壓抑後解放的興奮感，然而她才要繼續向前，一台載滿小黃瓜的三噸半貨車卻突然呼嘯而過，緊接著一台台轎車沿流不斷，素麗被困住了，這時她才發現對街有個警察，正在對兩個騎機車的青少年開單，素麗瞬間掉頭想回去乖乖走斑馬線，但她頓了一下，似乎接納了這個新的自我，於是選擇回去確認警察有沒有看見自己，並藉著一旁樹木造成的死角躲開視線，最後目送開完罰單的警察離去後，再輕鬆悠哉地過馬路。

回到家後，素麗仔細把照片分類打包成獨立信件，並各自做好標記，讓負責寄送的人可以照著時程執行。人選的部分也是花了素麗不少功夫，要能確定他後續會乖乖辦事，又不能有走漏消息的風險，需要聰明又不能太聰明，光砸錢是做不到的，更重要的是不能在過程中死掉，所以那些老朋友大概也不能考慮，所幸最後素麗找到了一個完美的對象，是她在就醫時認識的病友，一個輕微自閉症的孩子，他說出來的話一定會做到，像機器一樣時間到了就會自動去執行，就像是他每天下午三點四十六分一到，就一定要看到天空一樣，相較之下，那些一開始帶著熱情或感動在做事的人，反而很容易到最後就亂做一通，靠不住。

素麗把所有信件集中，打包在一個牛皮紙袋裡，準備好等著寄送。終於鬆了一口氣，同時也是物理上的鬆了一口氣，她記得東毅教過該怎麼呼吸，一些腹式呼吸如何牽引橫膈，如何用意念帶領呼吸直達腳底之類的概念。

素麗抱著自己的小腹，閉上眼睛開始徐徐吸氣，每次吸到一個極限之後，稍微伸展雙腳，又開放更多空間讓氣可以進得更深，素麗感覺自己的胸腹繃到快炸開了，但整個人卻異常地放鬆，她停在這裡一陣子，才緩緩把氣吐出來，過程中不由自主地發出一種聽起來像是

「HEE」的聲音。

素麗不知道，她不小心用類似六字訣[1]的呼吸法引出蠢蠢欲動的病氣，提前發病了。

突然間一股強烈的恐懼從喉頭竄上來，任何東西看上去都像長了臉，而且這些有臉的東西全都想殺死自己。素麗吃力地爬起來想找人求救，卻在打開家門前失去意識，暈了過去。

夜裡，寂靜的玄關傳來開鎖聲，素麗家的門被打開，門框映入拖著行李箱的東毅剪影。

東毅打開燈，在他眼前的是一片混亂，傢俱散亂地翻躺在地上，電視砸了，沙發像是被什麼野獸撕啃過，牆上到處都是帶著血跡的抓痕。東毅立刻反應過來，衝進屋裡查看。

陽台窗子沒關，東毅心裡涼了一截，心裡懇求不要讓最壞的狀況發生，又經過積水的浴室，才終於在客房發現倒在地上的素麗，好險還有呼吸。素麗左腳被尼龍繩綁在床緣，另一腳也有被綁過的痕跡，看似是掙脫了。東毅看見素麗因斷開而滲血的指甲，心裡不捨，但冷靜後迅速解開腳踝上的繩索，把素麗抱回床上，並搭上她的左手脈。

素麗動了一下，瞇著眼睛緩緩甦醒，似乎認不得人，整個人非常虛弱。然而東毅指下的脈象卻完全相反，時而像公牛一樣爆發地猛衝，一下又像刀片似的刮手，唯獨左手的心脈一絲搏動都找不到，這是陽氣欲脫的真臟脈，會死的。

東毅立刻想起汪昊的話，意識到事情嚴重性，抽出包包裡的透明針盒，在素麗手腕兩側的手少陰心經各下一針，神門、陰郄、通里、靈道，一路透針進去，一捻，順著針感，素麗眼裡的神頓時歸位，像正常人般坐起來，但又因指甲跟全身碰撞的傷口痛得縮成一團。

「等我一下！」東毅焦急地又從包裡翻出一個小木盒，打開塞子，從裡頭倒出一些黃色粉末，撒在素麗的傷口上，顯然很痛，但素麗很自發地配合著東毅，把剩下的傷口也伸出來讓東毅撒藥。隨著傷口上的血水被粉末收固，空氣中原先帶點組織液的悶味也似乎被抓了起來，只剩下輕微中藥苦苦的味道。

「你怎麼回來了？不是下午的飛機嗎？」素麗有點責怪地開口。

「先別管我，妳還好嗎？」

「你覺得呢，我看起來還好嗎？你不是都把脈了，你應該最清楚。」

「什麼時候開始的？」

「我也不知道，都是你教的那個什麼呼吸法，我才吸兩口氣就眼前一片黑，然後就……不知道，中間我有清醒過一陣子，想說至少先把自己固定在床上，然後就沒有然後，你就來了，等一下，你這樣說不去就不去，有沒有跟人家好好請假，人家大老遠從德國邀請你過去，有很多人可是為了你把時間給空下來，不是我要唸你，做人不可以這樣，出社會之後誠

1 六字訣：是一種呼吸導引法，最早記錄於《尚書》，集大成於唐代孫思邈。六字分別是噓、呵、呼、呬、吹、嘻。

信很重要，媽媽書是沒讀得比你多，很多事情你比我懂，但媽媽工作常常接觸到一些很認真，很有禮貌的小朋友，我講這個話你可能又要不高興，但你做事情很多時候真的連這些小朋友都比不上。」

東毅答不上話，他的腦子正一片混亂，東毅此時根本無法思考，也無法整理出任何有意義的結論，事已至此，他只想知道一件事，那就是「他到底做錯了什麼」。

隨著東毅開始納悶自己一直以來是否足夠卯足全力，過去這幾十年來跟素麗相處的片段不受控制地跳了出來，然而閃現的並不是自己幫素麗熬藥針灸或深夜苦讀的努力過程，而是毫無意義的，某次他們一起搭捷運的場景。

那是東毅唯一一次跟素麗參加跨年晚會，那年他才大二，暫時放下雙主修的壓力陪素麗「把握光陰，做點年輕人會做的事」。煙火的片段在東毅心中只剩下削末一般細碎的印象，大致就是綻放的過程不小心開始感到厭煩，而結束後又太快開始懷念，或許就是因為這樣，從此之後他連別人錄下來的煙火也沒點開來看過。

回家的路上，東毅跟素麗從擠滿人的捷運車廂一路坐到線路的另一端，隨著班車逐漸遠離市中心，車上的乘客也越來越少，一團團吵吵鬧鬧的年輕人各自下車散去後，車廂像是空氣被抽走一樣頓時安靜下來，甚至比平常離峰時還要安靜。素麗跟東毅找到空位坐下，隨著列車再次啟動，兩人的身體隨之輕輕擺盪，沒有人發出任何聲音，連列車加速的聲音都像怕打擾大家休息一樣小心翼翼地緩步堆疊。

「兒子，你看那邊那個人。」素麗偷偷指著車廂遠處的一個男生，「一個人坐著的那個，是不是跟你很像。」

東毅順著看過去，確實有個猛然一看會嚇到，身形、穿著跟側臉都跟東毅非常相似的男生坐在那裡。

「欸，真的，是『我』耶。」東毅就這麼盯著他看，「你覺得他在幹嘛？我猜是在跟曖昧對象傳簡訊，妳看他的表情。」

「你怎麼知道他不是在跟媽媽報平安？」

隨著東毅跟素麗對上眼，空氣凝結了一下，時間才又繼續開始流動。

「唉喲，又不是每個人都像妳兒子這麼孝順。」

「說得也是，我的乖兒子。」素麗說完勾上東毅的手，兩人靠在一起。

一回神，東毅又回到這個飄著淡淡藥味的房間裡，他不知道為什麼會想起這個毛骨悚然的瞬間，然而就像現在一樣，東毅總是一再地摺疊自己，才能保護好眼前這個女人的感受，他知道自己一輩子都不可能有機會說出，其實當時他有多羨慕那個「我」，他有多想跟那個平凡的「我」交換。

安撫素麗稍作休息之後，東毅走進素麗平常睡的主臥室，並細膩地檢視這個空間，這間屋子是他特別幫素麗挑的，為的就是避開汪昊預言的這場劫難，門、主、灶全都是最吉祥的格局，大樓外緣的路沖也無懈可擊，然而素麗入住後病況竟迅速惡化至此，這在東毅的風水實證上極為罕見，東毅想著重新做一次檢查，但那又是一大團資訊，他只好勸自己，事已至此，當下執著毫無助益。

東毅閉上眼，微微挪動脊椎附近的肌肉，以太極拳的口訣調整自己的中心軸，試著讓自己平靜下來，待氣息平順之後，東毅準備起一卦來決定下一步該怎麼走。然而當心靜下來，東毅卻聽見一絲細細的風聲，從一面沒有窗戶的暗處傳來，東毅打開燈，找到那陣風的源頭，是牆上一條不起眼的細縫。東毅輕輕敲擊牆面，發現細縫的一側是中空的，便試著搖動那面牆，它卻緊實得很，東毅只好用撞的，他把自己的右肩對準牆縫，左手掌魚際貼著右肩的雲門穴，心裡想著力量會貫穿牆內五公分左右的距離，接著提氣一個墊步，從腳跟帶動全身發勁，咚地一聲，牆上的木板鬆脫，露出一條細長的空間。

東毅打開手機手電筒往裡頭照，細小的灰塵發著光飄在空中，沿著稍稍潰爛的牆面，似乎可以連通到隔壁的房子。

兩間屋子過去曾經打通過，後來又被封起來，這件事應該連房仲也不知情。

東毅滑出手機裡的格局圖，如果加上隔壁的空間，素麗床頭的格局會從原先能夠治病的當元旺星八白艮山，硬生生變成睡在最兇惡的五黃大煞上面，東毅壓抑著自責的情緒，閉上眼，長長地嘆了一口氣。

他先繞去廁所洗把臉，才感覺清醒一些，然而當他面對鏡中的自己，竟不自覺地避開眼神，這才讓他意識到，儘管在外人面前他早已取得許多傲人成就，但在內心深處，不過只是瞎折騰了二十年。

在走廊轉角時，東毅注意到躺在門口地上的那包牛皮紙袋，便走過去順手把它撿起來。回到客房後，東毅坐在素麗身旁，看著像個孩子一樣睡著的母親，雖然他每天都會撥時間研究素麗的病情，但上次像這樣好好地陪她又是多久之前的事，似乎已經想不起來。

「媽。」東毅輕輕地搖動素麗的手臂，「媽，歹勢起來一下，我有一件事要拜託妳。」

素麗皺起眉毛，深深地打了一個大呵欠，眼睛眨巴眨巴地看著東毅，隨著視線逐漸清晰，她才看見東毅手上抱著一包東西，那是她沒能寄出去的「下半輩子」，素麗這才驚醒。

「你說什麼？拜託我什麼？」

東毅停在那裡，好像口中有什麼需要做足心理準備才能吐出來的話。

「我知道妳一直都很相信我，但我卻總是讓妳失望。我口口聲聲說一定會把妳治好，把中醫講得多神奇，很多現代醫學認為的絕症都能治，甚至連愛滋病也有辦法，但我卻眼睜睜看著妳去吃一堆抗抑鬱藥，搞得身上都是副作用，也提不出解決辦法，甚至跟妳保證風水一定好的房子，卻住進來沒多久就發生這種事……。」

素麗根本沒在聽東毅講話，她一直用眼角餘光瞄東毅大腿上的那包牛皮紙袋，煩躁地裝出很認真在聽的表情，指尖傷口的刺痛感一陣陣沿著手臂傳上臉頰，逼得她出了一層薄汗。

「我想要拜託妳再相信我一次。」

「吓？」素麗不解地蹙眉，接著輕鬆地說：「我相信啊，我當然相信你，你是我最孝順最聰明的乖兒子，不相信你我要相信誰。」

「但我還沒講完，我想……我需要離開一陣子。」東毅搓搓手上的包裹，接著說：「我必須承認，我治不好妳，而且我也想不到我認識的醫生裡有誰能把妳治好，除了那個人。」

透過東毅的口氣，素麗立刻就知道東毅說的是誰，無數的疑問在她腦中飛轉，但是該問哪一個呢，素麗最不喜歡東毅的地方就是，東毅有時候會不小心露出覺得素麗很笨，但又馬上好像可以諒解似的溫柔眼神。

「你的意思是你覺得他還活著？」素麗說。

「對，我沒有證據，但很多跡象讓我相信他還活著。」

「你有辦法連絡到他？」

「我不知道，我有找過很多學長，還有老師身邊親近的人，甚至是師母，但他們都說老師真的已經死了。」東毅想了一想，又說：「所以其實是沒有。」

「那你怎麼知道他還活著？你覺得他們都在騙你？」

「不是，如果他希望讓人看起來像是真的死了，不可能不過親友這關，是他們也都被騙了。」

素麗露出不耐煩的表情，像是看到幼稚園孩子第十次把自己的頭卡進柵欄間的空隙，哭著出不來。

「好，先不論你為什麼覺得他還活著，我們就假設他真的還活著，現在既然連他老婆都不知道，憑什麼你就能找到他？」

「我……我還不知道，但我一定得找到他，而且要很快。」

「有些時候真的還是要唸唸你耶，都這麼大個人了，怎麼做事情還是這樣馬虎，你講這樣有什麼用，你要怎麼找？去問廟公嗎？還有……」素麗頓了一下，似乎想到什麼，整個人冷了下來，才穩穩地說：「等一下，你說快是什麼意思？已經不行了嗎？」

東毅結束實習階段之後，還沒有病人在他手上死掉過，遇到這種問題竟不知道該如何回應，他努力不迴避素麗的視線，但也只能默默地點頭。

「還剩多久？」素麗接著問。

「不要這樣，現在講這個沒有意義，我不想造成妳的恐慌——」

「你這樣跟你討厭的那些醫生有什麼區別？」素麗提高音量，「一樣沒把病人治好，一樣告訴他們這樣下去會死，然後以為你不把時間說死我就不會恐慌嗎？」

「也不是……好吧。」東毅勉強吞了口口水，接著繼續說：「妳現在的狀況，病氣已經傳了一臟，從腎傳心，病邪傳到脾的時候就會死，大概剩三個月。」

「三個月……會怎麼樣？」

「先是水氣凌心，心悸、胸痛、喘、四肢末端失去知覺，再來會失去胃口，小腹會脹起來。」東毅把手上的包裹拿開，摸摸自己的小腹示意，又說：「然後是土不治水，很多臟器的功能會垮掉，會水腫、嘔吐，會失去意識，總之，我會安排妳住院，請我最信任的學姊照顧妳，另外用藥跟針灸延緩妳的病情。」

東毅說不出更多安慰的話，便拿著包裹站了起來，接著又說：「時間不多，這個明天再幫妳寄，我先去幫妳打包行李——」

「等一下！那個——」素麗頓了一下，「那個用不上了，給我吧。」

東毅有些遲疑，但想到素麗已經開始培養一個將死之人的覺悟，對於這個頑強又堅毅的女人，心中不禁五味雜陳，他點點頭，把包裹放在素麗床邊，但在轉身離開前，又被素麗抓住，東毅回過身，沒有防備地接住了素麗眼神裡的徬徨。

「那接下來，我還可以做什麼？」素麗問。

東毅愣在那裡，不知道該怎麼回答，就這麼看著素麗，久久答不上話。

第三章

跟蹤若真

事情遠比東毅想的要困難許多，生死有命，這件事對通曉命理的東毅再熟悉不過，然而就算他接受母親的死，東毅的餘生還是必須獨自活在自己也會病發的恐懼中，因為他也開始感覺到自己身體裡的那個東西。那像是預視未來，看見在某個時刻，自己將被那東西取代，然而更可怕的是，他會先親眼目睹母親被取代的過程，那不是將生活重擔交給另一個人的喜悅，而是漫長的每一分每一秒，無論身心，每一吋都被凌遲撕裂的無止盡歷程。

陽明山上時常出現一種詭異的景象，同一條街道，一端是破爛長年失修的農舍，另一頭卻是一整排破億豪宅。

汪昊原先就住在這裡，現在只剩他的妻子許若真在此獨居。別墅的設計就像故意要把部分生活炫耀給別人看似的，可以直接從外頭看見落地窗內簡練的客廳擺設，如此一來，交際、接待是個公開的舞台，但個人房間則全都巧妙地隱藏起來，依舊保有私人的空間。

庭院碎石上，一座晶白玉花崗岩雕砌的佛像安穩地微笑著，似乎很滿意周遭日式造景的侘寂風味，祂靜靜地盯著道路另一頭的田地，那是塊被糟蹋的小地方，大概只有一坪大，裡頭慘不忍睹地種著腐爛的高麗菜跟幾株乾死的蔥。

在農地上方大概十公尺的樹叢裡，要不是因為屁股實在太瘦軟而不得不換個姿勢，沒有人能發現東毅正坐在那，他穿著生存遊戲店買來的全身草叢裝，耐著悶熱，像隻樹精一樣窩著，盯著汪昊的別墅。

纖瘦的若真長髮過肩，一身素衣在廚房裡外進出，她燒的菜只能用簡單乾淨來形容，今天是汆燙小卷、滷牛腱跟炒芹菜。她雖然孤身一人，卻擺上兩副餐具，接著又從廚房端出一鍋熱騰騰的雞湯，才自顧自地添飯吃了起來。

東毅不像週刊狗仔或警察有同事可以輪班，三天兩夜的盯梢已經超過之前住院醫師時期的最長值班紀錄，身體早就不堪負荷，然而在東毅凹陷的眼窩裡，決心卻絲毫不減。東毅要的不多，只需要一絲線索，他需要親眼看到，就算是支持汪昊已死的線索也好。

東毅對許若真認識不多，只從幾個學長那聽說師母和汪昊似乎是青梅竹馬，然而這很難說，對多數人來說婚姻只是感情的消耗。汪昊已經走了一年多，若真還是準備兩副碗筷，每天早上泡兩杯熱茶，如此可疑行徑令東毅不禁質疑，他不相信有人會用情至此，於是乎這三天都浸泡在一個臆測當中，那就是「師母是不是知道汪昊會回來？」

一道遠雷響起，陰沉的天空憋著水氣，東毅還在那團樹叢裡，為了壓抑因太久沒入睡造成的亢奮感，又嚼了一片人參。這時，許若真帶著完妝走出房門，她穿著一身典雅的海綠色洋裝，像是要見什麼重要的人，卻沒從車庫開車，只提著小手包便徒步出門。

這是第一次不用換裝騎車，東毅只好步行跟上，幸好濕軟的土壤跟空氣中的水分正好形成天然的隔音牆，阻止枝葉磨擦聲傳到馬路上，然而在樹林間移動就像攪拌水加得不夠的麵團一樣吃力，遠比想像中困難，不到一百公尺的距離，東毅已經上氣不接下氣。

一群熱鬧的人潮靠近，東毅立刻停止動作，他在三十公尺外，緊緊盯著許若真身上的海綠色色塊，卻也只能眼睜睜看著她混入前來登山的人群之中，等待眾人魚貫進入窄小的天母古道後，東毅立刻從背包裡取出另一個登山包，把整套草叢裝塞進去，換裝成一般的登山客，趁沒人時從樹叢裡拍拍身子走出來。

東毅有節奏地跨出他的長腿，一步兩階向下跨著，這是一條綿長的石階步道，稀疏的灌木調和了黏濕的空氣，清爽味道給人一種心情變好的錯覺，步道兩側插著長長一條破竹子做成的圍欄。大概下了一百公尺，東毅來到一條岔口，路標只指著左側的街道名稱，右邊則通往一個鐵門，門前告示牌上斑駁的紅字寫著「水源禁地／禁止　入」，整個「進」字都剝落了，只剩下輪廓的痕跡。

跟丟了，沒有時間猶豫，東毅決定用「梅花易」[2]來占卜。

「不知易，不足以言太醫」，東毅當初只是衝著孫思邈這句話去讀《易經》，畢竟汪昊可是「山、醫、命、相、卜」樣樣精通。學《易》讓東毅開始重視徵兆的解讀，這種徵兆普遍存在於每件事物之中，平時就像個沒有被察覺的小傷口，好像不存在一樣，但若它被看見，被意識到的瞬間，會立刻惱人地隱隱刺痛，逼迫東毅停下來思考，連結某些私密的想法，而在那個停頓中，選擇似乎也因此得以發生。

「梅花易」是所有占法裡頭最快，最不需要工具的選擇。

東毅閉上眼深深吸入一口氣，聽著自己的呼吸，彷彿把過去未來一同吸入胸腔，睜開眼後，東毅看著朝向右邊鐵門的路，但並沒有往前走，他只是在看，看著門後長長的步道，看上頭被枝葉圍成一圈的天空，那裡一片蔭灰什麼也沒有，東毅仔細尋找任何有關數字的徵兆，他沿著石階，看見右側樹上鉤扯著的雜亂電線，一路延伸到標示著方向的指示牌，那上面有一塊猴子圖案的警告，黃色標語寫著「不接觸、不干擾、不餵食」，一共是三隻猴子，終於發現數字的徵兆，他在心中輕輕記下「三」，接著東毅原先打算用時辰當作第二個數字，卻看見他的錶面上有個小點在蠕動，是一隻茫然且瘦弱的螞蟻，於是改變心意，又記下「一」。

「梅花易」起卦的過程很簡單，需要找到兩個數字，找到數字之後，如果超過八，就要把數字除以八留餘數，接著從一到八依序分配八卦的「乾兌離震巽坎艮坤」，分別代表「天澤火雷風水山地」，先發現的數字當作上卦，後者是下卦。東毅的數字很小不用除，於是上

2 梅花易：相傳是宋朝邵雍巧遇神人傳授所得，但也有學者考據後認為是元末明初方士假託邵雍之名所寫。古代的占卜高手很喜歡玩一個遊戲，就是在口袋裡放個小東西讓對方用占卜來猜，這又叫「射覆」，所以方便快速又不需要工具是很重要的。

卦是三，離；下卦是一，乾，便得到火天大有卦。

上卦的火象文明普照大地，下卦天子剛健正直，如同日正當中，百姓安居樂業豐饒富足，是有大收穫的卦象，東毅心中暗喜。

《易經》卦象是由一條一條的「爻」所組成的，確定卦象之後，還要找到本卦的爻動，來代表整件事情發生變化的階段性位置。只要把用來起卦的兩個數字加起來，除以六留餘數，從最下爻往上數（整除的結果就是最上爻），就是關鍵的動爻。

東毅這次的大有卦是四爻動，在上卦的離卦裡頭，於是離卦可以粗略代表這整件事，而乾卦則相對代表東毅自己，這也就是「體」（占者）和「用」（事件）。

離屬火，乾屬金，火又剋金，代表事件對象在五行上剋制主事者，這稱為「剋入」，是凶象。

沒什麼選擇沒有成本，卜到吉凶參半的卦象很正常，東毅在乎的只是結果，得用代表結果的「變卦」來判斷。

變卦就是把動爻陽變陰、陰變陽，東毅的火天大有會變成山天大畜，代表長年累積的資源轉化為現階段關鍵實用的籌碼，屬吉。

東毅心裡有了判斷，他來到鐵門前，門鎖著，確認沒人看見，輕鬆翻了過去，一條清幽的石道綿長地通往林間深處。東毅避開黏滑生苔的區塊，壓低腳步聲快速走入，穿過一小段像隧道的密林後，在轉角看見一間石造的小房子，是一座包裹住兩個大水塔的水利設施，看起來還在使用，應該有人定期會來維護。

東毅繞了一圈，只在後方發現一條向上的階梯，入口處被兩個紅龍柱簡單擋了起來，但底座有剛剛被移動過的痕跡，東毅微笑，跨過中間的紅色布條，往階梯深處走去。

彎道很多，東毅提高警覺避免被撞見，因此速度並不快，然而才爬了五分鐘不到，整個區域簡直像開了工業用製煙機，突然起了大霧，體感溫度也掉了一兩度。視線不佳，東毅放慢速度，專注力從視覺轉到聽覺，因此儘管已經壓著身子貓步前行，被放大的腳步聲還是像揉塑膠袋一樣刺耳。

太久沒睡覺，後腦隱隱開始抽痛，為壓制隨之襲來的暈眩感，東毅大力地用指頭掐起自己的鼻梁。

這時，東毅突然停下腳步。在他眼前出現一隻動物，是一隻鼬獾。牠的體型像貓，有著鼠一般的尖鼻子及細小手指，臉上的黑白斑紋使人聯想「羅夏克墨漬測驗」，牠像個紳士直挺挺站在前方石階的正中央，用考官的眼神冷漠地看著東毅，一點都不可愛。

東毅用力閉上眼睛，甩甩頭再睜開，牠還是杵在那，東毅不能被拖住，決定用自己體型及智力上的優勢輾壓牠。東毅先是作勢要往前衝，又用力跺了一下腳，牠卻一動也不動，讓莫名抖動的東毅看起來像個白癡，頓時一陣火氣上來，便朝著那小傢伙走了過去，想不到牠卻伸出手，像個交警用手掌擋住了東毅，東毅這時才看清，原來那細小的並不是手指，整支全都是長長的指甲，大概有三公分長，尖端雖然被磨得有些鈍，但殘缺和破裂的地方還是有一定的殺傷力，掌腹則像極了一個小盆地，被一圈四隻光禿禿的肉色手指環繞。

東毅試圖從兩側繞過這個小傢伙，但牠竟然也跟上來擋住，東毅便故意抬起手作勢要打牠，牠怕得縮起身子，但還是沒有要離開。看見一塊像鼻涕的血漿掛在牠鼻頭，東毅嘆了口氣，從口袋挖出一片棗乾丟在地上，小傢伙靠上去聞了聞，把棗乾收起，接著跑到石階邊緣，用牙帶手用力地拉扯一團黑色的物體，東毅跟著上前，簡直像目睹殺手棄屍的現場，那是一隻體型幾乎跟這傢伙差不多大的死老鼠，似乎在拖行過程中被石階旁的枯枝卡住了。東毅蹲了下來，輕鬆把枯枝拆開，在老鼠被拖上來的那個瞬間，那傢伙突然用屁股朝向東毅，放了一個帶屎水的大屁，東毅反射性眨眼，一股濃厚又怪異的臭味充斥整個鼻腔，像是過期半年的雞蛋，腐敗和腥臊像絨毛附著在鼻腔裡的黏膜組織上，惹得東毅不停嗆咳直到反胃，而一瞬眼，那傢伙已經拖著牠的戰利品消失在石階另一端的樹叢裡了。

東毅丟下沾染屎水的臭鞋，但沒了鞋子做為證據，整件事情幾乎像一場夢。

東毅不禁想起以前聽過的一則公案，是講述禪師百丈懷海遇見一隻野狐，牠前世是個修行人，因為誤教僧眾修行人可以「不落因果」而墮入畜生道輪迴五百世，向懷海禪師求教修行人是否能不落因果，得到「不昧因果」四字才終於解脫，當時電視裡說法的禪師解釋，修行不是脫離因果，就像釋迦牟尼就算成佛，吃到有毒的東西也是會拉肚子死掉，「昧」是癡愚，解脫是看透一切因果，因而清楚明白所以自在，然而東毅卻認為「昧」是隱瞞，唯有坦率承認心底的卑劣與軟弱，不用正確和善良的價值包裹不安的自己，才可能真正靠近解脫。

這是一次難得的體驗，為了紀念，東毅拿出手機拍下小傢伙離開的方向，卻因此看到一旁有條不明顯的小泥巴路，東毅靠上前，發現上頭有新鮮的人類腳印，便用剩下襪子的腳踏了進去。

泥巴路意外地並不難走，才過幾十公尺，一股低沉的水聲漸鳴，接著緩緩轉為輕盈，東毅盯著水聲傳來的方向，卻被左手邊快一個人高的芒草擋住視線，菅芒花像電影底片一樣快速刷過眼前，精神不濟的東毅差點要產生錯覺，直到走到磺溪邊，一塊小小的石頭空地，那熟悉的海綠色洋裝又映入眼中，東毅才嚇得回過神。

高低差造成一個小小的瀑布，許若真側坐在土灰色的火成岩上，背對著東毅，似乎在看著水流，她用纖細的手臂托著身子，亮橘色的指甲旁擺著手包，以及一組精巧的白瓷酒器，其中有兩個杯子。

兩個杯子，她準備了兩個杯子。

東毅反射性地看了看四周，檢查汪昊是否在附近，接著想到這是條單向道，為了避免待會狹路相逢，東毅靠著瀑布的水聲掩護，迅速換回包包裡的偽裝服，以便躲進兩側的芒草叢裡，平時鋒利刮人的芒葉，在偽裝服包覆下溫順地像是徐徐輕撫，躲在草叢中的東毅見若真始終靜止地像幅畫，眼皮逐漸沉重，不小心睡了過去。

乒鏘！什麼東西破碎的撞擊聲驚醒東毅，他趕緊睜開眼，天色已暗，幸好一凝神，看見許若真還在那裡，但東毅不知道自己有沒有錯過什麼，有可能就在這十幾分鐘裡，汪昊來過了。

這時，若真舉起酒瓶一飲而盡，接著奮力把瓶身摔向河的對岸，發出跟剛才一樣的清脆撞擊聲，她靜靜看著水流，看著一部分的碎屑被水流帶走，掩起臉，不禁抽動地啜泣起來。東毅被這股悲傷渲染，一陣酸楚湧入喉頭，他嘆了口氣，從芒草堆裡爬出來，大步順著原路下山去了。

瀑布邊，若真不知道又哭了多久，她其實很氣自己，也知道這樣做毫無意義。汪昊剛走那幾個月，若真甚至曾公開貼出汪昊的死亡證明跟火化許可，只為了弭平部分惱人的陰謀論者，但自己此時卻還是想知道，有沒有可能他們才是對的，汪昊還在，等他避過風頭，兩個人還能一直牽著手一起生活。

以前每年若真生日這天，兩人都會來這個地方約會，大學時正式交往就是從這裡開始，這是汪昊一個病人的祕密基地，那病人在水利署工作，原本打算自殺，痛了十五年的帶狀皰疹被汪昊治好後，為了表達感謝，便打了一把這裡的鑰匙送給汪昊。

離開前，若真又多看了這裡的景色一眼，儘管一片漆黑，她卻一點也不害怕，幾十年來都這麼上山，閉著眼睛也能走回家，然而想到汪昊就近買下這棟房子留給她，還是忍不住悲從中來。

若真在心裡默默跟自己約定，這會是最後一次來這個地方，不要傻了，不要胡思亂想，快點走出來吧，妳可以的，用力地對自己打氣。

汪昊不是沒有缺點的男人，這一點若真最清楚。在學生眼中，他的論述與專業能力無懈可擊，大家也都喜歡聽他不屑地批評其他醫生、某某藥廠，甚至整個醫療體系，他的語氣裡永遠充滿自信篤定，甚至他可能就是篤定本身，好像所有事情都是他老早就想通的，他只負責講出那些自認稀鬆平常的觀點，並訝異於世界的遲鈍，然而，最遲鈍的人其實是他自己。

如果可以的話，若真有時候恨不得把汪昊的頭剖開，檢查裡面是不是缺了什麼，才會完全聽不見別人心裡其實在想什麼。有些果斷的話，在病人眼裡是慈悲、朋友眼裡是玩笑、情人眼裡卻是殘忍的，若真只是為了保護彼此，不願意把話說絕，卻被看作愚笨、沒有原則。

回到家裡，若真第一次叫了外送，雖然一整片披薩吃不完，汽水啃咬口腔的刺痛讓她感覺又活了過來，像是為迎接未來無止盡孤獨的一場儀式，熬夜、吃垃圾食物，這些汪昊自己最愛，卻從來不准她做的，可能是若真想像得到最狂野的放縱了。

帶著妝橫躺在床上，若真慶幸自己終於跨出第一步，笑著沉沉睡去。

凌晨三點，尖銳的鈴聲驚醒若真，接起電話的剎那，若真疲倦的眼神瞬間凝結成恐懼，因為那竟然是汪昊的聲音。

「是我，沒事了，看到妳煮了兩人份的午飯，還到老地方等我，以後不會再讓妳這麼孤單，明天我就會回來。」

電話掛斷的寧靜震耳欲聾，若真像被石化一樣站在客廳，連跌坐到地上的力氣都沒有，呆呆看著花園裡的佛像杵了好幾分鐘，佛像當然只是似笑不笑。她原以為人是有機會反抗的，反抗思念、情感，反抗時間、反抗自己，反抗早前那些打從心底決定好的事情，她以為只要鼓起勇氣，什麼問題都會有方法的，現在才發現原來還是在逃避，大腦才因此產生這樣的幻覺，提醒她，真的放不下，不能再逞強了。

馬路對岸的山坡上，東毅舉著夜視望遠鏡仔細觀察若真的一舉一動，但她愣了一陣子之後，竟若無其事地回房去了。訝於她的反應，東毅解鎖手機裡的錄音檔，點開他用汪昊教學影片中聲音的ＡＩ合成，奮鬥整晚的結晶。

「是我，沒事了，看到妳煮了兩人份的午飯，還到老地方等我，以後不會再讓妳這麼孤單，明天我就會回來。」

東毅又細聽了幾次，確實有些細節瑕疵，但他不相信半夜三點被吵醒的人能立刻分辨出來，想到這或許就是若真呆立這麼久的原因，東毅有些懊悔應該找更專業的朋友做些細節潤飾，對於自己可能衝動誤事而因此斷了線索，斷了母子倆的一線生機，一股絕望感淹了上來，東毅盡全力屏著最後一口氣，決定再撐一下，盯梢到明天。

黎明前的兩個小時比東毅想像中難熬，可能因為心態受創，警戒鬆懈後疲勞從身體裡浮了出來，東毅羨慕起可以左右腦交替睡覺的海豚，左右眼一睜一閉地交替休息著，旋即想到自己跟牠們一樣，一不小心失神可能就會溺死。

隔天一早，許若真一身運動風出門，俐落的素T掛上單寧外套，但神情顯然不似穿著意圖展示的輕鬆。東毅騎著雲豹一路跟著若真的公車下山回到士林市區，再跟著轉乘來到天母，來到一間不起眼的中醫診所。

東毅像是剛從荒島漂流回來的樣子實在太嚇人，便停在遠處默默觀察，但才十分鐘不到，若真垂頭喪氣地從診所走了出來，她拿出手機點了點，又動身前往下一間診所，就這麼跑了四家天母的中醫。東毅實在沉不住氣，為了知道若真到底在找什麼，跑到附近的NET隨手抓了套便衣，他深怕多浪費一秒就會錯過許若真的行蹤，因此一結完帳就衝出店門，在診所對面的巷子換上，裝成一般病患走進診所掛號。

候診室的空氣中飄著廉價芳香劑的味道，若真坐在藍色候診椅上看著預錄好的醫師上談話節目的片段，東毅則在牆邊，貌似看牆上的漢方瘦身保健食品業配，實則觀察問診室的位置。發覺問診室跟廁所只隔著一道薄牆，東毅回到座位上，盡可能在佈滿鬍渣的臉上填充和善感，甚至主動跟若真對到眼，友善地相視一笑。

候診間裡還有另外兩個病人，他們的存在和緩了氣氛，讓東毅第一次有機會在這麼近的距離觀察許若真，東毅從側後方打量她的側臉。相對於眼神的鎮定，她那微顫的眼皮洩漏了祕密，想必昨晚那通電話讓她再也睡不回去。豐滿的嘴唇在她臉上顯得偏大，可以想像笑開來的樣子一定很美，此時卻因緊張而輕輕抿著。

一股罪惡感從東毅胸口擴散開來，若真現在臉上的憔悴，他要負責。

叫號一到，若真快步走進診間，正當東毅打算進廁所執行他的計畫，一個身材圓潤的女患者抱著肚子站了起來，搶先一步進入廁所，東毅只好跟上去。

廁所裡稱不上乾淨明亮，貼著診間這側最近的就是馬桶間，再來才是小便斗，東毅只好靠上小便斗假裝尿尿，但拉下褲頭後，卻根本沒有尿意，他管不了這麼多，先把耳朵貼緊牆壁，用手把兩旁的空隙摀著，仔細聆聽著牆後的聲音。

「許小姐，沒有……這不是幫不幫忙的問題……」男子的聲音斷斷續續，只有稍微激動處音量較大，才聽得比較清楚。

「……心俞、腎俞……不然一針就好！其他像中脘、神庭我可以自己來……」

「妳是醫生還是我是醫生？哪裡不舒服可以直接說，胸悶？腰痛？」

東毅一聽若真的選穴，才發現原來若真以為自己瘋了，心不藏神才出現幻聽，打算用俞募配穴安定心腎，水火既濟，搭配中脘、神庭運陽明經斂氣凝神。

方才的罪惡感整個侵蝕上來，昨天日落時若真在溪邊哭泣的樣子映入腦海，那股孤寂和悲傷早已感染了他，想起自己也是為了另一個無助的女人才做出這些決定，東毅發覺不能再繼續，這條線索要斷，而且得做些彌補才行。

「你想幹嘛。」突然，一個女人的聲音迴盪在這個小空間裡。

偷聽的思緒被打斷，東毅一陣困惑，愣了一下才想到，是旁邊馬桶上的女人。

「裝傻是不是？你以為我不知道嗎？」這次聲音裡多了爆發的，缺乏堆疊的憤怒。

「妳在跟我說話？」東毅小心翼翼地開口，他是真的不確定。

「廢話。」

「什麼意思？我在上廁所啊。」說完趕緊握住自己的陰莖。

「放屁，這麼久一滴尿都沒有，怎麼會有你這麼噁心的人，啊。」隨著女人的呻吟，一陣參雜著水聲的屁連帶而出。

「妳誤會了，我是真的在上廁所，只是尿不出來。」

「騙人，尿不出來也會有個幾滴好不好，不然怎麼會想尿尿，你那個鞋子裡面有針孔對不對？脫下來給我看。」

「是真的，我正要尿了。」東毅用兩隻大姆指指甲掐住耳廓上的肺區，一路揉到膀胱點，飲入於胃，輸於脾，歸於肺，下注膀胱，東毅想著體內的水分像水蒸氣，肺像大氣層一樣降下雨珠，順著三焦水道進到膀胱裡，配合呼吸跟前列腺收縮，像變魔術一樣尿了幾滴尿出來，尿液紮實地敲在小便斗上。

「我不相信，你等我大完，不然我就報警，然後大聲求救，讓你走不出這間診所。」

東毅穿回褲子，聽見若真離開診間後下一位叫號的聲音，評估著若直接走出廁所，這個女人鬼吼的可能性，疲倦地深呼吸，卻吸入一大口濃厚的糞臭分子，裡面有著遙遠而模糊的東南亞料理印象。

儘管知道毫無意義，有時候東毅還是會想用溝通來解決問題。

「妳有沒有想過，如果妳真的誤會了，卻害我被抓，到時候發現我的鞋子裡什麼也沒有，妳要負多少責任。」東毅站在女子的門前，一字一字溫和地講。

「你以為你恐嚇我我就會怕你嗎？就是你這種自以為聰明的變態最噁心，我有看影集喔，那些連環殺手最後發現就是你這種人。」女子有些激動起來。

東毅彎下腰，脫下昨天剛買的鞋，塞進門底下的空隙後，一語不發地離開廁所，卻發覺許若真已經離開，他迅速結清掛號費拿回健保卡，丟下襪子大步追了出去，光著腳丫的身影迅速消失在轉角。

不遠處的街道另一頭，公車站的椅子上，若真有些絕望地頹坐著，她已經走遍全天母的中醫診所，正思索該先針自己能處理的穴道，或冒著這件事傳出去的風險去找汪昊的學生。當她猶豫之時，卻看見剛剛診所裡那個滿臉鬍渣的年輕人光著腳向她跑來，這孩子看起來邋遢，眼神卻像弓箭手一樣犀利，若真看著他喘完後恭敬地對自己一躬。

「師母您好，不好意思冒昧搭訕，我剛剛才認出來，小時候汪昊老師救過家母一命，是我們家的大恩人。」他的聲音宏亮，像是能把人穿透過去。

「啊，是這樣啊，我們見過嗎？」若真理解地微笑。

「沒有，只從學長那裡看過您跟老師的合照，所以一開始不太確定。」他說話時眼神不小心飄開了一下。

「哦，你說的學長是維容？」若真有些防備，她一直以來都很小心不讓私生活曝光到網路上，尤其前陣子受到騷擾，才剛重新整理過臉書權限。

「不是，是書偉，他最近剛出書，忙翻了，也是好不容易才聯絡上。」

「啊，我想到了，你是那個榜首吧？謝醫師？」

「對，不敢當，師母叫我東毅就可以了。」

「原來本人長這個樣子，那時候很多人跟我聊到你，說你年紀輕輕就很有成就，但重點還是稱讚人長得帥，直接去當明星也沒問題。」

「這倒是，醫術我其實沒什麼自信，還是靠臉吃飯比較安全。」

「你怎麼把自己搞成這樣子？失戀了？」

「師母妳不懂，這是造型。」

許若真很久沒被逗過，都快忘了這是什麼感覺，她假裝真的不懂，打量著東毅。

「那這也是造型？」若真指著東毅光著的腳。

「噢，這個不是，」東毅笑著抓抓頭，接著說：「滿扯的，我在剛剛那個診所的廁所裡遇到一個女的，她一口咬定我是變態，說我把針孔藏在鞋子裡，完全不講道理，硬要把我的鞋子搶走，我好歹也打了十年太極拳，一招轉身雲手想開溜，居然還搶不贏她，嚇得我只好放棄我的鞋子，連病都沒看就跑出來了。」

東毅一邊比手畫腳，生動地描述逗笑了若真，她笑得像手掌裡綻開的小白花，胸口的鬱結因此稍微鬆開了一點點。

「師母笑起來真好看，結婚之前一定很多人追。」

儘管東毅的稱讚看起來是真心的，卻像條斷絃破壞了原先一絲絲的愉快，若真不得不沉下臉。

「謝謝你，但你不是在市區執業嗎？怎麼會跑來這裡看診？」若真重新掛起吃力的微笑，東毅聽完卻突然一臉像被噎到的樣子，過了一會才好不容易開口。

「其實我只是想找人幫我針灸，我的身體……有一些狀況。」

「狀況？」

「可以麻煩師母幫我保密嗎？」

若真總覺得自己是個八卦集中地，大家很快地願意信任她、把感受分享給她，她剛開始不知道為什麼，還以為大部分人都是這樣，因為她懂得不多，通常給不出什麼有用的建議，後來才知道其實沒有多少人像她這樣，別人在講話的時候是真的在聽，就像現在，因為她是真的在聽，所以很清楚感受到這個年輕人的善意，於是笑著點點頭。

「我會聽到一些不存在的東西。」東毅看著若真的眼神雖堅定，卻帶著擔心不能被理解的微微擔憂。

「不存在的東西？」

「對，聽起來就跟真的一樣，但我知道那其實只存在在我的腦子裡。」

「很久了嗎？」

「最近才開始的，有些時候加班到凌晨就會聽到一些怪聲音，應該是跟作息有關係，不希望外面亂傳一些有的沒的，所以才跑來這種地方找不認識的人幫我針灸。」

東毅在若真身旁坐下來。

「對了，師母呢？身體狀況還好嗎？」

看著東毅誠摯的雙眼，若真的話卡在喉頭，慈祥的表情露出破綻，煩惱像壁虎迅速無聲從脖子爬到臉上，任性停了下來。

良久，許若真才緩緩吐出一口氣，說：「你應該知道，在你們老師過世後，我有遇到一些事情。」

東毅點點頭，沒有說話。

「像你一樣喜歡他的人當然很多，但他個性強，講話直接，不認同他甚至討厭他的人也不少。他早些年沉迷命學，老愛把自己的死期掛在嘴邊，又說什麼種生基[3]可以延壽，躲過一個大運就可以避開死劫，這幾年他不講這些，但事情發生之後，還是招來很多誤會。」

「我也有聽到一些傳聞，很難想像師母這陣子受了多少苦。」

「也沒有什麼，就是一些騷擾訊息，還有些陰謀論者做了影片放在網路上。」

「這些都是外面發生的事情，師母自己的感覺呢？」

「沒有什麼感覺。」若真停頓了一下，又說：「如果真的要說感覺，大概是看到那些影片講得疑神疑鬼，但又好像很有道理，會讓我有點怕。」

「怕？」

「怕他真的還活著。」

若真覺得自己說的有點太多，不該把自己的庸人自擾亂塞給這個初見面的小男生，她雖然沒有在看東毅，但猜也猜得到東毅現在的表情。

「唉，開玩笑，別理我這個老太婆，我親眼看到他死掉的樣子，冷冰冰的，一點血色也沒有，就在我面前。」若真說著，卻發現東毅的臉色變得更差，一整個生無可戀的表情，便趕緊打住，說：「好啦好啦，不說這個，總之我也有聽到一些奇怪的聲音，問你喔，是腎開竅在耳朵吧？」

「是的。」

「然後腎又主恐懼嘛？」

「對。」

「所以我想是這樣，我年紀大了，腎氣虛，耳鳴腰痠我全都有，再加上那些情緒，才會聽到一些怪怪的東西，補補心腎應該就沒事了。」

若真平常也會用一些簡單的中醫知識幫助身邊的同事，解決一些肩頸痠痛的小毛病，她喜歡當醫師娘被賦予的權威感，卻從來不曾讓人感到高人一等，因為她自己最清楚那是什麼感覺。然而時時刻刻替別人換位思考，這樣的纖細有一個嚴重的副作用，那就是當沒有人為自己著想的時候，無助跟無奈的感覺會加倍。

3 生基：風水學認為祖先的墳墓會影響運勢，但會隨著一代一代逐漸減弱，而生基是更加激進的做法，就是挑一塊風水寶地，直接幫自己造一個墓。

「師母？」東毅輕碰若真的手臂，若真才回過神，兩個人的話題顯然已經到了盡頭，若真的情感與反應再真實不過，歷經這次試探，汪昊猶如在東毅面前死了第二次。若真看著東毅臉上的憂愁，反而強自振作，再次露出招牌慈祥表情，緩緩地說：「還是你可以幫我一個忙？」

「好啊。」

「我昨晚叫的披薩太多了，我一個人吃不完。」

東毅聞言笑了出來，說：「那有什麼問題？」

戴著西瓜皮安全帽，若真享受著風刷過耳廓的清爽感受，引擎答答答地一路沿著磺溪邊的上坡路上山，沿途景色從豪宅變成民宅又變回豪宅，就像房子有意識地形成同溫層聚在一起。

東毅的機車，不時為了避開巷口可能出現的危險而放慢，若真很喜歡這種韻律帶來的安全感，因為那表現出騎士長期警戒之下的淡然。

再往上都是山路，烈日把樹葉打出高對比的不真實感，暑熱的青草味混入山坡上農家不知道在燒什麼的煙燻，經過磺溪後紗帽路的段落漸陡，不知不覺一回頭，台北市已經變成樹叢間的一小片矮房了。

上到紗帽山腰後地勢趨緩，東毅維持一樣的車速，顯得悠哉。若真想起小時候坐父親的腳踏車，每當父親跟母親爭執，若真夾在兩人中間苦惱，哥哥們又都不管事的時候，父親總藉口透透氣，拉著自己出門，一語不發地騎腳踏車，漫無目的在埔心的田野間打轉，沿途只有像打呼一樣令人安心的、規律的機械摩擦聲陪伴。

繼續沿著紗帽路，經過前山公園公共浴池回到陽明路上，黃色的塑膠分隔島形成令人熟悉的風景，若真卻開始懷念剛才的山路了，也許過兩天也把汪昊那台骨董機車牽出來騎騎，她在心裡這麼想著。

東毅在若真家待了整個下午，若真帶他參觀了汪昊的書房，書架上那些分門別類的書，被擺上去後沒有一本再被拿下來過，光針灸就佔滿整個書櫃，古法、董氏、蟠龍針，眼針、臍針、頭皮針，針刀、火針、鬆筋膜，艾灸、刮痧、刺絡放血，每一種項目都有大針灸家為它寫書，再加上汪昊鑽研的其他項目，道藏、符籙、科儀，命學、相學、玄空學，太乙、奇門、六壬，分類完還是讓人看得眼花撩亂，若真只想一卡車載去紙類回收，對她來說這房間裡的每本書，都代表兩人被佔走的相處時光，但對東毅來說，這房裡的書籍組成卻顯得奇怪，最奇怪的地方在於，每本書似乎都理所當然地交待著這個人的學問，沒有一丁點意外的成分，簡直像一個精心設計的美術場景。

送走東毅時太陽還沒下山，但若真也沒有留東毅吃晚飯的意思，光是短暫地陪伴，若真的心情踏實下來，像是終於倒落的陀螺，可以好好休息。

踏出鋪著碎石的日式庭院，東毅回頭看了白玉佛像一眼，接著拿出包裡的小羅盤測量房子坐向，排出風水學的三元玄空飛星盤。

房子是最適合安享天年的格局，佛像強調了八白艮山安穩寧靜的特質，臥室床頭安在四十年內不會衰退的一白坎水，同時巧妙利用格局把造成疾病與災難的二黑五黃避開，純熟的設計讓東毅感到佩服。

東毅伸伸懶腰，大力吸了口氣，若真這條線斷了，一切似乎又回到原點，說好的，此行前所卜出來的卦「大有」呢？

這時芷嫻學姊傳來訊息，素麗ＣＴ跟ＭＲＩ的結果很正常，可以推論不是腦瘤或其他器質性病變導致，但素麗的精神狀況持續惡化，除了原先的焦慮症，記憶紊亂、解離性障礙也出現病徵，有研究認為解離跟遺傳因素有關，學姊建議東毅盡速回去做全面檢查。

東毅並不意外，也並不因此變得更緊張，東毅本來就知道事情的嚴重性，在脈上都有，現在只是多幾個病名而已。

不到最後關頭，東毅不會加重投藥，因為那條路走下去就不能回頭，東毅跨上機車，想到素麗可能承受的痛苦，以及自己血液裡流淌的毒，絕望感又湧了上來。

斜陽揮灑，東毅順著坡道下山，輕鬆地放開油門利用重力自然加速，流暢地過了幾個彎，才看見前方下山等紅燈的車陣，因此扳下煞車，然而右拉桿卻空鬆一拉就到底。

東毅心口空了一拍。

火象文明普照大地，下卦天子剛健正直，如同日正當中，百姓安居樂業豐饒富足。

可哪有大收穫？在這段著名的死亡公路上煞車失靈，豈止不吉，根本大兇。

東毅用力拉了好幾下煞車，車輪毫無反應，眼看就要撞上前車，東毅技巧性從內側閃過車陣，速度稍緩但車子卻迎向前方過馬路的孩童，只好奮力再將龍頭一轉。

雲豹的前輪上下顛倒地卡進山壁，地上留下一條像白色毛筆畫過的刮痕。

東毅順著離心力飛出十幾公尺遠，騰空往山坡撞去。

離屬火，乾屬金，火又剋金，這是剋入，是凶象。

一輛俯衝下山的貨車從轉彎處竄出，正對著東毅胸口而來，東毅閉上眼，瞬間往日種種跑馬燈般晃過眼前。

兒時把玩的針，媽媽冷漠的眼神，媽媽發瘋跑進校長家咬死鸚鵡，然後有二十年的相依為命，接著媽媽病發了，接著他監視許若真逼瘋許若真靠著謊言進了汪昊家待了一下午確定一切皆是徒勞！

不對！

東毅猛然睜開眼睛，用盡力氣往後一翻，讓自己更快一步撞上山壁，貨車呼嘯而過，車身擦破他的外套，眼角餘光一瞥，已看不清貨車車牌。

東毅艱辛地翻過身看向天空，四周景色天旋地轉，他試著移動手指，把安全帽脫了下來。多虧太極拳養成的習慣，面對衝撞時東毅的身體一直保持鬆垮，只用像氣球的「掤勁」微微撐出一個緩衝，保護了主要關節。

孩童逐漸聚集，圍觀著滿身是血的東毅，這時東毅卻突然笑了起來，笑得激動，像剛打完一場逆轉勝的球賽。

不對！不對！不對！

今天下午，在許若真家時，從客廳窗外看出去，對面山坡間，有一粒反光。

現在才是「大有」。

那一粒閃光，是監視若真家最理想的地點，如果有一個人在那個地方監視若真，那個人會看見他走進若真家，那個人如果對若真有不可能割捨的感情，便會有充分的動機割斷他的煞車線。

而如此動機充分而神祕難尋的人只有一個，所以東毅是對的，是汪昊，汪昊還活著！

第四章

找出汪昊

東毅在紗帽山步道繞了六個小時才順著印象中反光的方向找到這裡，跨入門框後卻什麼都沒看見，就只是一個兩坪左右的空間。

入口這側三面有窗，通風好，一踏進來就有種說不上來舒暢愉快的感覺，空氣的流動均勻包裹，好像整座山正透過這間屋子徐徐呼吸，這是上乘風水才會有的表現。

東毅輕撫細黑木紋窗框，只有薄薄一層灰，顯然有人在這活動，透過南面的窗戶向外望，可見山腰上的若真家發出一丁點小小的白光，窗邊的地板上有幾個凹洞，像是曾有傢俱擺設的痕跡，讓東毅有些納悶，便轉身回頭打量這個空間。

撫摸唯一沒開窗的那面木牆，東毅每隔十公分就扣擊一次，回音沉著而透亮，四處敲擊牆面的聲音並無差異，東毅仔細搜尋縫隙或機關，卻找不到異常之處。

雖然很明顯做過高強度的防蟲防水，但從材質老化的程度來看，這間木屋的屋齡至少有二十年。東毅拿出羅盤，是乾山巽向的房子，得出的風水飛星盤有一個特別的組合，他於是放棄底面的木牆，來到門邊的小角落。

飛星盤是一個像數獨的九宮格，在玄空風水的理論中，洛書所代表的飛星次序，除了中央五黃之外，每個數字都能依方位對照後天八卦，有其搭配的卦象，一九為坎離，八二為艮坤，三七為震兌，六四是乾巽。

此處宮位的組合是二九，坤跟離，對應到易卦，就是土下有火，地火明夷，代表隱藏在底下的智慧或祕密。

東毅微笑，重重踏了一下地板，果然底下還有空間，他馬上蹲下，打開手電筒照亮這片地板，很快在牆邊發現一個缺口，是木板門的把手。

之所以藏在這裡，是因為設計風水的人利用玄空飛星盤的特性，這能讓一般人根本無法意識到這個地方。寬約一尺的木板底下，是一個氣密的防潮儲物空間，最深處的凹槽插著一支純白的摺疊吧檯椅，旁邊的小平台上有一瓶威士忌、一個玻璃杯、一支附腳架的高倍率望遠鏡。

椅子跟地板上的凹槽吻合，坐在吧檯椅上，東毅從望遠鏡口看出去，觀景窗內正好能看見在餐桌上用餐的若真，東毅看著她吃下最後一口白米飯，邊嚼邊把碗筷收進廚房。

東毅默默把椅子跟望遠鏡依照原樣收回去，卻在確認角度時發現側面的一個小紅點，東毅伸出食指上前撥弄，才看見那個紅點正射出一絲微弱的光束，打在另一端的接收器上，頓時打消了在此埋伏汪昊的念頭，這是一個防盜警報系統。

長嘆一口氣，東毅從包包裡翻出膠帶，仔細地沾黏玻璃杯緣，反貼後收進包裡，蓋上木板離開。

DNA鑑定最快也要等上半天，東毅隔日才從免疫科的學弟那拿到結果，確定玻璃杯上的唾液來源跟汪昊寄給書偉學長信上郵票的唾液吻合，於是立刻著手下一步計畫。

要把汪昊逼出來，東毅只想得到一個方法，但這個計畫要能成功，有一項關鍵要素絕不可少，那就是擇時。

東毅雖不是精通命學，但一些基本觀念還是有。擇時跟命學的概念其實很像，論命論的是一個人的出生，論國運論的是開國大典，論一件事則是論它的「發生」時間。

在眾多系統的擇日擇時法則當中，雖然各派著重的角度不同，但所有參考基準最終都會回到人與天的關係，也就是從地球對應出的天體運行狀態，其中影響最強的就是太陽與月亮，而日月狀態中最極端的是日食與月食。

在古代，日月食代表災難，君王做為領導者卻蒙蔽雙眼，昏庸無道，空中的光芒因此遮蔽，反映出人民對統治階級的憤怒不滿，此外，日月食的過程除了諸事不宜，甚至連被當時光線照射過的穀物也不可食用，否則會帶來災厄。

不過東毅反而要利用這一點，他需要擅長預測的汪昊暫時被「蒙蔽雙眼」，下次月食在週三凌晨，東毅立刻著手準備。

錶上時間顯示 2:25。

東毅開啟計時器，看準時間踏出房門，今晚的月食總長近四小時，時間足夠充裕執行計畫。

沿著空蕩蕩的和平東路，東毅的雲豹配合著速限緩慢行駛，背包裡的鏟子露出半截手柄，紮實地被固定在東毅背上，拉鍊被路燈照得閃爍發亮，看起來像隻發著光的獨角仙。

從六張犁沿著福德街上山時便沒了路燈，整條道路一片漆黑，因此看不見墓區分布，只能透過逐漸消褪的月光看出山稜的輪廓。東毅專心盯著眼前的柏油，每到分岔口便打開地圖確認方向，雖然前一天才跟學長確認過地點，但抵達汪昊的墓地時已經過了一個多小時，空中的滿月早鋪上一層暗橘色的影子，月旁點著一粒鮮亮的火星，兩者霸佔了整片天空。

「民丁酉年葭月／先夫汪君昊之靈／妻若真哀慟立」銀白色的魏碑體大字刻在黑白根大理石上，東毅順著碑文四處觀察，沿著手電筒光線細看墓園的設計，簡潔方正的線條訴說墓主的性格，若真依汪昊要求挑選的墓園樸素而內斂，碑面可拆卸的設計隨時歡迎另一位住客，讓這裡變成夫妻塚。

繞到墓園後側，東毅在通風口下找到一塊Ａ３大小的門板，上頭扣著一顆不足小指大的鎖頭。東毅輕放包包，抽出鏟子靠著大理石面，接著從包包裡拿出三個玻璃罐，分別裝著尿、血和上千隻釣具店買來的蛆。

對罐子裡的細小生物來說，手電筒照射是暴虐無情的酷刑，牠們竭盡所能地向瓶子中央鑽，害裡頭的同伴一個個被擠出來，形成一種迷幻的流動感，然而奇怪的是，在牠們那勉強稱之為頭部的器官裡，絕沒有可稱之為感光元件的部位，牠們是用白潤光滑的皮膚接收光線，然而也只是罐身外層的那些，裡頭是從周遭的躁動聽見有光的。

東毅咬著手電筒，舉起鐵鏟瞄準鎖頭插了下去，扣環部位應聲斷裂。

翻開門板，一陣陳腐的霉味飄了出來，像晨間積了整夜的口臭，這讓東毅頓時感到不對勁，於是放下鏟子，緩緩將手掌伸進門板內的空間，掌上的皮膚逐漸感受到一股侵蝕的壓迫，東毅趕緊抽出手，來回張握甩了兩下。

不可能，汪昊絕不可能把自己的生基放在這種地方，裡頭的骨灰盆不管裝著什麼，一定跟汪昊和師母無關。

要立刻重新判斷，墓的風水除了山河形勢，飛星盤所代表的理氣看的是碑向。

東毅繞回墓的正面，左手羅盤精準平行對齊碑底切面，右手微調分經線，直到與指針重合，是八運艮坤向，標準的上山下水。

《青囊序》云：「山上龍神不下水，水裡龍神不上山。」

玄空二字分別代表時間與空間，而時間則以三元九運作為區分，時值當元旺運八白，因此座方山星與向方水星以八為最吉，稱作「到山到向」[4]，然而若山星八白飛到向方，水星八白落於座方，則稱作「上山下水」，除非搭配面山背水之形勢，形成獨特的「倒騎龍」格局，否則為大凶。

沒有時間猶豫，計畫一定得在這次月食內完成，於是東毅果斷放棄此處，把東西收回包內後卻一陣茫然，大半夜的，該去哪找汪浩的生基？

東毅念頭一轉，既然當初的卦象是大有，那最終必然能找到汪昊，然而卦象吉祥不代表不用付出努力，考量到目前的行動範圍，東毅只能相信汪昊的生基就在眼下這座山裡。

若光要找風水好的墳，八運飛星到山到向的坐向就有六個，這座山頭這麼大，不可能逐一過濾，當東毅正苦惱時，空中的血月彷彿在召喚他內心深處的焦躁，從內而外往胸口搔癢著，一旁閃爍的火星卻讓東毅想起了什麼。

火，智慧，地火明夷，藏在地底下的真相。

東毅立刻在掌上推算，八運飛星盤常見的數字組合種類不多，二九不在其中，但並不代表沒有這種可能性。

在測定座向時，玄空風水將三百六十度分為二十四山，一山十五度，但若測量結果在此山頭兩側的三度內，則會因太接近隔壁山頭而造成飛星受影響而變動，這稱為「兼向替星」。

而八運總共四十八張飛星盤裡，只有一張有地火明夷的二九這個組合，是辰山戌向的兼

4 到山到向：玄空風水在度量房子角度後會依照口訣排出一張飛星盤，這會是一張三乘三的九宮格，每個格子都會有代表元運、山星跟水星的數字，而「到山到向」是最基本的吉祥格局。

向盤。

東毅攤開地圖，把手電筒打向大理石碑面，靠反光而得的微弱光線仔細檢查富德各墓區的主要座向，大筆劃掉不可能的區塊後，圈起了最有可能的五個點。

迅速收拾打包，時間壓力讓東毅的動作細微顫抖，動身前他看了看錶。

錶上時間顯示 3:54。

漆黑山坡上閃動的一粒光點，東毅像一個摸黑臨檢夜店的警員，快步用手電筒來回照射，迅速清點每個人的姓名和長相，遇上枝葉雜草叢生的則直接跳過，為避開長出地面的樹根，光線在前方地面跟碑面中來回移動，像台不停工作的印表機。

雖然特定方向的墓碑不多，但每層都有同樣的方向，東毅大部分時間其實用於行走與爬坡，且由於注意力高度集中，才掃完第一塊墓區就花掉大半體力，騎車到達下個區塊後，東毅拿出針包，對後頸部的啞門、風門進行激烈的補瀉手法，暫時阻斷自己的味覺與嗅覺來節省腦部運算負擔，再用耳針引腎水滋養肝木來明目，才重新舉起手電筒出發。

臀大肌、股四頭肌、脛骨前肌，規律地連動收縮，左腳、右腳、左腳、右腳。

為節省體力，東毅仔細操作需要用到的肌肉，收緊腹橫肌壓縮腹腔，約束整組核心肌群來分擔雙腿的力量，借用手腳甩動的慣性力前進，並確認無關的肌群保持在放鬆狀態。東毅試著維持《拳經》裡的「尾閭中正神貫頂，滿身輕利頂頭懸」，卻由於上半身挺直中正的模樣太過正經，簡直像個流暢的爬樓梯機器人。

太極拳每一招都具備「化拿打」，也就是化解敵手攻擊、擒拿並反擊的一系列動作，東毅把敵手換成地心引力，讓這套流程滲透肢體的每一次運動，造成一種帶節奏感的配速技巧。

又翻過一片山頭，下山騎車的空檔卻成為破口，汗出當風讓身體迅速冷卻，肌肉裡的血液也因而被擠了出來，東毅只好翻開腰後的命門穴貼在冰涼的大理石墓碑上，一陣酥麻直竄腦門，用寒意逼出保護腎陽的噴嚏來瞬間熱身。

汗滴滑落東毅的額頭，東毅卻一點都不覺得熱，反而胸口有股寒意，它不是來自腳下蒼涼的墓園，而是不確定自己夠不夠努力。

晦暗的月亮沒於背後台北夜景之中，山的另一頭天色漸光，一顆顆圓圓的小松樹指示道路的方向，這對東毅大有幫助，一次抬頭可以看見兩三排墓主的名字，他收起手電筒，調整呼吸跑了起來。

嘟嘟嘟嘟嘟嘟、嘟嘟嘟嘟嘟嘟。

急促的雷達鬧鐘聲響起，東毅不敢停下腳步，錶上時間顯示 5:50，距離月食結束只剩半小時。

大步爬階的強度負擔過大，東毅開始無法維持身軀正直，因此知道在五分鐘內就會腿軟，於是站住，一針百會送往頭頂，接著踩上眼前的墳頂，找到可以看見整片山坡的視角後，拔出包包內的信號槍，毫不猶豫地朝山頂發射。

槍聲清亮迴盪，艷紅的光芒刷過整片墓區，照亮了遠方原先看不清的部分，東毅跳動著身子凝視坡面上的墓塊，仔細檢視其中的不協調，終於在山腰上發現兩個缺口，立刻向上狂奔。

左腳、右腳、左腳、右腳、吸、吸、吐、吐。

枯死的芒草、乾癟鬆散的土壤、幾片碎裂的白色磁磚，東毅已經無法組織理性思考，但經驗告訴他不是這裡，於是向上看，另一個缺口在四層之上。

到了，東毅大口喘著氣，全身的肌肉正在哀號，時間只剩十分鐘。

正前方立著一塊木板，極其稀鬆平常的一塊木板，像是從誰家的破桌拆下來的，上面什麼也沒有。小小的菊花帶濃郁的黃，點綴在平坦的黃土地四周，不高不矮、不疏不密，這裡絕對是塊吉地。

東毅放下包包，抓著鏟子把柄的手卻懸在空中，若在月食期間祖墳被破，這戶人家的長子很可能會死，東毅不禁遲疑，如果不是這裡，如果汪昊把生基放在另一個山明水秀的地方，而這只是一個無辜的無主墓該怎麼辦？

錶上時間顯示 6:14。

東毅提起鏟子，踩穩腳底的湧泉穴，大吸一口氣，但在鏟下去的那一瞬間，頹軟地鬆下身子，嘆了出來。

算了，來不及了，而且可能根本就不是這裡，再想想辦法吧，一定有辦法的，東毅拿出手機，電話撥通後是一陣漫長的等待，他彷彿等了很久，就在他忘記為什麼要撥出這通電話後，電話接通了，那頭傳來素麗帶點勉強的愉悅聲音。

「兒子啊！怎麼啦？」

「阿母，沒事啦，這麼早妳起床囉？」

「差不多啊，這邊生活很規律，你那個學姊對我很好，每天都被照顧得服服貼貼。」

「身體感覺怎麼樣？」

素麗答話前很小的一個停頓，東毅聽到了。

「很好啊，就是一直拉肚子，其他沒什麼問題，倒是那個爛人，他竟然找到這裡來，還想要毒死我！就是他害我一直拉肚子！」

素麗口中「那個爛人」指的是父親，東毅對他沒什麼印象，父親很早就離開家了，且從來沒有回來過，顯然素麗已經開始產生幻覺。

「妳不用怕，學姊會保護妳，乖乖吃藥，啊對了，之前我說要找汪老師的事情，我有找過，但好像……沒辦法了。」東毅有些哽咽。

「噢，沒關係啦，不用找了，那你回來吧，回來陪我。」

東毅閉上眼睛，點點頭。

「嗯，我很快就回去，妳放心。」

電話掛斷，距月食結束只剩幾秒鐘，東毅舉起鏟子往下鏟，鏟子刺進土裡，再用左腳加壓，整簇菊花被連根拔起甩到一旁，這時雷達鬧鐘響起，規律的嘟嘟聲正好讓東毅的動作有了節奏，鏟、踩、翻，鏟、踩、翻，大約十次之後，一聲木頭的撞擊打斷了他。

按停鬧鐘，東毅撥開土塊，露出一個木製的棺材，木頭的觸感新鮮得就像昨天才被埋下去，棺木上頭貼了一張青綠色的符，符紙本身破損而腐爛，但依舊能看清符咒黑色的筆觸來回勾劃多條閃電，糊在一起像條海參。

東毅用鏟頭插進棺材旁的縫隙，整個身體壓上去把箱口撬開一條縫，再陸續撬開兩角，才把手腳伸進去，準備把棺木掀開。

突來一陣刺痛，東毅立刻抽回手，左小指上竟掛著一個細小的條狀物，是蛇，沒比蚯蚓粗多少的彤色身軀帶著黑環，東毅激動地把牠甩到地上，一股憤怒衝了上來，便提起腳準備踩死牠，卻因為一絲猶豫，眼睜睜看著牠鑽進下層的墓園溜了。

東毅俐落地用止血帶綁死手腕上的橈靜脈和尺靜脈阻斷血液回流，接著用對稱思維的繆刺法在右腳上的對應處下了一針，並取出身上所有留針，單針截法全力把氣引至左手，以氣替血，避免缺血造成的組織壞死。

方才的憤怒流入手心，東毅狠然抓起鏟柄，一心往棺木劈下去，聲聲脆裂巨響隨著不成形的棺木漸弱，抛下鐵鏟時，東毅粗糙的呼吸像頭野獸。

手電筒照亮棺木內，碎木與泥土覆蓋的角落下閃出一絲金光，東毅用腳踹了一下，是一個鑲金邊的黑色瓷甕，便探下身子把它挖了出來。

東毅冷冷看著手上的甕，它像個黑色的匏仔，卻不像葫蘆那樣有腰身，除了甕口一圈金漆之外全是黑的，黑釉的光澤在微光下閃爍，感覺價值不斐，但東毅只想著要不要把它摔破。東毅捧著甕的左手儘管漸漸失去知覺，還是能感覺到甕裡空無一物，確認至少不會再有什麼蟲蛇冒出來咬人，才小心翼翼地把甕口的木塞轉開。

一股高雅的木質香味飄出，甕裡頭空間不大，東毅用手電筒往裡打，漆黑內壁上似乎用紅字寫著某些符號，在最下面有團穢物壓在一片黃紙上，死死黏在甕底，從黏液乾掉的痕跡與色澤判斷，應該是用血液與精液沾住的一團毛髮。

東毅把甕固定在地上，接著從包包拿出準備好的玻璃罐，像在實驗室裡一樣精準地把尿跟血倒入甕口，但蛆卻不論多慢都會整團倒出來搞得到處都是，東毅只好把罐身固定在一個角度，再用手電筒照射罐底，刺激牠們一隻隻爭先恐後地爬出來掉進甕裡。

大功告成，東毅壓入木塞，把甕丟進棺木簡單埋回去後，站在一旁看著自己的傑作。

「接下來就是等了。」東毅喃喃自語。

溫柔的淡黃色從山間探出，咣嘵嘵的引擎聲打斷寧靜，一個揹土色斜背包，穿著軍綠連身工作服的男子停在山腰，戴著全罩式安全帽大步攀上階梯，就在要抵達被破壞的無主墓之前，突然一個人影衝出來抱住男子，是埋伏在墓碑後的東毅，男子試圖掙脫卻顯得無力，在階梯上一腳踩空，拖著東毅跌進白色圍欄後雜草叢生的墓園。

東毅大口喘著氣，壓制男子，並伸手試圖解開安全帽的扣環，卻因左手太過無力被掙脫，男子見機倏地滾向東毅眼前兩座墓碑之間，頓時像躲進錯覺製成的簾幕一樣，憑空消失了，東毅爬上墓頂四處查找，什麼都沒看到。

東毅既驚又喜，這難道就是奇門遁甲？

他在古書上讀到過，奇門遁甲雖主要為預測學，當中特定的格局卻能作為修行人入山的防身手段，避免受山精野怪騷擾。所謂「遁甲」並不是真的能隱形，實際上人可能就在對方一轉頭或前進半步的死角裡，但無論如何對方就是「不會想到」要這樣做，於是能達到完美的「不被發現」。

奇門遁甲盤共有八門，善於躲藏及隱匿的是「杜門」，而擅於曝光的則是反方向的「開門」，於是東毅心存男子動向，朝著他跳開的反方向移動，才走五步，便像是突然被潛意識提醒一樣，想起剛剛漏看了自己所站之處的正下方，東毅繞了小半圈，放輕腳步摸回去，便看見男子正背對東毅，朝東毅離開的方向看著，東毅上前拉開男子的安全帽，底下正是汪昊，他的樣貌異常年輕，甚至似乎比二十年前更稚齡，東毅頓時驚訝地彈開來。

是真的，他找到了，他不禁想到當初的卦象，山天大畜，長年累積的資源轉化為關鍵實用的籌碼，要不是這些年對各種數術欲壑難填地雜學，根本不可能找到眼前這個男子。

「汪老師？」東毅脫口而出。

汪昊面露喜色，似乎有點得意，靠上前說：「醫生的手是很珍貴的。」

汪昊上前查看東毅的手，東毅卻突然反手拿住汪昊的手掌，試圖制伏他，但其掌腹異常柔軟，甚至連指骨間都像果凍一樣滑順，抓不到反關節的空間，這時汪昊以彼之道還施彼身，回過身同樣的反手輕探，手勁輕盈得東毅毫無知覺，就像是自身手掌的一部分突然反過來抓住自己一樣，待東毅意識到時，關節已經被拿住了，汪昊指尖輕按，東毅倏痛得趴在地上，只能勉強用麻木的左手撐著地。

「別傻了，就那點三腳貓功夫。」汪昊說。

東毅抬頭怒瞪，汪昊便提腳輕踩東毅的右肩，東毅痛得悶哼，試著放鬆肩背來尋求掙脫的空隙，卻發現每鬆一分，汪昊的手勁就進逼一分，如蠶抽絲，看似虛弱卻連綿不斷。

擒拿的本質是解剖學，拳法透過無數次套路練習間接理解的功法，源自於骨骼筋肉在先天設計上的旋轉角度限制，目的是用最少的力量制服對手，東毅日常的太極拳訓練並沒有這麼高強度的實戰，只感覺到兩人實力的巨大落差，隨著各種可能性在腦中高速盤算，汪昊竟笑著鬆開東毅的手，東毅立刻抽回手拍擊地面彈了起來，退開半步，雙手立掌一前一後，擺出接招姿態。

「我沒有時間陪你玩。」汪昊說完大方地向東毅走去，架勢十足的東毅因此顯得尷尬。

東毅緊盯汪昊雙眼同步後退，卻踢到一塊硬物，他反射性一看，眼神斷開的瞬間，汪昊已繞過東毅雙手，進步探入東毅懷裡，東毅急得兩手下按試圖借力退開，卻被接住右肘，瞬時一只右掌刺向喉頭，東毅縮頸閃開，掌背穿過，緊貼東毅臉前兩吋不到，又突然翻正，兩指成鉤狀欲刺向眼珠，是「白蛇吐信」，東毅一驚，但退無可退，只得用力緊閉雙眼。

汪昊鬆下手指，向東毅的眼瞼輕輕一碰，左手推，右腳拐，東毅便像根沒放穩的曬衣架一樣倒在地上。

汪昊上前踩住東毅，拉下褲襠，對準東毅被咬傷的左手尿了起來。

一股怒氣上來，但東毅知道怒氣壞事。怒為肝屬木，當以金剋之，金為肺主悲，東毅想著方才素麗電話裡的堅強，怒氣頓時顯得荒謬。

這是東毅兒時自學中醫的第一個實踐，每當獨處時為了不被情緒淹沒，感受一上來便這麼對治它們，於是早就像呼吸一樣熟稔自然。

「對不起，」東毅趴在地上說道，汪昊尿完緩緩讓出腳，東毅便坐了起來，盡可能誠懇地接著說：「我沒有惡意，只是有事情想找汪昊老師。」

「早點聽話不就沒事了。」汪昊從包裡拿出一罐玻璃瓶，遞給東毅：「拿好。」

東毅接過，發現他的手微微恢復知覺，不死心地說：「老師，二十年前你救過我媽一次，那時候你說她會再復發，結果⋯⋯」

「我知道我說過什麼，」汪昊打斷東毅，拿出針頭消毒後取走玻璃瓶，蹲下來替東毅注射，又說：「還有，不要叫我老師。」

東毅近距離看著汪昊，他的皮膚渾圓飽滿，好似桃子一樣，但從嘴巴以下卻漸失光澤，那是面相裡的下停，代表晚年運勢及子女、晚輩，也反映先天腎氣。

汪昊解開東毅的止血帶，輕柔地觸摸傷口附近，他的手傳來一股暖意，似乎在尋找什麼，接著他用針在腰腿點跟合谷附近各下了一針。

「你針用得不錯，但是太死板。」汪昊說，一邊捻了捻東毅腳上的針。

「考上醫學系前我就看過你所有教學，學長們戒心比較重，費了不少工夫才弄到手。」

「那你還考醫學系幹嘛？浪費時間。」汪昊取針，又說：「好了，這樣就沒問題了，我幫了你，所以現在換你幫我，離我跟我老婆遠一點，我不想再看到你。」

東毅靜靜看著汪昊，不發一語。

「怎麼了？我救了你的命，我沒有情緒勒索你一輩子，只是要你滾遠一點，不難吧？」汪昊說。

「你救了我的命，我這輩子都會記得，但我既然找得到這裡，還親眼見到你，這是我跟我媽唯一的希望，不可能就這樣算了。」東毅說。

「天底下醫生這麼多，你去打聽一下，很多名醫甚至國醫都還在看診，如果吃他們的藥沒效，那就是真的沒救了，不要來煩我。」汪昊說完掉頭要走。

「我沒有時間了，我不能把我媽的命賭在其他醫生身上，這麼多年以來我不是沒找過別的醫生，但我只看過你這個神醫。」

「他媽的講不聽耶，你們母子倆有這個病不是我害的，你還跑來這裡破我的生基，差點把我害死，憑什麼我還要再幫你一次？」

汪昊爬上東毅破壞的生基墓前，東毅擦擦手上的尿追了上去，只見汪昊在墓邊翻動雜草，似乎在找東西。

「對不起，除了這樣，我不知道怎麼見你一面。」東毅說，接著遞上自己的鏟子。

汪昊接過鏟，沒有答話，默默把鬆軟的土撥開，挖出那個小甕。

「我看過你跟師母的命盤，裡面的徵象太兇險，如果你不這麼做，你跟師母一定會死一個，」東毅又說，接著踩進土堆裡把甕拿了起來，「但其實有辦法，連我都看出來了，我想你一定也知道。」

汪昊一愣，立起鋤，把甕從東毅手上搶過，說：「現在可是謝大師了，失敬失敬，你說說看吧，我應該怎麼做？」

甕被摔破，裡頭臭氣逼人，小蛆們癡肥不少，快樂地游倘著，汪昊從包裡拿出酒瓶，撒在殘片上，點一根火柴把牠們全燒了。

「如果我願意犧牲呢？換你早點跟老婆團聚。」東毅說。

汪昊注視著火焰，姿勢突然轉變，像是戴起一頂隱形的高帽子，他左手抱拳，大姆指卻埋在拳內提於腰後，右手起劍指，對著火焰筆畫，口中唸唸有詞，最終逆時針轉了三圈，前刺並大喝一聲。

汪昊收起劍指，存於胸口，閉目凝神，才緩緩鬆下身，看向東毅說：「我聽不出關聯，你本來命就不長，就算死得壯烈，關我什麼事？」

「師母盤裡的徵象主喪夫，失去所愛的人，但這已經發生了，」東毅像是在講一道謎語，邊說邊試探汪昊的表情，「所以問題出在你的盤，忌入命宮，你是真的該死。」

汪昊沒答話，背過身去扶著鐘柄，一回身就往東毅臉上揮，東毅驚險閃過，但還有後招，掃腿一勾，東毅又倒在地上。

鐘頭頂在東毅頸上，汪昊說：「那你有看到自己什麼時候該死嗎？」

東毅躺在地上，舉起雙手，但嘴上還沒投降，說：「你雖然該死，但你沒有死，不只是因為這個生基，如果我沒算錯，一年前，也有人替你死。」

「重點是，現在是你需要我，不是我需要你。」汪昊說完把鏟子扔了，轉身離去。

火勢漸息，空氣裡飄著一股怪好聞的臭味，炙烤過的蛋白質夾雜酒香，東毅在手上推算一陣星盤，淺淺一笑。

第五章

汪昊現身

穩定的儀器聲隨著素麗的心跳搏動，東毅在素麗身上捻針，確定她睡去，才稍微鬆了口氣，把生理監視器的聲音關掉，在素麗四肢圈上綁繩，這時有人敲門。

「有時間嗎？」說話的是個女人，俐落短髮下是一襲服貼的醫師袍，內裡是白色素T和牛仔褲，她不等東毅回答就走了進來。

「學姊，」東毅答，「我媽好不容易睡著。」

學姊使了個眼色，兩人經過走道來到茶水間，學姊在水壺裡填上溫水，嘟嚕嚕的水柱在空間裡產生回音。

「你有什麼打算？」學姊問道。

「針灸、中藥，除了這些我也沒別的辦法。」東毅說。

學姊欲言又止，水滿了，她拿在手上沉甸甸的，彷彿在秤量心裡的話該怎麼說出口。

「我聽阿姨說你覺得汪昊醫師還活著，要找他幫忙，是真的嗎？」學姊看東毅不置可否，又說：「阿姨有很嚴重的恐慌症，以後很可能得住院，吃一輩子抗憂鬱藥，所以我找不到理由阻止你，畢竟任何治療在做之前都不可能知道結果，但這是你媽，你只有一次機會。」

「不對，我知道精神科的藥吃下去會有什麼結果，她的眼神會漸漸變得不是她的，我會看著她變成一個被關在我媽身體裡的人，那只有後悔而已。」

「那我們可以不要用藥啊，至少走一個有證據支持的方法，國內有不少ＭＵ畢業的碩士，他們會知道國際上最前緣的ＤＩＤ治療技巧……。」

「學姊，」東毅打斷她，「就算我真的要找人替我媽諮商，我也只信任一個人，那就是妳，這麼多國家我最不信任的就是美國人，都是些自私自利的鬼東西。」

「又來了。」

「什麼意思？」

「沒事，」學姊撐起笑容，說：「你自己呢？還好嗎？還會做那些夢嗎？」

「最近幾乎沒怎麼睡。」

「齁，啊不是中醫？」

東毅笑了，學姊也笑了，輕鬆地一笑帶兩人回到當初熬夜讀書的求學時光，那時的他們雖然也有壓力，卻擁有現在無法希冀的輕鬆自在。

短暫的沉默。

「我知道你不喜歡聽這些，但我真的很擔心你。」學姊說。

「我也知道，我看起來像個瘋子，把自己當救世主，但我沒有，我需要幫助的時候會說的，我不就請妳幫忙了？」

「好吧，」學姊一臉無可奈何，換了個輕鬆的口吻，「你還沒說，對於汪醫師你是認真的？如果是要找名醫，我也可以幫你打聽看看。」

東毅笑出來，「找一個死人幫我媽看病怎麼可能是真的，她大概記憶有點錯亂，醫生的部分不用擔心，我會盡全力治療她，至少不會後悔。」

「如果是我面對這樣的狀況……我不知道，那個責任太重，壓力太大了。」

「妳是不是覺得像我這種沒什麼朋友的人，妳的角色很重要，需要多關心我，多勸我幾句？我也是有感覺的，我真的沒事，不要再把我當小弟弟照顧。」

「好吧，我繼續去查房了。」

兩人告別，東毅收起微笑，醫院的一切多麼熟悉又令人反胃，回到素麗病房時，黑暗中竟多了一個人影，走近才看清是汪昊正在幫素麗把脈。

東毅先是驚訝，再暗自竊喜，他對汪昊命盤的判斷沒錯，汪昊是需要他的，至於在命理之外，早有耳聞汪昊的醫術晚年趨於玄妙，令學生望之卻步，汪昊絕不可能放任自己對醫術的見解就這麼失傳。

跟二十年前一樣，汪昊在把脈時，周遭的氣壓會好像突然變強，旁人都知道這時不該出聲，東毅於是站在一旁等著。

不像檢驗報告，沒有人能知道別人能從脈裡知道什麼，半晌後汪昊才收起手。

「看你走路的樣子，應該在頭痛吧？左膽經，牽入眼窩？」汪昊問。

「沒有，」東毅用手順過頭上膻經循行，說：「沒什麼特別感覺。」

「你氣怎麼這麼虛？應痛未痛而已，」汪昊上前用手指抵住東毅下腹的關元穴，又說「試著吸氣吸到這裡。」

東毅半信半疑，順著吸氣鼓起自己的小腹，卻被用力頂了回去。

「慢一點。」汪昊說。

東毅把氣吐盡，再次試著把氣吸入下丹田，才過三巡，頭上真的出現抽痛感，位置跟方才汪昊描述的一模一樣。

「真的，你怎麼知道？」

「我知道的事情還多著，」汪昊把手從東毅的小腹拿開，說：「令堂的狀況不樂觀，先告訴我你這二十年都做了什麼。」

「我？」

「對，你在她身邊這二十年，都在做些什麼？」

「噢，我每個禮拜會幫她針灸，看當時的狀況，主要在寧心安神，用的都是古法的取穴，用藥則是健脾祛痰，輔茯神、龍骨、牡蠣輩。」

「哼，」汪昊一笑，說：「那就是什麼都沒做囉？」

東毅說不上話。

「你醫術怎麼學的。」汪昊又問。

「讀經典、看醫案、實證。」

「讀那些經典？」

「《素問》、《靈樞》、《難經》、《本草經》、《傷寒論》……」

「好了好了，」汪昊打斷東毅，說「這些書是誰寫的？」

東毅愣住，這是個荒謬的問題，但汪昊表情異常嚴肅，他只好勉強地回：「我不知道，考慮到散佚，可能是很多人。」

「很多中國人，中國人是以宗族本位在思考，你覺得他們寫書的動機是什麼？」

「我懂意思，你想說什麼可以直接講。」東毅盡可能口氣誠懇。

「經典是不可以信任的，中國人這民族為了給後代留利益，絕不把真東西寫出來。」

「所以才需要實證啊。」

「那為何不直接實證就好？」

「丟掉經典之後毫無頭緒，怎麼實證？」

「《內經》寫出來前的醫生沒有經典可以看，他怎麼實證？張機沒有《傷寒論》可以讀，他怎麼實證？」

「那也是根據他們當時能採用的一切醫學記錄，不是憑空出來的。」

汪昊似笑非笑地看著東毅。

「我再問你一句，中醫是不是什麼病都能治？」

「理論上是。」

「所以你對中醫很有信心，如果病人治死了，是醫生個人醫術有問題，不是這門醫學有問題。」汪昊語氣中充滿挖苦。

「這問題問西醫才對，現實狀況是反過來的，西醫治死人頂多去檢討醫生，中醫治死人就是病人居然蠢到去信中醫，這是兩邊論述權力不對等的問題。」

「你覺得中醫被瞧不起是為什麼？」

「庸醫造成社會偏見，考進來的學生大多想當跳板轉系或雙主修，留下成績爛轉不走的繼續當中醫，惡性循環。」

「少數好中醫呢？」

「碰不到急重難症，在這種環境下也不會想碰，」東毅的眼神從汪昊身上移開，又說「或迷信算命，不務正業。」

汪昊大笑起來。

「說得好，那你還找我幹嘛？」

「我媽的命是你救的，我親眼看過你的醫術，那不會是假的。」

「如果我說那只是誤打誤撞？」汪昊看向素麗說：「如果我從來沒出現過，你還會學中醫嗎？假如這種事情被你遇到，台灣還是狂犬病疫區，很多鼬獾身上都有病毒，陽明山上就有鼬獾，如果你媽被鼬獾咬傷，你會讓她打疫苗跟血清，還是辨其脈證，隨證治之？」

東毅想到他在山上看過的那隻鼬獾，那張花臉迷幻地黑白交錯，他猶豫了半晌才開口。

「我都會做，如果不幸疫苗沒發揮作用，病死率幾乎百分之百，當然會全力靠中醫。」

「所以只是沒有辦法的辦法。」

東毅陷入沉默。

「沒有要打擊你，你走的這些路我也都走過，所以那陣子教書才會講這些，後來才發現真是大錯特錯，」汪昊看向他放在桌上的背包，說：「你想不想知道我這十幾年來都在幹什麼？」

「聽過學長在傳，說你離開學校是去修道。」

汪昊從背包裡拿出一尊木像，木像穿著傳統服飾，被熏得黑亮亮的，木像一落在桌上的瞬間，就好像有位尊貴的人正坐在那裡一樣。

「我一開始也以為我只是去修道，直到發現有更直接的。」

東毅心裡猜到一二，汪昊的手勁不像是練出來的，更準確說，不像是人。

「我可以幫你，但你要幫我做一件事。」汪昊拿出一個墨藍色的小碟子，上頭刻著類似葉脈的花紋。

「說吧，我做得到的我都會做。」

「我的命盤，你只說出來一半，剋死之象必然存在，但除了我自己去死，盤裡的負面能量有機會轉移到別的宮位裡，透過化象流動，從我的盤上看，唯一的出口是……」

「兄弟宮。」東毅接上話。

汪昊有些驚訝，但旋即大笑起來，同時繼續手邊的準備工作。

「他媽的，你小子明明知道嘛，我開始喜歡你了。」

「兄弟宮天機忌入，這個人要夠聰明又要夠笨才可能幫你，可惜一直沒有這樣一個角色。」

「聽起來你知道當我兄弟的風險，所以呢？你願意嗎？」

「跟傳說中的神醫稱兄道弟耶，一般人求都來不及了，具體上要做什麼？喊你一聲汪昊哥就可以嗎？」

「既然你已經有覺悟，非常好，我們會用老派一點的作法，老派的東西有它的用意在，只不過很多人不了解罷了，但不了解也沒關係，傻傻照著做也行。」

汪昊說完點起一根火柴，燃起那墨藍色碟子上的一撮粉末，微弱的火光在碟子的釉面映出尊貴的紫色，空氣中飄著淡雅的鼠尾草香。

「我們要結拜。」汪昊說。

東毅能感覺到，火光燃起的瞬間，儀式已經開始了，他強裝鎮定，其實心底慌得很，因為他知道汪昊的兄弟宮出了什麼問題，那是「從來沒有存在過的人」，也就是他的兄弟將在死前消失，不只是默默無聞而已，是澈澈底底被所有人遺忘。

「既然是密碼，你怎麼知道做對了？」東毅問。

「加密目的是為阻隔一知半解的人，背後規則通常很簡單，難在篩掉其中的假訊息。」

東毅套不出什麼資訊，只好迅速打量環境中有什麼可以利用的東西，他看見病床上的素麗睡得像張畫，靈機一動，這時一股震動穿透進東毅的胸口，汪昊正扶著頌缽擺磨，一圈又一圈，聲音像在按摩著東毅，溫柔撫弄全身，整個空間產生一種無可名狀的莊嚴感。

東毅必須破壞這件事，就算汪昊真的願意幫忙，到時候如果還是治不好素麗，而自己立刻默默無聞消失在這世界上，他會更後悔。

「可以了，你準備好了嗎？」汪昊用放血針對準自己的指尖，看向東毅。

東毅深呼吸，搓搓手，做出很緊張的樣子。

「開始之前，我想再問一個問題。」

「說吧。」

「從一個兄弟的角度來看，你覺得我這樣做值得嗎？」

「如果是為了我媽，我一定覺得不值得，她這輩子最大的願望就是讓大家知道她活得有多痛苦，要大家回報她，我不會讓她得逞的。」

東毅靠向病床，檢查素麗身上各個部位。

「這個儀式會影響到她嗎？」東毅問。

「當然會，你不就是為了救她嗎？」

「我的意思是，她也在這個空間裡，怎麼知道她不會變成你的姊姊？」

「別浪費時間，你等等就會知道。」

汪昊不耐煩靠了上來，東毅在最後一刻偷偷在手上沾了點素麗導尿管上的尿。

「照著我做。」

汪昊引東毅來到祖師像前，跪下，東毅也跟著跪下。

「這位是我們的祖師，需要認識一下，他是老子，第一個了悟生命之道的人，但他也是一個死人，他的重要性在於他活著的時候做過的事，那是他想留給我們的訊息。」

東毅抬頭看著桌上的祖師像，他根本不知道老子做過什麼，對《道德經》也只聽過前兩句，但身旁這個男人對其之敬畏讓他毫無猶豫地折服，畢竟他八歲就看過神蹟，這個實現神蹟的人所尊敬的對象，毋庸置疑值得尊敬。

「你眼前的只是一塊木頭，無論雕刻的師傅有沒有通靈感應，木頭就是木頭，我們只是借了這塊木頭來依託心裏的敬意，至於你現在的心情是什麼，只有你自己能見證。」

汪昊說完用放血針在指上點了一下，一滴血滴在碟子的脈紋上，像是被吸吮一樣迅速隨著紋路散開，接著汪昊掐起東毅的手指，也刺了一滴在對稱的地方，兩滴血的交融處彼此延伸，隱約像是一幅兩儀圖。

「從今天開始，我們就是同門了，我年紀比較大，你要叫我師兄，我也會叫你一聲師弟，這意味著我們體內有彼此的血。」

汪昊用大指按上碟中的血，擦在自己嘴唇上，也沾在祖師像的嘴上，東毅卻有些猶豫。

「怎麼樣，嫌噁心嗎？」

「不是，你剛剛才說中國人都搞宗族本位，現在又要跟我稱兄道弟，我覺得怪怪的。」

「兄弟不代表什麼，還是可以勾心鬥角彼此背叛的。」

「那我就放心了。」

東毅用方才沾了尿的手指按上碟子，卻突然心中有股莫名的抗拒感，他用盡意志力去抵抗，在血抹上祖師像前，胃好像快翻過來一樣，他完成動作的一瞬間，一股氣衝上腦門，無可迴避地暈了過去。

意識彌留之際，汪昊似乎又在唸唸有詞著什麼，但他已經管不著了，只願他的小動作能阻止這一切。

第六章

汪昊過去

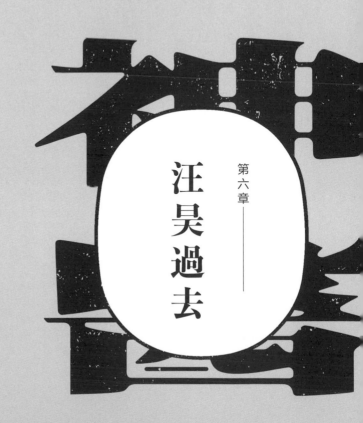

一開始其實沒這麼複雜，直到汪昊收起祖師像時，聞到東毅抹上的血混雜著騷味，才發覺東毅會暈死過去，是因為在儀式裡動了手腳，這不敬的行為破壞整個莊嚴的過程，觸怒以雕像為依托的祖師，才從東毅內心的道體反撲出來，而這也代表東毅或許早預料到他會不請自來。

汪昊長嘆一口氣，他想起二十年前在鸜鵒屍體旁黯然神傷的那個男孩，當初他還擔心這孩子會因太過軟弱而遭致不幸，如今眼前的男子已是完全不同的人，如此的轉變，汪昊不禁自責這都該歸咎於他。

汪昊不是什麼都沒做，他曾回去找過這對母子，但不是擔心他們，只是想知道一件事。

當醫生多多少少會遇到鬼，汪昊在素麗的治療前早有準備，《內經》云：正氣內存，邪不可干。只要有能量夠強的護身物，加上自身精神力足夠穩定，類似的情況並不難處理，鬼也只是人，打不贏就會跑，然而那天素麗昏迷時出現的那個聲音卻突破了這個限制，那不是純粹的幻聽，而是能震動耳膜的具體存在，這讓汪昊體會到某種超越他理解的東西，他已經很久沒有這種感覺，而每次當他遇到這種事，他都會竭盡所能去掌握它。

於是沒過多久，汪昊又回到那座山上，想確認自己當時的感覺到底是什麼，不過東毅母子已經搬走了，由於沒有人會在意下人，陳校長也不知道他們的去向，考慮到校長必定會想盡辦法討好自己，既然連他都說找不到，汪昊選擇不再花時間在他們身上。

汪昊不是會放棄的人，那個聲音是素麗受十三鬼穴時出現的，當時素麗的狀況像中邪，他就專找中邪的病人來處理，於是開始會診精神科個案，被介紹來的病人其實大多比正常人還要正常，唯獨有一個老奶奶差點說服汪昊自己其實不是這個身體的主人，但汪昊一出手治療，她又立刻改口說自己其實沒病，只是為了騙兒子來陪她看診，汪昊很快就發現在精神治療的結構裡，病人才是真正的玩家，而且受藥物干擾的病人心智脆弱而混亂，變因太多，不是他要找的。

那個聲音到底是什麼，來自哪裡，汪昊懷疑過某些身心靈派別常講的「高靈」或「叉叉座星人」，他跑了幾趟工作坊，有個女孩子竟自稱「覺醒者」要替他解惑，真要開口時卻只會重複那幾句宇宙法則，他立刻掉頭走人，顯然不該出現在那種會拉低自己格局的地方。

他也跑去做過各式催眠，想知道那個聲音是不是來自自己的內心，什麼內在小孩、靈性催眠、夢境回溯前世今生，有次他心血來潮，把剛跟若真看完的古裝劇套在自己身上，這些國際執照催眠師竟然也能埋單，他在診療椅上忍住不笑出來，趕緊配合哭一哭了事。他還想到可以靠自己，嘗試各種致幻藥，但除了五感放大或紊亂之外沒聽到什麼聲音，此外還被若真發現家裡有毒品，惹得她不開心。

整了一大圈，最後真的讓他覺得有價值的，只有一個老道長的兩句口訣，就八個字「三花聚頂、五氣朝元」，把人體內左中右三脈氣息集中起來，再把五臟精氣一同灌注入中心軸，好像沿著脊椎有一條絲線，可以把人從頭頂提起來一樣，而左右兩脈像條蛇一樣纏繞而上，跟中軸一同匯聚在頭頂的百會穴。

汪昊有醫學底子，學起來雖比一般人快上不少，但他追根究柢的個性卻是個大障礙，老道長發現後便跟他開了個玩笑，把魔術用出煙器放在袖口，展示運氣時噴出的白煙，這澈底折服了汪昊，他不是蠢，是因為不相信這個敦厚直爽的老道長可能會騙人，便傻傻地每天照著口訣修持。

大概是三年後的某天，汪昊的高山茶裡飄出一股刺鼻的氣味，他立刻把整壺茶倒掉，檢查水源及茶具，最終確認是茶葉出了問題，然而倒也奇怪，要是以前他早就開罵，這次卻給了對方台階下。汪昊這才發覺三年來傻傻地修，心境的轉變確實有點東西，對身體的敏銳度也提高不少，藉此醫術也有新一層理解，於是他又開始接治一些沒吃過西藥的中邪病人。

幾個病人一傳十十傳百，「汪昊」這兩個字竟迅速變成活招牌，人人當他是拿著醫師執照的關二爺，各界撞鬼的病人蜂擁而來，他順水推舟換了個地方開業，點起他喜愛的沉香，一一接治他們，久而久之，人人開始「老師」長「老師」短地叫他，許多久未聯絡的醫界朋友也以「汪昊連你也走到這一步了啊」敘舊式地調侃，但他並不在意，他的目標很明確，不過在成千上萬的病人裡，他始終沒有再聽過那個聲音。

直到五年後的小年夜，來了一個沒有掛號的病人。

汪昊的診所座落在六張犁一棟老舊的住商混合大樓，有著內行人才看得出的高明風水格局，連招牌都沒有掛上，外觀看起來就像一般高級民宅，平常不可能有人誤入，至於透過關係緊急找上門的病人，也會先通過電話。

汪昊下診之後總會留在診所靜坐一個鐘頭，都是最後一個離開的，他藉此清空一整天的思緒，親近自己的內心。

汪昊早熟練了三花聚頂五氣朝元，雖然運氣時袖口還是無法噴出白煙，但那早就無所謂了，這晚，他在一片寧靜中感覺到門外有動靜。

門開，門外是一個穿著邋遢的中年婦女，眼神好像少了什麼，汪昊這種病人看得最多，此刻卻感到一種說不上來的熟悉感。

女人沒有答話，但眼角一行淚流了下來。

汪昊沉下臉，打開門放她進門，因為他這才認出眼前的女人是他姐，汪玥。

兩人進屋時，汪昊注意到汪玥打量酒架的眼神，憤恨而哀愁，彷彿在看一個背叛自己的老友，於是拿出兩個酒杯。

汪昊給自己倒了威士忌，才留下沙發上的汪玥，拿著另一個杯子去飲水機倒水，帶著熱帶水果香氣的酒香在診間飄散，惹得汪玥吞了口口水。

汪昊坐在汪玥側面，啜了一口威士忌。

「不用不好意思開口，缺錢的話我可以幫忙。」

汪玥突然站起身，往門口要走，汪昊趕緊把她拉住，汪玥的手氣得直發抖。

「對不起，我沒那個意思，妳也知道我講話就這個樣子，另外還有一件事，這裡不是妳想來就來想走就走的地方，我已經不是當年那個小孩子，既然看到了就不能坐視不管。」

「我不是來讓你看笑話的。」

「我知道，坐吧。」

汪玥把杯子裡的水倒了，自己斟上半杯威士忌，坐下後一次全乾了，喝完後還意猶未盡，一臉如釋重負的表情。

「他們都說你很厲害，不然你說說看，我有什麼狀況。」

「要戒酒妳應該去找那種圍一圈坐著的互助團體，不是找我。」

「你真的一點都沒變。」

「除了把身體搞爛之外妳又變了多少？肝病的黃色都跑到臉上了，黃是脾的顏色，這代表肝木已經剋到脾土，至少是肝硬化。」

「我的醫生有說，那是膽紅素，流到血管裡所以皮膚變成橘黃色。」

汪玥又給自己倒了杯威士忌，一飲而盡，露出痛苦又享受的神情。

「我快死了。」

汪昊臉上露出一絲驚訝，旋即自信地說：「誰說的？我說還沒，妳這個人那麼倔，沒那麼容易死。」

「我說的，我活夠了，真的，夠了。」

汪玥又伸手要倒酒，汪昊起身上前把酒瓶搶過，壓回瓶塞放到架上。

「妳這幾十年到底怎麼過的？」

汪玥的眼神飄去他方，凝結在什麼也沒有的地方，半晌後才說：「當初爸走之後你也走了，我一個人把喪事辦完，每天到了晚上就是哭，哭到整個胸口都是瘦的，根本睡不著，我得讓自己放鬆一下，忘記這些，就跑去一些地方玩，認識了一些朋友，前夫就是那時認識的。」

「妳有的是錢，想做什麼都可以。」

「對啊，當初在那個年紀真的是什麼都不缺，所以玩起來也比別人瘋得多，但現在不一樣，你看到的這些就是我的一切了。」

「沒有孩子嗎？」

汪玥頓時紅了眼眶，勉強撐起笑容。

「沒有了，你記不記得，你小時候很愛窩在我旁邊。」

「那麼小的事情，早就不記得了。」

「你總是說我的肚子很軟，老愛在那邊捏啊捏的，癢死我了，但我還是讓你捏，你知道為什麼嗎？」

汪昊其實記得，但沒有打算回應，汪玥從小講話就喜歡拐彎抹角，他耐心等著汪玥到底想講什麼。

「因為我什麼也沒有，」汪玥看向自己粗糙的手，掌紋雜亂像張保存差勁的老底片，說：「現在也是，大部分時候我就只是坐著，什麼也不做。」

「找點事情忙起來，時間其實過得很快，我手上很多病人都是這樣，退休後生活沒了重心，身體一下子就垮了，這種事情要靠自己想辦法。」

「你不會懂，你是爸的驕傲，是醫術天才，十二歲就知道自己要幹嘛。」

「妳這樣對爸不公平，他從來沒偏袒過我們兩個。」

汪玥冷笑一聲，說：「我就知道你會這樣講，你真這麼想？我不相信，就算你有的我也都有，什麼東西都買兩份不代表不偏袒。」

汪昊無言以對。

「要說對兩個人的愛都一樣，那是不可能的，小時候什麼事都不懂，反而更能察覺他在想什麼，爸沒有不愛我，他總是很努力，但就是那點努力，反而讓我感覺到他不是真心的，你知道嗎，如果不是有你在，我搞不好熬不過來。」

「我又沒做什麼。」

「你有，你記不記得有一次，你被同學推倒撞斷了兩顆牙，滿嘴是血地來找我，連老師都不知道。」

汪昊笑著點點頭。

「你不敢讓爸知道，卻跑來找我，我其實不知道你那麼相信我，也是因為這樣我才做到那種程度，可把你那同學整慘了。」

「當然記得，沒想到這麼大個頭的人竟然怕蝸牛怕得要命，他後來立刻轉學，是我應該也會，那時候他嚇得把頭塞進書包裡，撞到頭搞得全都是血，妳後來有些用到血的作品都會一直讓我想到他。」

汪玥停頓了一下，突然有點哽咽地說：「為什麼？」

「什麼為什麼？」

「別裝了，你既然還知道我後來在做藝術，代表你不討厭我，那為什麼不聯絡我？」

汪昊沒有回答。

「我找過你你知道嗎？」

汪昊點點頭。

「我不懂，我以為一定是我做錯了什麼，或說錯了什麼，我只有你一個最親的弟弟，就這樣突然沒了，我真的沒辦法接受，到後來我乾脆想，就算是我做錯什麼，有必要做到這種程度嗎？我真的很氣，最後就不找了。」

「不是妳想的那樣。」

「那是怎樣？」汪玥問完看汪昊不打算答話，又加大音量：「你說啊！」

「妳不會想知道，都過去了，如果妳要的是我一聲道歉，我……」

「我不需要道歉，」汪玥打斷他，說：「你只要告訴我，你是怎麼想的，我是一個要死的人了，你不用擔心我之後還會找麻煩什麼的，也不用給我面子，我就是想知道到底是為什麼，我想了三十年沒有想出來，如果是一個誤會，在我死之前可以解開，是功德一件，如果你只是想一個人落個清靜，那至少我也死得瞑目，如果你對我還有那麼一絲絲的感情在，當我是個大姐，拜託你，跟我說實話。」

汪昊沒有表情，就這麼看著汪玥，說：「很多事情還是不要知道比較好。」

「你……好，反正現在我知道你在這裡，我明天再來。」

汪玥說完起身要走，汪昊跟著到門口攔住她，被惡狠狠瞪了一眼。

汪昊一嘆，說：「妳不要這樣，妳不嫌棄的話這裡可以讓妳安頓，我明天弄張床來……。」

「不用，我睡路上比較習慣，明天見。」汪玥把汪昊的手用力甩開。

汪昊無可奈何，幽幽地說：「姊，我說就是了。」

汪玥沒出聲，轉頭坐回沙發上，一本正經。

「來，我洗耳恭聽。」

汪昊緩緩坐了下來，神情嚴肅，似乎在想著該怎麼講才能讓汪玥不那麼受傷。

「其實我不是不想跟妳講，這種事一般人很難懂，妳一定也有過一種感覺，很久很久以後，妳已經變成現在的妳，妳做過好幾個很難的決定，但妳知道這些都是當下的妳一定會做的，可就是在這一切發生之前，有一件可能很慶幸或很後悔的事，直到現在妳才發覺，原來今天的妳，都是那件事情導致的，像是一顆石子落入水裡，造成幾道漣漪，漣漪碰到邊緣又反方向回彈，但它們都有同一個圓心。」

「聽懂了，所以你是說你其實早就知道可以把我整得那麼慘，後來發生這一切都跟當初我弟弟不告而別有關，包括我會離婚，我的病，還有我昨天晚上吃的過期食品，」汪玥深吸一口氣，說：「你當我是白痴是不是？」

「不是，我會這麼做，是為了我自己。」

「你覺得我是個累贅嗎？你們醫生都很聰明，但瞧不起人也要有個限度，我真的是沒想到我的親弟弟會這樣對我。」

「妳說得對，我不該這樣對妳，但我沒有瞧不起誰，更不覺得自己聰明，我一開始也不能接受，直到……」

「夠了，我以為都過了那麼久，就算當初真的很氣我，現在也過去了，結果你竟然給我扯這些鬼話。」

汪昊輕撫汪玥的手臂，隔著衣服還是能摸出底下枯瘦的骨節。

「妳說我氣妳，我氣的是我自己，只要我在乎妳這個姊姊，就會帶來災難，我明明在命盤裡看見，我卻不服氣，直到爸……」

汪昊咽回沒說出口的話，眼眶一紅，調整情緒說：「原諒我，下一個就是我，我是不得已的。」

「爸？你是想說爸是被我剋死的？」汪玥一臉不可置信。

汪昊看見汪玥的反應就知道完蛋了。

汪玥還想說什麼，但只見一行鼻血掛上嘴角，汪玥白眼一翻昏死過去，汪昊立刻把手搭上脈，情緒引發肝毒攻肺，木反侮金，情況十分危急。

汪昊反射性立即抽針，在汪玥腳心的湧泉穴各送一針，防堵肝毒往腎蔓延，但似乎晚了一步，汪玥臉色浮現代表腎的黑色，腎氣也要守不住了。

大都！行間！太衝！足臨泣！

八針兩手並行，速度快到無法看清，像個老練的日式料理師傅，然而病灶太深，補脾疏肝的時機早就過了，汪昊再次搭上脈，證實了他的絕望，肝毒不退反進，再差一步就要攻心。

汪昊瞅著眼下只剩一個方法能救她，就是逼出汪玥的元陽。

剎那之間，汪昊想起老道長愛掛在嘴上的四個字，「順勢而為」。

逼出元陽，是要跟病邪硬碰硬，但順勢而為反而要幫助病邪深入，再因勢導力把病邪引出來，像一個高難度的髮夾彎甩尾。

汪玥的表情逐漸猙獰，黯淡的黑色蔓延在她臉上，汪昊沒有時間猶豫，他沒試過用順勢而為這種違反常理的方式治病，但決定相信自己的直覺。

起針，從反向思維下手，補肝木，瀉脾土，助長病邪木剋土的趨勢，這種看似大逆不道的殺人針法，汪昊下手竟毫不猶豫。

汪玥的病況急轉直下，汪昊這幾針像開閘警報，滿水位的洪流狂奔而下，病邪迅速竄向守住每個人生命的基石，心陽。心為君主之官，古話說心不受病，是因為病邪一攻心，人就會死，但在心外還有最後一層防護，心包，也就是現代稱呼的冠狀動脈。

汪昊搭著脈，專注在姊姊每一次的心跳上，機會只有一次，時機只能在病邪攻心，引發心包代受時的轉折，那是唯一一個他可以利用的彎道。

這時脈象的變化只有戲劇化可以形容，以肝毒為主旋律的弦脈喚起各個臟腑的病灶，像是大軍集結準備推翻這個朝代，滑脈、濇脈、芤脈、濡脈跟弦脈混搭，在不同的時間競入，彼此追逐要奪得主導地位，汪昊在交雜的對位脈象中冷靜等待那個時機到來。

要來了！一陣高頻高強度的心脈，像一聲撕破嘈雜的尖叫，旋即轉為七死脈之一，脈形像飛魚破出水面，急速抖動後又沒入水中，汪昊立刻在汪玥雙手掌心勞宮穴各進一針，再從腳心湧泉穴強力運針，心腎被突然護住，高速前進的病邪無處可去，只得直直衝了出來，汪玥突然嗆咳吐出一大口膿血，整個空間瞬間充斥一股發酵腐敗的惡臭。

汪昊再搭上脈，肝毒的主旋律還在，但最危急的一段過了，正當他鬆下一口氣，在他的耳邊，傳出那個他找了好幾年的聲音。

「代價是你會死。」

聲音來得汪昊措手不及，甚至一度以為這只是幻覺，但顯然不是。

「你知道的，你三十年前就知道的。」

聲音直直傳進汪昊的耳膜裡，引得他背脊發麻。

「只有兩條路，你死，或你在死之前先死。」

聲音就這麼漂浮在空中，懸在汪昊心口，待他意識到這個聲音要講的話已經講完，已經過了不知道多久，把他拉回當下的，是汪玥混濁的呼吸聲。

汪玥緩緩醒來，又嘔出一口濃痰，酸臭味惹得她直吐口水，都噴在診間的羊毛地毯上，吐完後她發出一陣低鳴，深深吐了一口氣，才好不容易回過神，抬頭看向還在發愣的汪昊。

「剛剛是你在說話嗎？」

汪昊搖搖頭，汪玥先是一臉疑惑，但看到弟弟第一次露出這種惶恐的神情，便也不再追問下去，兩人陷入漫長的沉默。

良久之後，打破沉默的是汪昊。

「現在感覺怎麼樣？妳今晚還是睡這吧，可以換我們的員工制服。」

「那個聲音是什麼意思，是因為你幫我針灸嗎？」

「別想太多，妳才剛撿回一條命，還是要幫妳倒杯酒壓壓驚？」

汪玥瞪了他一眼，說：「都什麼時候還開這種玩笑，還有，什麼叫別想太多，剛剛那個……是鬼？」

「我不知道。」

「我不管，不管你是得罪什麼降頭師還是精怪，你這麼厲害，總有方法的吧？你會一些法術可以保護自己的，對吧？」

汪昊笑了起來，邊笑邊搖頭。

「你笑什麼？」

「笑妳還是像小時候一樣，一聽到我有危險就緊張得不得了。」

「你這傢伙怎麼搞的，少根筋是不是？」
「妳放心吧，我覺得它不是要害我，是來幫我的，我已經有方法了。」
「真的？」
「當然是真的，妳別太緊張，對病情不好，另外酒是千萬不能再碰了。」
汪玥還想說什麼，但只是嘆了口氣，說：「好吧，我死不了的，你趕快回家陪老婆，這裡我會當自己家。」
汪玥起身四處打量環境，接著真的像自己家一樣走進儲藏間，過了一會兒翻出一套粉色護理師工作服，要去盥洗前又繞回診間，看見汪昊還呆坐在地板上，汪玥頓時滿臉擔憂。
「你怎麼還在這？現在這裡是我家，請你離開。」
汪昊像是突然驚醒，假裝在清理地毯，好像他原本就在忙這件事，弄了一陣子才不耐煩地起身。
「妳跟我回家吧，我整理客房給妳住。」
「不用，你要怎麼介紹我？三十年沒聯絡的姊姊？」
汪昊嘆了口氣，說：「那我走了，有什麼事情再打給我，櫃檯有我的名片。」
汪昊離開前，汪玥上前抱了他一下，對這兩個外省家庭的孩子來說並不是很常見的事，汪昊先是有點尷尬，不知該如何回應，但也回抱了汪玥，就像發現這也沒什麼不好，已經這把年紀，沒什麼大不了的了。

抱著汪玥乾瘦的身子，汪昊不禁想起小時候玩累了，兩人一起坐在父親車子後座，頭靠著頭睡著的時光，小時候情緒來得快去得快，彼時的他們可能五分鐘前還是彼此最痛恨的人。

汪玥像個女主人把汪昊送走，接著便癱坐在沙發上準備就寢，然而卻翻來覆去無法入睡，她起身走進診間最深處，一屁股坐在汪昊看診的原木椅上。

她逐一把抽屜打開，好奇著汪昊的日常，然而抽屜裡有的只是茶具、文具等日常用品，直到她在底層一大疊資料裡看見了她感興趣的東西。

分門別類的一排資料夾，汪玥抽出「命學」的項目，一頁頁翻開，其中大部分是泛黃的紙片，上頭各有一個由十二個宮位連結而成的方塊，各個宮位裡有些星辰的名字，紫微、天相、破軍，一般人根本無法理解這些名詞代表什麼意義。

汪玥對紫微斗數一丁點興趣也沒有，她只是想藉此知道汪昊到底是怎麼想的，於是把注意力集中在汪昊手寫的筆記上，在每張命盤左側，都有簡潔的一句話註解，像是給一個人一生的忠告。

「拋開上一輩的期待，若勇於斬斷前緣則非池中物。」

「情關難過，但孤掌難鳴，挑個穩定的人家嫁了才有好日子。」

「一切都是裝的，這人勸不了，會搞到眾叛親離自生自滅。」

汪玥越看越不舒服，但說不上來為什麼，或許是這些訊息中預設的斬釘截鐵的宿命論，又或許是她不得不承認，自己也喜歡這種站在高處俯視眾生的優越感。

汪玥加速翻頁想找點值得參考的文字，在最後一頁她卻頓時愣住了，就像看見噩夢中自己孤獨死去的場景，她過了好久還是按捺不住悲傷，只好嚎啕大哭起來。

最後一頁，命盤中央的是汪昊的名字，一旁寫著「六親緣薄，兄僕線尤凶」，在這之下又分岔出兩個選項，分別是「成名前早逝」跟「姊姊孤苦生不如死」，「成名前早逝」的路徑下，拉出「一起克服」這四個字，往下密密麻麻牽出無數條路徑，分別寫著「出國」、「入獄」、「出家」、「住院」等支線，再往下延伸出無數種可能性，但全都被劃掉，紙上明顯有不少淚痕，汪玥彷彿可以看見父親過世後那晚，她十七歲的弟弟在離開前內心的掙扎。

她終於得到長久疑惑的解答，原先的憤怒也消失無蹤，她不知道若當初汪昊沒有這麼做，今天的兩人會有什麼不同，但弟弟既然相信這些，這一生必然是戴著內疚的枷鎖過活，她想到汪昊這三十年來是如何被罪惡感折磨，而這一切都源於當初的這個決定。

她想起方才那個詭異的聲音，眼淚猛然停止，此時汪玥的眼神已然像個死人，默默闔上文件。

另一頭，離開診間的汪昊並沒有馬上回家，他立刻開始著手準備，要在死之前死，困難的點有三：怎麼死、什麼時候死、以及在死之後的事情。

汪昊努力忍住不去想，在他死後若真心碎的神情，那是他最不願意看到的，只要能過這一劫，在這之後還能有機會相處，他必須冷靜。

汪昊來到辛亥隧道口的二殯，找一個認識很久的病人，在這裡大家都叫他老江，是操作火化爐的第一把交椅，臉上暗沉的紫斑是吸入太多戴奧辛的後遺症，他遠遠就看到汪昊，掛上他的招牌笑容迎面而來，然而隨著兩人的談話，老江的神情逐漸沉重，最後只是向汪昊不停點頭。

汪昊請老江在未來自己的遺體上作偽證，老江當然必須答應，他這條命是汪昊救的。

隔日一早，汪昊回到診間時，汪玥已經離開了。

汪昊來不及在意，他從抽屜翻出一張命例，仔細地檢視著，手指在宮位間來回穿梭，就像這其實是一張地圖，山稜溝谷全都躍然紙上，他正在模擬人在其中會如何行動。

在這張命盤中央，寫著汪昊父親的名字及出生時辰，汪昊提起筆，在這個時間旁邊的空白處寫下另一個時辰，最後加上一個「歿」。

汪昊對這張命盤可說倒背如流，之所以又拿出來，是為了在選擇假死之日前，先從父親命盤中找出當初的能量流動，確認「真正的」死象會在何時到來，否則若是擇得太晚那就糗了。

反覆確認再確認，甚至拿出星曆表對照實際的天象，然而推算的結果令汪昊無法置信，命盤是以十二為單位循環，死亡徵象只會匯聚在某個點上，這簡直像倒楣到頂的俄羅斯輪盤，竟然就是今天。

若真怎麼辦？要先告訴她嗎？汪昊不禁想像她會有多激動，只好嘆息。

不管了，時間緊迫，沒有事先蘊釀的情境下，最好的選項是猝死。

要讓心臟停止不難，汗為心液，先大幅出汗傷心陰，再用大量黃連、黃柏、大黃等寒涼藥物澆滅心陽，即可造成心臟陰陽俱虛，此時腎水一上衝人就會休克，心臟隨之停搏。

至於在這之後，怎麼重新啟動心搏，只要用大劑量的回陽救急湯，做成丸劑含在嘴裡，丸劑特性藥緩力專，把在口中溶解及吸收的速率拿捏好，就可以在停屍間醒來。

萬事俱備只欠東風，汪昊立刻動身前往除夕夜還願意為他開門的中藥行，路上一通電話打來，他開免持接起電話，傳來一個溫暖的女性聲音。

「您好，請問是汪玥女士的家屬嗎？」

「對，什麼事？」

「是這樣的，我是醫院這邊的社工師，想請您來醫院一趟，她稍早被發現在基隆河岸，已經沒有生命跡象，有民眾目擊她墜河，由於您是她唯一的家屬，有些手續跟文件需要您來簽名。」

汪昊直視著前方，刺眼的陽光令他感到荒謬，他皺著眉頭，突然忘記自己現在為什麼正在開車，要去哪裡。

「這邊是聯合醫院，到了再聯絡我就可以了，喂？您還在嗎？」

陽光好煩，好刺眼，空氣好悶，喉頭好緊，好想離開這裡，到一個沒有太陽的地方。

「先生？先生？」

汪昊握著方向盤，油門加速經過路口，突然一陣喇叭急鳴，一台大貨車從側面撞上汪昊的座車，車身彈飛，汪昊瞬間暈死過去。

再次醒來時，汪昊躺在加護病房，嘴上插著管，有機器在幫他呼吸，這時汪昊的意識異常清晰，像是久違睡了一頓好覺，他先是享受了一下這種奇妙的感覺，才突然意識到這段清醒不會維持太久，這是迴光返照，他要死了。

汪昊慌了，抓著手邊的呼叫鈴狂按，若真！他要見若真，他還沒跟若真道別呢。

沒過多久，若真掛著擔憂的臉跑上前來，然而當汪昊真的看見她，卻說不出口原本急著想傾訴的話，這些年的陪伴濃縮成的一句感謝，他的愛意，他全都不想說，因為他改變心意了，這一切還沒完。

汪昊振作起來，但插著管不能說話，便用手比寫字的動作，若真立刻拿紙筆來，汪昊接過紙板，用麥克筆寫了三個字「不要冰」。

若真看完眼眶泛紅，哽咽著說：「別說傻話，老公。」

汪昊看了難過，伸出手要牽若真，若真緊緊握住那隻手，掌心涼得發寒，若真不禁哭了出來。汪昊搖搖頭，抽回手，又寫下「二殯」。

若真只能邊哭邊點頭，說不出話來。

汪昊輕拍若真，試著安撫她，接著又在紙板上寫「回陽九針」。

若真不明所以，疑惑地看著汪昊，汪昊只是指著她，再指向自己。

「我幫你針嗎？」

汪昊點點頭。

「怎麼做？」

汪昊又提起筆，不過眼前一片黑，肝氣已絕，他趕緊丟下筆，握住若真的手，還能感受到微微暖意，於是他抓得更緊，直到手上也失去知覺，只剩下稀薄而遙遠的聽力，他彷彿能聽見自己體內的浪潮，一波一波，漸弱，直至平息。

加護病房裡，心電圖停止，變成一條直線，若真制止了來急救的醫師，只想兩個人靜一靜。

若真撥了撥汪昊的頭髮，向汪昊的眉心親了一口，接著又搓搓汪昊冰冷的手，她靜靜看著汪昊，就這麼過了好久，直到護理師來關心，她才緩緩收起情緒，準備離開。

離開前，護理師拿著紙板，問若真要不要留下，若真看著紙板上的「回陽九針」，猶豫了一下，請護理師再給她一點時間。

在這之前，若真從來不會針灸，她只是看著汪昊使用，她從汪昊的包裡找出針袋，邊查資料邊下針，回陽九針是傳說中可以起死回生的九個穴位，啞門、勞宮、三陰交，就這麼一針一針，像插秧一樣簡單，直到最後一針的合谷穴，若真握著汪昊的手，小心翼翼地下在虎口的穴位上。

針下完了，一點反應也沒有。

人都走了還在那邊針灸，活像個瘋婆子，若真知道會有這種結果，但畢竟是汪昊要求的，就當完成他的遺願吧，若真一不做二不休，聯繫葬儀社直接把人送到二殯火化。

汪昊還穿著病人服的身體被裝進屍袋，拉鍊密封，直接推上車，交在老江手上時，身體還有一點點餘溫。

老江對眼前的景象充滿困惑，他以為汪昊會推著一台逼真的假屍體來找他，結果竟是真死透了。

老江把汪昊拉上鐵盤，檢查身體各部位，發現遺留在身上的針，他怕壞了骨灰，便試著把針取出來，但這些針各個像水蛭一樣把汪昊的皮吸得緊緊的，老江左搓右轉，總算將針一一取了出來，就在入爐前，一聲震動還伴有金屬敲擊聲，才看到還有最後一針，腦後的啞門穴。

老江一提一抽，鐵盤上的汪昊突然大口吸氣，整個人彈了起來，老江嚇得直暈了過去。九死一生的汪昊用力喘著氣，試圖理解現狀，看見一旁來勢洶洶的火爐，以及倒在地上的老江，這才意識到他真的成功了，他復活了！

汪昊跳下鐵盤，搭上老江的脈，是心肌梗塞，馬上急救還有機會。

汪昊身上沒有針，情急之下拿起老江的行動電話，準備叫救護車，但在撥出的前一刻，他竟有些猶豫。

這通電話撥出去，就會有人知道他還活著，他的死劫不只這一個點，而是一段區間，從命盤上推算，從酉到寅，至少還有六年。

若「汪昊」還活著，在這六年間，每隔十二天，都得重複面對這個死劫，要活下去是不可能的，唯一的方法就是「汪昊」已經死了，用另一個身分繼續活下去，直到走完這段死劫。

而現在，如果老江不在了，這世界上就沒有任何人知道他還活著。

汪昊看著神情痛苦的老江，懊悔自己竟有如此殘酷的念頭，他挑出方才老江從自己身上取下的針，試圖救治老江。

針在汪昊手上如行雲流水，天突、巨闕、關元，胸前壬脈三針護住心陽，再取公孫、內關疏通胸腔，針畢，老江的意識也有了反應，然而他只在彌留之際，抓緊汪昊的手，拚死擠出「謝謝你」三個字，便撒手人寰。

汪昊試著不去想，會不會是他的猶豫害死了老江，他還得面對他自己的問題。老江走了，沒人能替他的骨灰擔保，眼前只剩一條路。

汪昊脫下老江的衣物自己穿上，再用他剛甦醒的虛弱身體，把老江扛上鐵盤。

閘門關閉，熊熊火焰從鐵壁竄出，皮肉筋骨被融為一體，轉瞬從焦脆化作白灰。爐前，那個本應在爐裡的男人已經不見了。

第七章

治療開始

像是漂浮在海裡，東毅感覺自己的每一道關節深處都在輕快地跳著舞，似乎在讚嘆這種不可思議的自由體驗，他的身體從未感到如此放鬆，就像有記憶以來就被捆綁，直到今天才鬆開一樣。

睜開眼時東毅看到的只是一片黑，黑得讓他不得不懷疑自己是否失去視力。東毅摸著身下的木板尋找邊緣，驚覺自己的觸覺異常敏銳，指尖的每一個瞬間都像被放大數百倍後打在腦海裡的投影幕上，他很快地下了床，像個盲人用手去認識這個空間，空氣裡飄著熟悉的香味，他循著味道的來源找到房間的出口，轉開門把後，眼前的景象像是一場夢。

素麗正在做菜，是她拿手的竹筍鮮菇炊飯，她看起來神清氣爽，難以跟先前臥病在床的模樣聯想在一起。東毅發出的聲響被素麗發現，她笑著轉了過來，把浸過水的高麗菜丟下，高溫油鍋碰到水後發出砰砰啪啪的聲音。

「終於醒啦？準備吃飯啦。」

「阿母，妳還好嗎？這裡是哪裡？」

「不用緊張，我很好，很久沒這麼好了，都是多虧你耶乖兒子，汪老師已經把我治好了，沒事了。」

東毅多麼想相信這是真的，但他知道這不可能，除非讓他把到脈。

「老師人呢？」

「他馬上就回來了，你先來幫我拌一拌。」

東毅上前接過鍋鏟，這裡二十坪不到，看似像間破學生宿舍，但日用品在很多小細節上意外地有質感，就像他手上這支鍋鏟，質地沉穩又好握，幾乎可以用愛不釋手來形容，另外讓他感到奇特的是，他的身體產生了一些變化，竟然會對一柄鍋鏟有這麼多感受。

「這裡是哪裡？」

「是老師在陽明山上的房子。」

「什麼老師，我們現在是同門師兄弟了。」汪昊剛進門，直接回話。

「什麼？是真的嗎？」在一旁顧著電鍋的素麗驚喜地回頭。

東毅點點頭，沒有打算多做解釋。

汪昊入屋後逕自走進房間，在祖師像前致意，接著像是故意只想讓東毅看到一樣，先把一個小罐子藏進掌心，才放下身上的東西準備吃飯。

東毅自汪昊進門便渾身不自在，他得搞清楚汪昊有什麼打算，和他對自己跟素麗的身體做了什麼，兩人的身體顯然都有好轉，但這個變化太巨大，令人在意。

東毅把菜起鍋後上桌，汪昊拿起碗幫三人添飯，素麗端上一鍋油亮亮的南瓜濃湯，飯菜香和諧地共鳴在空氣裡，三人像是長久以來都這麼一起吃飯一樣，宛如一家人，但東毅儘管先上桌，卻不敢先動碗筷。

「吃吧吃吧，不要把我當長輩，」汪昊說完夾起高麗菜放入碗裡，「以後還要在這裡生活好一陣子，不要太拘謹。」

東毅默默點頭，挖起一口飯放進嘴裡，香菇先煸過的香氣把竹筍的鮮甜催化出來，明明都是素麗的手藝，但他從沒吃過這麼好吃的飯，調味清淡卻層次豐富，好像整座山林在嘴裡炸開來一樣，驚訝之情溢於言表。

「怎麼了？不好吃嗎？」素麗問。

東毅搖搖頭。

「是太好吃了吧？」汪昊說。

東毅邊嚼邊點頭，看見素麗自然地笑著，想起不久前她面容枯槁臥病在床的樣子，有找到汪昊真是太好了，東毅不禁這麼想著。

汪昊取了個碗，又在刻意只讓東毅看到的角度，把手裡罐中的幾滴透明液體加進碗裡，再替素麗添上南瓜湯。東毅跟汪昊對上眼，卻看不出汪昊有或沒有想傳達什麼訊息，只好就這麼不動聲色地看著。

「來，媽妳先用，這南瓜是我自己種的，趁熱喝。」

聽見汪昊叫素麗「媽」，東毅有些不自在。

藥食同源，南瓜色黃，補土，入中焦，是絕佳的健脾食材，也適合素麗的現況，但那幾滴是什麼？沒有特別的味道，但也絕不可能只是單純的水。

「哎喲，怎麼是汪醫師幫我盛湯，多不好意思。」素麗接過碗啜了一小口，「好喝！這南瓜比水果還甜耶。」

「這麼厲害？那我也要喝一口。」東毅伸手要拿素麗手上的碗，突然被定在空中，他的掌心勞宮穴被汪昊用筷子點住。

「要喝自己裝。」

東毅不諒解地盯著汪昊，對素麗的碗使了個眼色，但汪昊無動於衷，東毅只好旋即陪笑，說：「你盛的感覺比較好喝耶。」

「那我也幫你盛一碗。」

東毅有些無奈，撐起笑把碗遞給汪昊，說：「好啊，謝謝。」

喝到口中才發現，這南瓜真的是一絕，差點讓東毅忘了自己為什麼在這裡。它不像一般濃湯會有的勾芡濃稠感，但也不只是把南瓜煮爛和進水裡的稀疏，南瓜的纖維像棉花糖一樣均勻散布在嘴裡，東毅驚艷地一口接著一口。

東毅想到他曾聽過，良藥苦口只是庸醫的自我安慰，真正的良藥應該要讓病人覺得好喝才對，藥本身雖苦，但身體是聰明的，光聞到氣味就會想吸收藥性，味蕾會在潛意識指揮下自動調整，降低苦澀的受器敏感度，強化好喝順口的味道。

汪昊為什麼要瞞著素麗？又為什麼要讓自己看見？或許是怕素麗擔心，就像把青蛙腿叫做田雞一樣，孩子聽到是雞就敢吃了。

如果是這樣，就再觀察看看吧，等有兩人獨處的機會再跟汪昊確認。

「少了一味，我來幫大家搭個合適的音樂。」汪昊說完起身，走到靠窗的角落翻開一個皮箱，裡頭有一個跟環境極度違和的新式黑膠唱片機，他小心翼翼提起唱片邊緣放入唱機，按下播放鍵卻沒什麼反應。

汪昊看起來異常嚴肅，似乎這個音樂是某件不可或缺的事，於是東毅主動開口問：「你要放音樂嗎？不然用我的手機放好了？」

汪昊露出嫌惡的眼神，但他手上的唱機並不打算配合，只好妥協，又把唱機收了起來。

「好吧，你幫我搜尋K331，我想要內田光子的版本。」

東毅在手機鍵入關鍵字，但在播放前卻被汪昊制止，汪昊拿走東毅的手機看了兩眼，確認一下它的大小跟喇叭位置。

「等我一下。」

汪昊走了出去，東毅一見他離開，立刻壓低聲音說話。

「阿母，妳還好嗎？」

「我很好啊，怎麼了？」

「沒事，妳右手借我一下。」

脾脈在右手，脈滑，剛進食的人在橈骨突起處的脈搏會把到滑脈，像小鋼珠滑過指尖一樣，是裡頭有液體的脈。東毅仔細聆聽著脾脈傳來的信息，剛剛那幾滴水是什麼？它們要去哪裡？唯一的異狀是素麗的脈象滑中帶緊，脈型像是被抓住一樣，不時左右彈指試圖掙脫，而如此的脈象代表有寒氣。

啪！有什麼被劈斷的聲音，是竹子，竹葉掃過空氣平躺下來，過沒多久，又一聲清脆的爆裂，接著是汪昊走回來的腳步聲，東毅來不及確認那股寒氣的去向，把手收了回來。

寒氣會導致血脈蜷縮，進而造成疼痛，素麗應該正在忍耐才是。

汪昊進門時手上帶著一個竹筒，直徑約手掌大，高度約是手腕到手肘的距離，一邊的切面被削成斜面，就像造景用的流水竹那樣。

「先這樣將就著用吧，你手機給我。」汪昊說著一邊打量筒心寬度夠不夠。

東毅把手機切到播放頁面，在搜尋欄鍵入「你在幹什麼？」後才交給汪昊，然而汪昊完全假裝沒看到，按下播放後便把手機放進竹筒裡，輕柔又充滿愛意的鋼琴聲傳出。東毅原以為那個竹筒會讓聲音聽起來悶悶的，結果竟完全相反，好像竹筒本身就是一個藍牙音箱似的，聲音通透地傳出。汪昊斟酌竹筒擺放的位置在後頭來回挪動，才好不容易找到一個滿意的點，回到餐桌坐下。

「吃吧吃吧。」

東毅還是不明白汪昊在搞什麼鬼，然而奇怪的是，節奏舒緩的優美琴聲一到位，似乎加強了素麗的不適，可以感覺到她自己也很困惑，素麗的樣子就像她正在聽什麼死亡金屬或屠宰現場一樣，漸漸冒出細汗來。

東毅聽說過，在西藏有些高僧會用頌缽幫人治病。如果使用正確的音頻，不只可以放鬆腦神經，還能進入深層的細胞組織，直接改變臟腑中水分子的狀態，或許汪昊也是利用類似的技巧。

「阿母，妳看起來不太舒服，是哪裡會痛嗎？」

「我沒事，只是肚子有點怪怪的。」

「畢竟媽剛恢復元氣，下丹田氣還有點虛是正常的。」

「師兄要不要把個脈確認看看？」

「沒關係啦，我真的還好，也許是剛剛湯喝太快了。」

東毅盯著汪昊，試圖逼他做點反應，汪昊便敷衍地把手搭在素麗的脈上，放了幾秒鐘之後又拿走，顯然根本沒有把到脈。

「我確認了，沒問題，你不用擔心，這麼緊張反而會害她吃不下。」

「我吃飽了，你們慢用。」

素麗咬緊牙關才擠出這幾個字，她碗裡的飯幾乎還沒吃，就直接站起來準備收拾碗筷，東毅見狀馬上起身上前攙扶。

東毅碰到素麗的瞬間，素麗皮膚上一陣電流似的雞皮疙瘩，好像可以順著接觸點竄到他自己手上一樣，他沒有把手抽開，試著再去把素麗的脈時兩人對上了眼，素麗的眼神竟讓他感覺有些陌生。

「大姐，這南瓜是我自己種的，妳才喝兩口就說飽了，這樣會不會太不給我面子。」汪昊的語氣像是他桌子底下藏著一把刀，隨時可以劈上來。

「沒有啦，可能剛做完飯沒什麼胃口。」

「所以是嫌我們把妳當女傭，沒有開冷氣給妳吹，」汪昊突然用力拍桌，整個房間跟著震動，東毅跟素麗都縮了一下，汪昊大吼：「操你媽的屄！」

東毅嚇到了，但他曾耳聞汪昊有某些線不能踩，一踩就會發飆，大概是透過這樣來建立威嚴，有時候讓人感覺不好相處反而比較方便，親則狹，近之則不遜。

「沒事沒事，妳這是老毛病了，之後再請師兄幫妳治一治，我們先去旁邊躺一下，師兄種的南瓜真的很好吃對吧？」

「好吃是好吃，有必要發這麼大脾氣嗎？」

汪昊像個剛煮開的水壺，一股氣沒地方去，只好起身把音樂開到最大。

東毅把素麗扶到竹椅上躺好，確認她閉上眼後，順手拿了一份桌上的紙筆，才回到餐桌上用餐，寫下「有什麼我能做的？」遞給汪昊。

汪昊看了眼紙條，在底下寫了幾個字「恐傷腎，它被逼出來了」。

注意到汪昊用的是「它」，東毅把「它」圈了起來，在旁邊畫了個問號，但汪昊只是點點頭，沒有打算再多寫什麼。

「它」是什麼？素麗看起來就像是一般肚子痛，在客廳的角落蜷縮著，像一隻受傷的小貓，不停發出細微的呻吟，東毅看著沒了胃口，三口併兩口把飯菜扒完，等著汪昊準備配合下一步。

汪昊竟把素麗的飯菜倒了，甚至若無其事地把剩下的食物也全都倒掉，過程中聲音有點大。

素麗被擾醒，趕緊爬了起來，說：「欸，怎麼這樣，這都還能放吧？」

素麗好像一團鬼魂，汪昊完全無視她的存在，東毅見狀也跟著假裝素麗根本不存在，一起清理廚餘。

「兒啊，怎麼會丟掉呢，這麼好的東西。」

「幫我拿去外面，出去左邊有棵樹，放在樹下會有貓來吃。」

「湯呢？」

「直接倒在菜園裡就可以。」

東毅點點頭，一手一袋提著就走出去了，素麗看汪昊正眼也沒瞧她一眼，便跟著東毅走了出去。

「兒子，怎麼啦？為什麼不跟媽媽說話？」

素麗像是要確認自己還存不存在，拉了拉東毅的手，東毅似笑非笑，一臉友善的樣子，素麗因而更用力地想把他拉住，但被東毅輕鬆一個卸勁給脫開。

琴聲漸遠，外頭的斜陽透過竹林灑落，目測大約是下午五六點，氣溫讓人感覺有個幾百公尺海拔，這裡看起來是間棄用已久的民宅，沒有到寮房那種程度，但也不是一個家庭有辦法住的大小，更別提避暑山莊了，東毅順著小路走，很快便發現汪昊說的樹，也看見他那台偉士牌停在一旁，真好奇汪昊是怎麼把自己弄上來的。

素麗還跟在後頭，她看起來很多情緒，東毅盡可能不去看她，好奇地繼續沿著這條小路，想知道這裡的位置，沒走多遠便能看見幾十公尺外有個鐵柵欄，接著便通到柏油路上，陽明山上竟有這麼多可以藏身的地方，東毅默默想著。

回過頭，素麗伸手想攔住東毅，東毅勉強繞了開來，快步走回小屋，素麗吃力跟上，但在進屋前卻像聞到惡臭一樣，那琴聲幾乎讓她想回頭，但見太陽正要下山，她根本去不了哪裡，只好硬著頭皮進屋。

「有找到吧？」汪昊問，他正在泡茶。

「有，這裡在陽明山哪裡？」

「你們為什麼要這樣。」素麗忍不住插話，像個沒有爆炸的沖天炮，空氣裡只有汪昊沏茶的聲音。

「來，喝茶，這是我在這裡唯一的樂趣。」

東毅接過小小的白瓷茶杯，茶湯的光澤像寶石一樣渾圓又閃閃發亮，香氣隨之撲鼻，東毅無法形容，只能說是種很高級的味道，若一個人在深山獨居是這種生活，應該很多人求之不得吧，但東毅不是，東毅只覺得這都是汪昊刻意在惡整素麗，恨不得他立刻停止。

這茶該怎麼喝？眼前的這個男人到底在想什麼呢？就在東毅納悶的時候，腳心有種毛毛的感覺，這時才好像懂了些什麼，真正的恐懼來自於未知，他也感受過，不知道該講哪句話才能讓素麗氣消，該做什麼才能安撫她，討她歡心，甚至懷疑根本沒有那句話存在，整個過程的目的就是讓他陷入深深的絕望裡，或許正是看見自己這樣才能讓她歡心。

東毅把念頭揮去，模仿小時候看過大人喝茶的樣子，先靠上鼻尖品嚐茶香，再小口啜飲，故意像吃拉麵那樣發出聲音，再滿足地吐氣。

「怎麼樣？」

東毅點點頭，腦中一片空白。

「可惜就是有人不識貨。」

素麗啪嗒一聲跪了下來，只差沒趴在地上。

「汪大醫師，是我這個老女人錯了，我不識貨，不識相，不識抬舉，我真的沒有嫌棄你種的南瓜，拜託行行好別再玩我了。」

「裝是裝得滿像的，別以為我看不出來。」

「是真的！我對天發誓，求求你。」

素麗開始拚命磕頭，東毅不禁擔心她腦部的狀況，要制止時被汪昊攔住。

「還想對東毅動歪腦筋，惡毒的東西。」

磕頭的聲音漸弱，素麗似乎筋疲力盡，癱在地上哭了起來。

「夠了吧，這到底有什麼意義？」東毅推開汪昊，上前把素麗扶起。

「兒啊，我們回家好不好……。」

一個茶杯直接在兩人腳邊爆開，汪昊站了起來。

「他媽的妳再給我說一次。」

「問問醫師要多少錢，多少我們都給。」

「妳以為我很賤是不是？我告訴妳，我吃素之後就沒殺過生，妳可以當第一個。」

「保護媽媽。」素麗緊抓著東毅。

下個瞬間，東毅直接被踢開，但被踢到的瞬間他發現汪昊保留了腳力，儘管是這樣他還是滑到牆邊的藥櫃，幾罐中藥砸在他身上。

「我操妳媽的。」汪昊拉起素麗的領口，把她拖到另一頭。

素麗完全不敢直視汪昊，整個人縮成一團，這時鋼琴聲旋律一轉，東毅才發現原來剛才放的是這首曲子，每個人都耳熟能詳的這首曲子，他只在播放前隱約看到，是莫札特寫的。

東毅撲上去阻止汪昊，汪昊把素麗甩開，轉過頭來對東毅就是一頓打，毫不留情地暴打，像是刻意羞辱的巴掌甩在東毅臉上，但東毅同樣很明顯地感覺到，汪昊落掌跟狠踹的位置都精準避開了要害，勁也無根，東毅從來沒被這樣打過，他甚至覺得有點讚嘆。

輕快的音樂像在跳著舞前進，讓人不禁跟著點頭，而汪昊也就這麼對東毅一陣痛扁，東毅心裡明白，這頓揍是挨給素麗看的。

就這麼足足打了一分鐘，汪昊大氣也沒喘一口，他的動作戛然而止，旋即轉過頭看著素麗，素麗怕得直發抖。汪昊拿起一旁端坐的竹筒，把音樂湊到素麗面前，再壓到她耳邊，觀察著素麗的反應，就像是一頭灰熊，測試眼前的獵物是不是活著似的，就在他終於準備離開時，又突然貼近大吼一聲，素麗不為所動，但褲襠已濕了一片。

一陣像是音樂會場的寧靜，東毅聽得見自己的心跳，這時汪昊突然嘆了口氣，抽出竹筒裡的手機把音樂關掉，輕輕蹲在素麗身邊。

「媽，真的很對不起，沒事了，我剛剛是在演戲，這是治療的一部分。」

汪昊把素麗扶起，飄出一股苦澀的尿味，東毅也上來幫忙安撫，兩人把素麗引回桌上，汪昊倒了杯水給素麗，東毅則找到素麗住院時的旅行袋，拿出換洗衣物在一旁等著，整個過程素麗一語不發，只是顫抖，東毅輕撫著她的背。

「等一下我再好好跟妳解釋，妳先去處理一下，需要東毅幫忙嗎？」

素麗有氣無力地搖頭，東毅攙扶她走進設備陽春的浴廁。

門關上後，東毅嘆了口氣，回頭把沾到尿的椅子擦拭一番，壓低聲音開口。

「現在呢？」

「我不確定，不確定應不應該讓你知道。」

「什麼意思？」

「你的身分可能會讓你不客觀，這是關係到生死的事情。」

東毅無言以對，愣了一下才又回神。

「如果再出現剛剛那種場面，我沒辦法配合你。」

「無所謂，你邊看邊學就好。」

「我的意思是我真的可能會帶她走。」

「是你找我幫忙，你覺得她的病情有好轉嗎？」

東毅點點頭。

「你自己做得到嗎？」

東毅不想搖頭。

「我有我的作法，可能跟外面的醫生不太一樣，如果你學得會，你會感激自己有留下來。」

「為什麼要做到這種程度？」

「快。」

東毅再度無言，汪昊又問。

「你時間很多嗎？」

「沒有別的方法嗎？」

浴廁開門聲打斷兩人的對話，素麗彆扭得像個做錯事的小孩，東毅起身去牽她坐下。

一段短暫的靜默，似乎還有點味道，不知道是哪裡還有沾到，汪昊率先打破沉默。

「請用茶，妳還好嗎？」

素麗看著眼前的茶杯，只是點點頭，汪昊見她沒打算喝，逕自往下說。

「妳的狀況不好處理，二十年前發作過一次，妳記得嗎？」

素麗頓了一下，又點點頭。

「這是妳的腎出了問題，腎是作強之官，就是很強的力量的意思，可以理解成人在極端情境下腎上腺素會爆發，做出平常做不到的事，女孩子在火場救出幾十隻貓，大概就是那種感覺。」

東毅見素麗緘默，便幫她回話。

「那該怎麼治呢？」

「腎裡面有不好的東西，最快的方法就是把它逼出來清理掉，腦部會出狀況也是這個原因，腎主骨髓，腦為髓海。」

「如果只能這樣治，我寧願不要好。」素麗激動得有些哽咽。

東毅揉揉素麗的手臂，他不願看到素麗開刀化療後的模樣，但現在這樣就是他想要的嗎，不禁有些疑惑。

「這是妳的自由，但如果妳踏出這裡，就永遠不要回來。」

「好，兒子，我們走。」

「阿母，妳等一下。」東毅把準備起身的素麗按住。

「等什麼？你就讓她去啊，她還以為你會跟她走。」

素麗聞言吃驚地看向東毅。

「阿母，沒說是因為怕妳擔心，其實妳的狀況，我身上也有。」

「這……總會有其他辦法的吧？你還年輕，還在初期，盡早治療的話……」

東毅並沒有回話，素麗還想說什麼，但似乎說什麼都不對。

「媽，這其實也沒什麼，人都有一死。」

「我才不會死，」素麗突來這麼一句，東毅嚇了一跳，她甩開東毅的手：「不要以為把我關在山上我就走不了，我走也要走下山。」

汪昊整個人跳起來，像西部片裡的牛仔一樣伺機而動，東毅左右看著兩人，還沒反應過來，整個人呆住。

「總算沉不住氣了。」汪昊說。

「你以為就你那點功夫留得住我？」

「我們有兩個人。」

「那孩子哪能算數。」

「就算妳出得去，我們也會把妳扛回來。」

「既然你這麼說，現在我得殺了你，再逼這孩子帶我下去。」

東毅也彈了起來，退開到汪昊這側。

素麗突然奮力一踹，桌子飛往汪昊的小腹，汪昊一陣悶痛跌坐在地上，素麗立刻上前追擊，狠狠往汪昊的褲襠一擊，男人像含羞草一樣縮成一團。

眼看素麗準備拿刀，東毅近身要阻止她，「噗」地一聲口沫噴在東毅眼上，東毅一闔眼的瞬間，眉心被重重一掌，整個人向後翻倒，差點沒暈過去。

倒在地上的東毅被用腳翻面，兩手被拿住，向後旋緊。

「你下山要用哪一隻手。」

東毅沒回話，素麗再向上旋，多半公分就會脫臼，東毅痛得大叫。

「右手！右手！」

喀噠，東毅的左手變成一條毛巾似的癱軟在地，伴隨更大的叫喊聲。

這時汪昊終於爬起，吃力地把她撞倒，兩人滾到一旁，正好在方才東毅撞到的藥櫃底下。

素麗又想往汪昊的褲襠踹，汪昊有所警戒，一個反手摟膝扣住素麗的腳，素麗像煎魚一樣啪嗒被翻了面，另一隻腳又被拉起，素麗哀嚎的樣子讓東毅聯想到職業摔角。

「幫個忙，把她綁住。」

東毅趕緊尋找屋子裡適合的繩索，緊張地在櫃子上東翻西找。

「底下，快點。」

這時，素麗突然發出一陣怪聲，接著像是洪七公上身那樣抽搐，停止之後過了幾秒，好像變了一個人似的，不再掙扎。

「怎麼了？剛剛發生什麼事？痛死我了，兒啊，你在哪？」
「我操，妳還來這招。」
汪昊又想加強力道，被東毅制止，東毅站在兩人身邊，聲音異常冷靜。
「阿母，我在這。」
「啊，太好了，快幫幫我，媽媽痛死了。」
「但我不能確定這是不是妳。」
「什麼叫不能確定？當然是我啊，快點，」見東毅沒有反應，素麗又說：「不然你考我好了。」
「好，妳跟爸怎麼認識的。」
「這還不簡單，工作的時候認識的啊，趕快，媽媽腳要斷了。」
汪昊有些緊張，因為東毅慢慢蹲了下來，但接著伸出他僅存的右手，朝著素麗脖子兩側的頸動脈竇壓下，這會讓人在十幾秒內昏厥，素麗顯然也發現了，她惡狠狠地改口。
「這個男人害死過他的病人，不要相信他。」素麗說完便失去意識。
東毅起身時，看見汪昊臉色大變，像是看到鬼，但他旋即回過神。
「怎麼了，她答錯了？」汪昊問。
「不是，她從沒談過我出生前的事。」東毅說。

第八章

下一步

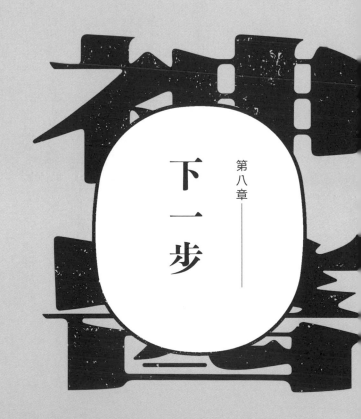

凌晨四點，山上的空氣透入鼻心，汪昊站在熟睡的東毅身邊，鼾聲間歇性發出，汪昊觀察一陣子東毅拘謹的睡相，接著直接從東毅人中掐進去，害他整個人彈起來。

東毅下意識轉向昨天他睡的無光房間，素麗在裡頭。

「該起床了，東西收一收，我們還有很多事情要忙。」

一套全新工作服被丟在東毅身上，看起來尺寸不太合，汪昊話說完便出去了。東毅完全不像第一天當兵的菜雞，或許是實習的經歷，有時補眠不到十分鐘就被叫起來，得去幫被砍十幾刀的醉漢縫傷口，他迅速冷靜下來，像個機器人在三分鐘內完成盥洗和換裝，跟了出去。

天還未光，但眼睛適應後勉強看得見，菜園就在屋子後頭，佔地大概一分不到，裡頭井井有條地區分著不同的作物，東毅認得出的並不多，事實上他只認得出高麗菜，在這種條件下他連韭菜跟蔥都認不出來。

汪昊拿著一把有亮紅色刀刃的鐮刀，正蹲在蒜苗田裡除雜草，東毅靠了上去，汪昊卻突然大喝一聲。

「喂！」

東毅愣住絲毫不敢亂動，像他跟前有條毒蛇。

「繞那邊，這塊是鬆好的，你視力也有問題嗎？」

這麼暗最好是看得出來，東毅在心裡想著，但他只是乖乖地繞路。
「我要做什麼？」
「你的身體狀況完全不行，這樣沒辦法用針。」
「那該怎麼辦？」
「要先學呼吸，你跟著我做，」汪昊抓起一株雜草，「吸氣的時候把指力連接到草根上，吐氣的時候把草拔起來。」
話音剛落，那株雜草被連根拔起，奇特的是，草根上竟沒帶著多少土壤。
「就這樣，你試試看。」
東毅似懂非懂，找了塊還沒處理的地蹲下，用手摘起地上的雜草，一碰到草根的抵抗，他突然想起小時候素麗兼差的茶園工作，那時素麗常會帶著他，他只記得大家的動作都好快，好像只是在抄寫作文一樣機械化地執行，而他光拔起一根草就要花好大力氣，有時根離茶苗太近，還會連茶苗都拔起，害素麗被扣工錢。
「她那樣真的沒問題吧？醒來怎麼辦？」東毅問。
「什麼意思？不是你綁的嗎？」
「我是說，如果她可能……想上廁所之類的。」
「這麼擔心，你要不要裝一個Alarm，連到你的手機裡？」

「好啊，那我中午騎你的車去買？你想吃什麼我可以幫你帶，炸雞？」

「想死是不是？」汪昊作勢舉起他的鐮刀，「但說真的，你是應該下山一趟，至少給醫院那邊一個交代，不要惹麻煩。」

東毅想到手機裡學姊的訊息，當字數越少的時候代表她越生氣，而這次只有一個問號。

「知道了，」東毅繼續手邊的工作，一陣沉默後才說：「有件事我很好奇，我暈過去的時候，你對我做了什麼？」

「專心在你的手上。」

東毅看著拔起的雜草，大部分的根都斷了。

「我有在專心啊，只是覺得我的身體變化很大，整個很輕鬆。」

「那只是我順手賞了你兩針而已。」

「兩針？哪兩個穴道？」

汪昊停頓了一下，好像聽到什麼難以置信的言論。

「你該不會以為有哪套組穴可以放鬆身體吧？」

「不是啦，我想說是不是要下行間、足臨泣疏肝？」

「如果連你都會的東西我幹嘛幫你下？」

東毅一時語塞。

「我用的針不是你想的那樣，基本的思維方式就不一樣。」

「不是古法針灸？那是董氏？華佗派？」

「都不是，我講講看你的思路，你看對不對，你以前讀那個訓練書呆了的醫學系，一年背上萬個沒有卵蛋用的希臘單字，搞到太常熬夜，傷到肝血，血不養筋，所以要養肝，但肝木不宜補，宜瀉，所以用肝經子穴行間，搭配臟病治腑的思維，輔膽經本穴足臨泣，對吧？」

「什麼叫做沒有卵用的希臘單字，解剖學怎麼可能沒有用，功能病理學怎麼可能沒有用？」

「不要忘記手上，」看東毅繼續動作，汪昊才不帶情緒地說：「知道就知道，可以用就好，我沒有空跟你爭這些有的沒的。」

「你連它們的名字都不知道，但會用？」

「嗯？」

「那我問你，距骨上有哪幾條肌肉？」

「距骨是哪塊？」

東毅笑出來，一臉要修理人的姿態走上前，用手精準指出距骨的位置，在腳踝前緣，見天色太暗，他再用隔著靴子也能清楚感覺到的力道，用力按了下去。

「這塊。」

「哦，」汪昊轉了一下自己的腳踝，「這塊沒有連任何肌肉，是人唯一一塊不連肌肉的骨頭，這塊骨頭學問可大了，以後有機會我再慢慢教你。」

東毅啞口無言，汪昊是對的。

「玩夠了沒？」

「可是你連距骨是哪塊都不知道，要怎麼跟別的醫師溝通？」

「溝通什麼？」

「技術交流，心得交換啊。」

「如果不用那些單字就沒辦法交流的人，沒什麼能教我的。」

「那我呢？你要怎麼教我？」

汪昊看向東毅，露出意味深長的笑容。

「與其擔心這個，」汪昊指著菜園的周邊，「邊邊那些是香菜，另一頭是九層塔，是種來驅蟲的，別當成雜草拔掉，蟲子已經很多了，哇我的黃瓜才正要長而已，你不要這樣。」

汪昊說著繼續工作，他把手邊一隻小蝸牛從菜葉上拔起，站起身子。

「你真有興趣的話，眼睛放亮一點，有問題馬上問，不要怕丟臉，以你的資質可以學會的。」汪昊說完走進竹林，把蝸牛放在竹葉上。

東毅確實不是很有自信的人，畢竟考進醫學系後都會遇到難以想像的怪物，比如同屆的登山社長，一年有兩個月待在山上幫助偏鄉孩童，還可以拿到全國飛鏢比賽冠軍，抬頭一頁寫不完的人多的是，但東毅自己也不是後段班，國考榜首跑去當中醫也是被同學講了好幾年，人都有優越感，尤其在他投注相當多時間心力的領域，現在卻被當成一個小朋友，他嚥不下這口氣。

「那我要再問一次，你針了哪裡？」

「我針哪裡不重要，大概是左側脾俞、陰谷附近的結點，你的胃在發炎，大概是讀書的時候不好好吃東西，胃向後調資源綁住背部，背再上下牽扯，所以你原本應該腦袋不太好使才對，這幾年開始流行那個什麼『腦霧』大部分都在講這個狀況，唉，有時候那些老外發明的名詞還是滿好用的啦。」

東毅下意識摸摸肚子，確實有印象以前總有胃被掐住的感覺，但他一直以為那是因為太晚睡，肝木剋脾土。

「你說附近，附近是哪裡？不在穴位上？」

「廢話，不然我就直接說下哪裡，我找個實習生google幫我下就好了不是嗎？」汪昊好像發覺自己話太重了，又說：「貓狗的穴位你會找吧？」

「大概知道，跟人一樣，都是脊椎動物，用大關節去類推。」

「不對，但這我沒辦法用講的，要用摸的，我現在用的針不屬於任何門派，如果要取個名字的話，我應該會稱它叫無生針。」

「無生針？」

汪昊的話停在這裡，東毅得不到回應，只好悶不作聲繼續拔草，這時汪昊走了過來，抓著他的手，一吸一吐，拔起一株草。

「你先把這個練起來再說。」

那是個非常奇特的感受，東毅瞬間理解這門手藝絕對需要手把手教學。

他感覺自己的手指真的跟草連結在一起，草根也是手指的延伸，好像能觸摸到每一根抓緊土壤的細毛。要達到這個效果，有兩個要點，其一是要非常了解手上這株草的一切，其二是手上的巧勁要非常精準，不輕不重地提起整株草的重心。

這並不是一件易事，東毅光一株草就拔了五分鐘，拔起時還是斷了好幾條草根。

而這跟呼吸的關聯在哪？幾個小時過去，東毅才漸漸察覺箇中滋味，在非常專注於呼吸的當下，似乎能感受到自己身體的界線所在，有很多身體的部分其實是失聯的，呼吸就像是一陣一陣的電波訊號，呼喊著那些失聯的遊子歸鄉，東毅一塊一塊把身體裡早被遺忘的部分撿回來，手上繼續拔著雜草，就這麼拔到菜圃的另一頭，雖然拔起的雜草還是會斷根，但回頭看看自己拔完的地方，像除完毛一樣清潔溜溜，幾乎有那麼一點成就感，而天也漸漸光了。

「該放飯了。」汪昊說著看向昨晚被倒廚餘的大樹，東毅順著方向看過去，遠遠有一隻銀白色的豹貓在樹下盯著兩人。

汪昊從口袋掏出一包小麻布袋，那貓一看見這個動作便迅速走了上來，從腳步可以感覺牠儘管心急，但不想看起來太丟臉，來到兩人身邊時，牠保持著一定距離，似乎對東毅有戒心。

汪昊從袋裡大小不一的魚乾挑了一塊放在手上，垂到地上貓吃得到的高度，那貓咪立刻上前把魚乾叼了就走，躲在竹林邊津津有味吃著。

「感覺是純種貓，是被棄養的吧？牠有名字？」東毅問。

「廢話，誰沒有名字？」

「那牠叫什麼？」

「我怎麼會知道，問我幹嘛。」

「不然我們叫牠小豹吧。」

「豹貓就叫小豹，無聊死了，你看牠這個氣勢，好歹要叫個『斬佛』之類的。」

「不然折衷，叫斬佛小豹。」

「好啊，那平常就叫小斬，來，小斬來。」

汪昊又拿出一塊魚乾，但這次他沒有輕易給小斬吃，在最後一刻拿了起來，小斬一臉不耐地看著他，汪昊只伸出手指放在牠眼前，小斬靠上來聞了幾下，接著貌似不以為意地經過，用身體蹭了汪昊的小腿一下。

汪昊轉過身，輕輕搓揉小斬的後腦勺，接著一路沿著貓背撫弄到屁股上，小斬銀白色的背像是被撩起一陣波瀾，毛上一陣漣漪。

「哦，這裡欠一針。」

汪昊的手勢突然改變，像是能從小斬背上摸到一條看不見的線，接著像是在掃地雷一樣，停留在骨盆附近的一個點上。

雖然沒表現出來，但汪昊這個行為讓東毅非常詫異。

對一個中醫師來說，穴道的位置並不是死的，而會跟著個體形體差異而有所變化，比如高個子的穴位分佈自然會跟平常人不同，在這個基礎上，針灸師會透過所謂「骨度法」來確認穴位，也就是利用大關節所在位置，依照比例找出精確的點，如果以人來說，腳踝上的婦科常用大穴「三陰交」就在內腳踝脛骨高點向上四指，而這四根手指的距離必須是病家自己的手指，所以會得到一個非常明確的點，任何受過訓練的針灸師應該都會找到同一個點，然而汪昊現在的做法卻像是在靠感覺亂摸，說難聽一點，簡直跟通靈沒兩樣。

東毅試著上前看得更清楚，卻因此把小斬嚇跑了。

「你幹嘛？」

「你剛剛說的摸就是這個吧？」

「對，牠應該是逃家了，找不到回去的路，我有沾到一點情緒。」

「情緒？」

「等你摸到你就知道，牠的家人太忙，牠原本只是想氣氣他們。」

「我以為寵物溝通是唬人的。」

「大部分是啦。」

「我剛剛看你好像摸到一條線，但那不是經絡，那是什麼？」

「簡單說的話，是一個不一樣的地方。」

「不一樣？」

「對，那裡的彈性跟張力跟旁邊不一樣。」

「就這樣？所以不一樣的地方就要針？」

「不是，不一樣就針那不是要全身插滿嗎？是要找出原因。」

這一連串的轟炸超出東毅的負荷，這是他從來沒聽過的針灸，一直以來東毅所學的針灸，都能概括在古法針灸的範疇，因為汪昊在影片中總是推崇古法，唾棄電針、頻率儀與遠紅外線。

「可是我看過你早期的教學片，那時候你教的不是這樣。」

「人都有各個階段嘛，這整個思維是我臨床用手摸出來的，更何況現在這套如果要在學校教，一班有一個摸得出來就不錯了，那我期末評鑑怎麼打？」

「你覺得我摸得出來嗎？」

「我不知道，但我們交過手，你的勁不錯，有打過太極的人會加分很多。」

「好，我很想學，請務必教我。」

「放心，你學得會我一定教你。」

「謝謝師兄，我想問我們現在的計畫是什麼？」

「你說除完草之後？」

「不是，我是說治療我媽的計畫。」

「什麼『我媽』，現在她也是我媽了，另外不要叫我師兄，入了門就是一家人了，叫我昊哥就好。」

「好，昊哥。」東毅叫得有點彆扭。

「另外，不要誤會我是什麼無私的老人，什麼東西都想趕快教你，我知道你在儀式裡動過手腳，你懂命，知道跟我結拜的下場，會這麼做情有可原，但這是你的決定，人生沒有好處全拿的，這種廢話應該不用我多講。」

東毅拙劣地裝可愛點點頭。

「沒事了，不用太緊張，既然你還在這，代表我們還是兄弟，你選擇跟我學，那就好好學吧，把你剛剛想問的問完。」

「我在想，如果我真的要學，應該也要從一開始的診斷學起。」

「這樣說是沒錯，但就像昨天那樣，很多事情你知道太多反而會有額外的風險，所以不如邊看邊走我還比較好預測你的反應。」

「但我還是想知道，搞不清楚狀況滿不舒服的。」

「好吧，你想從哪邊開始？你問我答。」

東毅早就想好該怎麼問這個問題，他已經受夠被瞧不起了。

「昨天那個狀況，去看精神科一定會說有解離性人格違常，加上我媽原本的恐慌症，併發其他精神疾病並不算少見，但如果從中醫的角度看，重陰者癲，重陽者狂，她卻兩者都不像，要怎麼看待她現在的症狀？」

「你相信有鬼嗎？」

東毅搖搖頭，像是被問到自己是不是基督徒。

「很好，因為鬼是一個很常被誤用濫用的概念，以我這幾年來的經驗，類似的情況一共有四種可能性。」

汪昊用鐮刀在鬆好的土上劃下十字，把地切成四塊。

「先不說鬼存不存在，光從人類的意識會被干擾的事實，假設縱軸向上是外來的，向下是內因的，橫軸左邊是患者抗拒的，右邊是患者想要的，正中央是正常人，那這裡是什麼？」

汪昊把鐮刀插入右上角距離中心點不遠處。

「嗯……想要但是是外來的，又沒有很想要，也沒有很外來，比較像是小朋友玩碟仙？」

「不錯，那這裡呢？」

汪昊又戳向象限的偏左下處，這次離中心稍遠一些。

「抗拒又是內因的，有點嚴重，比較接近一般會去看身心科那種病人？可能身體也有狀況，肝鬱？焦慮？失眠？」

「好吧，差不多，那從你這個點來定位的話。」

汪昊從方才的點以中央為圓心畫了一個圈。

「這裡面的人都不算病人，可以接受吧？」

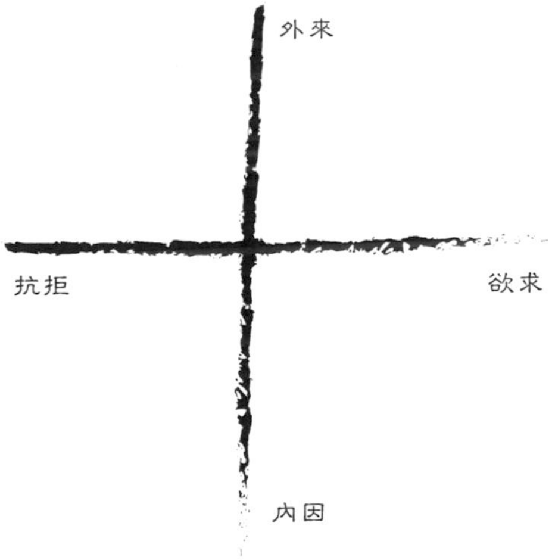

東毅思考了一下，點點頭。

「那現在情境題，我去過一些地方，那裡的人很喜歡照三餐說自己被下咒，或是被什麼高級邪魔歪道附身，比如吃飽之後打了個嗝，就說完蛋一定被那個誰誰施法，有些想像力夠豐富的，還會身體真的出問題，一般醫師一開始根本分不出來，這種怎麼辦。」

「嗯……」東毅伸手跟汪昊拿鐮刀，點著象限左上角非常遠的地方，「一開始會以為在這裡，但實際上應該……在這？」

東毅把刀尖拿起，重新指向圓圈內，離中心非常近的右下角。

「哈哈哈哈哈哈。」汪昊豪邁地笑，說：「對對對，這他媽還敢給我去看病。」

「我大概理解了，但這種人應該心裡也有一些障礙吧？」

汪昊的笑聲戛然而止，東毅清清喉嚨。

「所以我媽在哪？」

「又來了。」

「抱歉，所以媽在哪？」

「她的狀況一開始我並不確定，但有過二十年前那次經驗，我猜大概在這個區域。」

汪昊拿回鐮刀，在左側畫出一個細長的橢圓，一路從最上面延伸到超過橫線以下。

「為了排除這是有意識的表演或不自覺的自我暗示，所以我的治療並沒有在一開始就讓她知道。」

東毅雖然不高興，但現在可以理解汪昊這麼做的目的。

「我們已經可以確定，這東西是外來的，而且非常外來，只不過媽本身的身體狀況也是一項重要因素，所以要處理的位置有兩個。」

汪昊把橢圓的上下兩端又圈了起來。

「懂了，這兩個分別該怎麼處理？」

「底下這塊簡單，針灸吃藥，把身體的條件改變，這邊難的是媽的情緒需要配合，其他醫囑她在這山上想不配合也很難。」

聽汪昊這麼說，東毅心裡燃起熱烈的希望，如果是不認識的醫師這樣誇下海口，他一定嗤之以鼻，但這話是汪昊說的，所以是真的做得到，而且他自己也有救，他暗自興奮著。

「那上面呢？」

「那塊就麻煩了。」

汪昊正要開口，東毅的肚子叫了起來。

「好啦，這邊也忙得差不多了，先吃早餐吧。」

「可是我草還沒拔完。」

「別傻了，草是拔不完的。」汪昊說著逕自走回小屋。

東毅進屋後，第一件事情是先去漆黑的房間看看素麗，她像個屍體一樣平躺在床上，眼睛被黑布矇著，被子外的腳踝露出東毅昨晚上網惡補打出的雙漁人結。

令東毅訝異的是，汪昊似乎花非常多時間在料理三餐，做出來的食物卻總看起來極其單調平凡，像今天的早餐只是地瓜稀飯配醃蘿蔔跟花生。蘿蔔跟花生看起來很普通，但稀飯跟常見的稀飯不太一樣，不但看不見半顆米粒，也不會稀得像泡飯水一樣，幾乎接近膏狀的程度，東毅一開始還以為這又是一鍋南瓜濃湯。

外觀像嬰兒食品的地瓜稀飯，東毅第一口吃下去就驚艷無比，通常量少的食材才是味覺的主角，然而米飯的鮮甜卻完全壓過地瓜，綿稠的狀態則發揮一種保溫的功能，使整口稀飯維持在接近的溫度，不會燙口影響口感，又讓內部像早晨的陽光一樣溫暖東毅的口跟胃，不誇張，就像是吃進一口能量到身體裡，眼睛都亮了起來。

「你這稀飯是怎麼做的？」

「很厲害吧？這有祕訣，不會這麼輕易告訴你。」

「是不是先把米泡水放進冷凍庫？水冷凍之後會瓦解米的澱粉結構，這樣很快就能煮好。」

「年輕人就是愛求快，不怪你，我年輕的時候也是這樣。」

「不然呢？」

「好吧，既然你都這樣求我了，其實方法很簡單，就是要有心。」

「心？」東毅想的是「你是在跟我開玩笑嗎。」

「對，你這個資質，一定也有過那種經驗，當你真的很喜歡做一件事，做的過程好有樂趣，好像恨不得馬上做好，整個人都專注在上面，像是給你女朋友準備一個驚喜，你交過女友吧？」

東毅好像有些心虛，點點頭。

「這樣啊，那像是你在幫人把脈，一開始只是要從脈動裡很細微的變化找出線索，卻發現脈上跟你想的全然不一樣，好像去旅行，走到哪裡都很新鮮，甚至這個脈就像一個美女，你很想跟她做愛，她也顯然想跟你做愛，釋放親密感的同時又保持著神祕感，你快受不了了，好想趕快跟她合在一起的那種感覺。」

東毅這才點頭如搗蒜。

「就是這樣，把這鍋粥當作那個美女，攪拌的時候像是在愛撫，這時候你的心就用上了，佛家說『制心一處，無事不辦』就是這個道理。」

「這樣煮就會比較好吃？」

「我騙你幹嘛？」

東毅不置可否，繼續喝他的地瓜粥。

「不相信的話你可以試試，不一定要煮粥，做什麼都可以，大便尿尿也可以，聽過『道在屎溺』？」

「聽過，莊子說的？」

「很好，等到你大便尿尿都能做到，大概就能更進一步了，那時候你會感覺生活開始『有意思』。」

東毅看著眼前的粥，試著回想他最想跟她做愛的一個美女，「學姊」這個念頭猝不及防地跳了出來，他趕緊揮去，又試著從ＩＧ上追蹤的爆乳模特當中挑選，卻始終充斥著尷尬，便開始回想他某次騎車看到的一個美女，等紅燈時她就在一公尺外，他雖然只偷偷瞥了一眼，但那股率性的可愛卻讓他動了心，那一秒鐘就足以讓他想像兩人熱戀的可能性，只不過到了真要回憶那女孩的面容時，他卻挖破頭殼也想不起來。

「其實滿難的。」

「廢話，這比你那早就忘掉大半的希臘單字有用多了。」

「對了，你剛剛說的無生針是什麼意思？」

「等你稍微有點程度我再告訴你吧。」

「那媽呢？總不能等我吧？你有預期的時程？」

「有，我們時間不多。」

「還有多久？」

「昨天是新月，她的狀況撐不過下一輪滿月，所以剩下十四天。」

東毅的胸口涼了一截。

「為什麼是滿月？」

「你聽過〈月亮代表我的心〉？」

「吓？」

「就是〈月亮代表我的心〉啊。」汪昊這次用唱的，雖然唱得差勁，但他似乎對自己的歌聲很有自信。

「好，」東毅陪笑，「滿好笑的，但我是說認真的。」

「誰在跟你開玩笑，你知道lunatic？」

「嗯，古希臘人認為月相交替會讓人發瘋，人被這種迷信影響，所以才出現狼人這種傳說。」

「你怎麼確定這是迷信？」

「很簡單，這麼誇張的事情如果是真的，早就有實驗做出來發表。」

「正好，我昨天才看到一篇文章，你手機給我。」

東毅半信半疑地把手機拿出來，汪昊鍵入幾個字後遞還給他。

這是一篇專題，內文描述某位美國心理衛生研究院主任的新發現，關於躁鬱症患者的切換週期精確達到十四・八天或十三・七天，而這正是地球上兩種潮汐週期，在文內還補充其他昆蟲學家在磁場及生物時鐘支持此說法的相關研究，東毅為了確保這不是某種賣弄議題的炒作文，開始逐一搜尋內文提到的科學家，卻被汪昊打斷。

「吃飯就要專心吃，不要滑手機。」

東毅看見論文確實在「心理期刊」網站上，才不甘願地收起。

「那種東西不要看太多，反正過幾年可能又推翻了。」

「那你幹嘛看？」

「好玩啊。」

「那在看到這篇文章之前，你怎麼會有這種想法？」

「不是我有這種想法，是人的身體本來就是這樣。」

「你自己察覺的？」

「也不算是，《內經》八正神明論，月始生則血氣始精，衛氣始行……」

「月郭滿則血氣實，我想到了。」

「對嘛，人家寫過的東西，不算我的發現，至於你，書讀過去不要就讓它過去了，每一句都要問自己有沒有真的搞懂，要放在心裡。」

東毅哭笑不得。

「那照這段話的意思，新月剛過，人的身體不是應該越來越好嗎？」

「這正是麻煩的地方，因為他們共用一個身體。」

「所以才需要把媽的身體先養好啊。」東毅的音量有些提高。

「不對，那樣完全行不通，你是醫生還是我是醫生？」

東毅好想回答「都是」，但他說不出來。

「我問你，《傷寒論》裡最有名的打蟲藥是哪個方子？」

「烏梅丸。」

「來，書呆子，組成背給我聽。」

「烏梅、細辛、乾薑、黃連、當歸、附子、蜀椒、桂枝、人參、黃柏，共十味。」

「方義[5]。」

「烏梅大酸，細辛、蜀椒大辣，乾薑、附子大熱，黃連、黃柏大苦，方義是要讓體內的蟲子又酸又苦，寒熱交替洗三溫暖，逼牠們自己受不了跑出來。」

「就是要這樣子，所以其實我們已經錯過了最佳時機，也就是昨天，它最虛弱的時候，再來每多過一天都會越來越難。」

「那你早上還把我挖起來在那邊除草？」

「那是該做的事，本來就要做。」

東毅有些無法接受，用手揉揉臉整理思緒。

「所以接下來要怎麼辦？等等她就醒了。」

汪昊長嘆一口氣。

「所以我才說不應該告訴你，現在都這樣了，我就坦白跟你說，昨晚我在媽碗裡加的是冰融化的水，而且不是普通的冰，是停屍間裡凍屍體的冰，那可以當藥引，直接把它從元陽逼出來，而那首曲子頭尾兩段彈的是A大調，也就是羽音，能進一步挑動腎氣，再來的你應該知道了吧？」

「知道，腎主恐，過恐會傷腎，所以是怎樣？我們要每天放恐怖片嚇她？」

「接下來的過程會很難熬，尤其是你，因為我們要把它逼走，就要讓它非常痛苦，但那是媽，至少看起來是。」

「等一下，」東毅深吸一口氣，「如果昨天那個是什麼外來的意識干擾，那好，為什麼不能坐下來好好談？」

「你不能把蟲子當作人，況且很多人比蟲子更難溝通。」

5 對藥方藥物作用功能之闡述。

「我不能接受。」

「對不起，我不是把媽當作蟲子，只是……」

「一樣，」東毅打斷他，「我不能接受你現在這個做法，她好不容易稍微好起來，我不可能讓你整死她。」

見東毅態度堅決，汪昊的臉色一沉。

「對，接下來我要自己治。」東毅說。

第九章

順治

日正當中，素麗洗好的內褲在晾衣架上隨風擺著，東毅把素麗公主抱抱出院子裡，安在椅子上，陽光打得素麗睜不開眼，她似乎接受了無法離開的事實，一聲也沒吭。

「要走你的路線，需要先增強媽體內的陽氣，增強陽氣最簡單暴力的方法就是曬太陽。」汪昊說，「但光是曬太陽不夠，否則狂吃維生素D就能了事。」

一陣子後，東毅又把素麗抱回屋裡，讓她平趴在一張診療床上，那是一般按摩用的床，素麗的臉陷進凹槽裡，雙手被綁著，東毅和汪昊各站在床的一側，像兩位大廚要開始某種料理。

「人的身體要能留住陽氣，結構不能出問題。」

「結構？」東毅問。

「媽，失禮喔。」汪昊把素麗的上衣拉起，露出整塊背部，「你看看媽的背，尤其是左右兩側的差別。」

東毅感到有些荒唐，但他還是照做，以為這像是小時候在報紙上玩的大家來找碴遊戲，要從左右兩張圖片裡找出不一樣的地方，但不到一分鐘他就發現自己完全誤解了，因為老實說，素麗左邊的背跟右邊的背完全找不到一模一樣的地方，那上頭錯亂分布著發炎程度不一的紅疹、像是瘀青但又稱不上瘀青的暗沉、看似被除過毛長不出毫毛的不規則光禿區塊，及各區肌肉強壯鬆弛產生高低起伏造成的微小皺摺。

人體本來就是左右不對稱的，這是常識，但這時他才發覺，自己從來沒有這麼仔細地看過一個人的身體，腦海裡的想像全來自解剖學，而皮膚則是被精細修圖過的滑順裸女照片。

「說不上來，但兩邊差異滿大的。」

「很好，說不出來是正常的，我花了八年才認識的事情，不會要你八分鐘就學會，你只要知道怎麼用就好，」汪昊把一隻手放在素麗背上，說：「用看的只是第一步，真正的重心是用聽的，太極的『聽勁』你會吧？」

東毅點點頭。

「說說看。」

「聽勁[6]是以掤勁為基礎，把手上各個關節像是用氣球塞飽，藉此把自己變成一個彈簧，在對手發勁時可以緩衝，再去『聽』來勁的方向與力量來策劃反應，看要卸還是要用。」

「雖不中亦不遠矣，那是武術，『聽』其實就是我們平常了解的那樣，我聽你說話是為什麼？」

---

6 聽勁：太極拳講究借力卸力，而不是跟對方硬碰硬。相傳楊氏太極拳宗師楊露禪的聽勁已到達出神入化的境界，曾有一隻麻雀停在他手上，卻怎麼也飛不起來，因為牠想起飛的勁每次都被聽到，被提前卸掉了。

「為了溝通？」

「對，聽勁也是一個理解的過程，所謂掤勁談的是你自己要站穩立場，否則一個沒有理念的人，根本沒什麼好談的。」

「這跟醫術有什麼關聯？」

「我直接先做一次給你看。」

東毅滿頭疑惑，看著汪昊那只在素麗背上的手似乎正微微移動，卻又好像沒有，是素麗的皮膚在默默移動似的，接著汪昊把手換到更高接近肩胛骨的位置，同時眼神似看非看地並沒有聚焦在素麗身上。

那個眼神令東毅想起他大學時期十分著迷的漫畫《浪人劍客》，是描述日本戰國末期宮本武藏的故事，他還因此去找來現實中宮本武藏的遺作《五輪書》。在書中，武藏用日本密教「五大」的概念解釋自己一生的心得，也就是「地水火風空」，分別代表兵法與刀法的精華，只要純熟便能無處不用，其精神能破除世間萬難，而在「火之卷」中，無論是兩軍對峙，或是人與人之間對決，應當都像火一般靈活而綿密，全體關照，不起分別，汪昊的眼神就像這樣，東毅不禁想像這是一場人與疾病的對決。

但另一方面，東毅又覺得汪昊極可能只是在故作玄虛，就像電視上演的魔術表演，其實箱子裡頭的美女早已掙脫，魔術師的手勢不過是在轉移焦點。若是這樣，那素麗的身體就是這個箱子，裡頭發生的事情是不可以被知道的。

大概五分鐘後，汪昊完成了他所謂的示範，他問道：「媽以前是做什麼的？」

「剛離開鹿谷那陣子我不太確定，她只要我專心讀書，不用擔心錢的事，之後我比較大才知道她兼滿多份工作，有在做清潔公司，也會幫有錢人帶小孩，一陣一陣的，後來都在家裡附近的幼兒園工作。」

「難怪，是因為抱小孩，你聽這裡。」

汪昊把東毅的右手放在素麗的右肩胛下方。

「跟這裡。」

這次是左肩胛。

「很不一樣吧？」

東毅確實感覺到右側的肌肉比較發達，比較鼓，比較硬，但好像還有些什麼，他說不上來。

「對，但這不是正常的嗎？每個人都會吧？」

「是啊，我們要做的是找出它造成的影響，然後還原。」

「還原？是說左右平均？」

「你可以先這樣理解，每個階段會有不同的層次出來。」

汪昊說著捻起一根針，用中指輕輕在素麗背上游移，他一路下探，最終滑動到尾椎的薦骨附近，在進針時，有別於東毅在外所見的直接進針，他先用針尖停在皮表，好像在門外等人應門一樣，過了好久才緩緩進針，且他進針也不是垂直向下，而是歪斜的，理論上這根本無法碰觸到藏在肌肉深處的穴道。

這一切舉動讓東毅感到怪異無比，但更奇特的是，汪昊的針一取出，素麗的身體立刻發生細微又顯著的變化，明明只是皮膚紋理的細小位移，卻像是有人在彈指瞬間整頓了一個雜亂的房間，裡頭許多書本或衣物立刻稍微擺正了一樣。

此時診療床上的素麗似乎放鬆地睡著了。

「來吧，換你試試。」

「我？」東毅有些錯愕，「現在？」

「不然呢？我們時間很多嗎？這不難啦，真的，就像早上說的那樣，你試著安靜下來，聽聽媽的背想說什麼，然後找看看不一樣的點，我先幫你找一次，然後換你，看能不能摸出來，有問題馬上問。」

東毅迅速振作起來，他在心裡說服自己，對，每件看起來很困難的事情都是這樣，一開始先模仿，接著慢慢熟悉，後來才產生理解，逐漸出現自己的風格。

汪昊再次重複整個動作，東毅緊盯著他，記住他指尖行經的路線，以及途中放慢或停留的點，就像是記住一條迷宮的走法，只不過迷宮的牆壁是透明的。

輪到東毅，當他把手放在素麗背上的一瞬間，立刻意識到一個殘酷但並不令人意外的事實：他什麼也摸不出來，像個忘詞卻被硬推上台的菜鳥演員。

這就是皮而已，不是年輕人的皮，一點也不嫩，甚至有那麼一點讓人反感，東毅這麼想著，但旋即又打斷自己，不應該有這種感覺，應該要很心疼她為了把自己帶大受過的苦，不是，現在想這些根本沒用，真的還要繼續摸嗎？還是馬上放棄？但這樣會不會被覺得是爛草莓？剛剛是怎麼說的？不一樣，當然不一樣啊，到處都不一樣啊，還是就跟著他剛剛的路線摸過去？就說好像有又好像沒有，不對，不是要被肯定，一定要學會才行，就老老實實說吧，但一定要我來嗎？不能都交給他？他這麼厲害，比我強這麼多幹嘛要浪費時間教我？對，我現在就是在浪費時間。

東毅把手拿開，深呼吸重新整頓自己，嘗試像張白紙一樣去吸收，再次把手放在素麗的背上。

同樣的一片混亂再次襲來，但這次他把自己當作一條水管，放任念頭像流水一樣經過他，就在這時，突然出現一個感覺。

是突兀感，有一個地方有那麼一點點不同，他似乎感覺到某種差異，但很模糊，很容易錯過，或混雜在各式各樣的差異之中，具體而言那是一個凹陷處，或很像一個斷點，一個突然空白的段落。

他有些興奮，順著這個感覺繼續探找，像是獵人跟蹤獵物的足跡，然而這個足跡卻越來越淡，沒走幾步就消失了，一切又回到一片茫然。

「我摸不出來。」東毅說。

「沒關係，我剛剛看你好像有摸到點東西，那是什麼？」

「就……」東毅陷入思考，尋找適合的用字，過了一陣子才說：「好像有一條線跟旁邊不一樣，是凹下去的。」

「哦，那你摸到別的，那是要灸的，陷下則灸之，不錯啊，你學得會的，就是這種感覺，我再做一次然後你再來試。」

「好。」

汪昊重新再做一次，他的手像是一隻剛被丟進這個迷宮的老鼠，稍微探索了一些別的路線，又因為迷宮出口強烈的食物味道吸引，踏上跟剛才一模一樣的路徑，停在脊椎附近的一個點上。

「是這裡沒錯，你說媽去幫人帶小孩，是什麼時候的事？」汪昊說。

「我們搬來台北之後，但具體哪一年已經忘了，最近這幾年我都在問她的身體狀況，滿久沒有好好聊天。」

「你再好好想想。」

「嗯……但我常常問她的事，她都兩三句話就句點我。」

「怎麼會這樣？你都怎麼問的？」

「就直接問啊。」

「什麼意思？你問我看看。」

「吓？」

「問啊。」

「欸，昊哥，你假死之前都在做什麼？」

「你會不會聊天啊？」

「不是啊，太突然了。」

「你這樣難怪什麼也問不出來啊。」

東毅無言以對，一臉很自責的樣子，但汪昊沒有因此想放過他，過了幾秒，東毅似乎想到什麼。

「好像有一次，媽有說過一件事，是我高中的時候，那陣子我社團玩得比較瘋，成績單沒藏好被她看到，她好像覺得完蛋了，我整個人毀掉了，她的人生也要一起整個毀掉，才一口氣說了很多她在做的事情，但具體什麼事情我也忘記了，只有一句話我記得特別清楚，就是她說，」東毅有些猶豫，看了診療床上的素麗一眼，見她一動也不動，才說：「她說『我不是什麼好人，但我不後悔』。」

汪昊蹙起眉，若有所思。

「我們得知道到底發生過什麼事情才行，但這沒辦法強求，先繼續吧。」汪昊說。

東毅點點頭，把手放上素麗的背，但他這次選擇閉上眼睛，放棄複製汪昊的路線，純粹聽從指下的感受，並卯足全力去放大這個感受，像是把自己想像成一台顯微鏡，手指化作鏡頭，在比海還要廣袤的玻片上尋找要觀察的組織，同時謹記剛才有過的那種突兀感。

彷彿在沙漠裡尋找綠洲，放棄的念頭無數次升起後被壓抑，不知過了多久，東毅的指尖終於停下，但與其說是東毅把指尖停下，更像是這個地方留住東毅，像有一塊磁鐵吸著他，再去哪裡都不對了的感覺，而當東毅把眼睛打開，他就停在方才汪昊找到的脊椎旁的點上。

「很好，你學得很快嘛，接下來是針法。」

「可以先休息一下嗎？」東毅感覺自己像是好不容易剛跑完馬拉松又馬上被要求再跑四十二公里。

「下完這針吧。」

東毅只好勉強擠出笑容，點點頭。

「來，」汪昊把針遞給東毅，「只有一個要訣，等到身體想要的時候才進針。」

東毅保持不失禮貌的微笑，等汪昊自己繼續解釋。

「就是說，只要你找到的點是對的，身體會意識到它需要這一針，歡天喜地迎接你進來，反過來說，只要你感覺到進針有受到抵抗，你就下錯了，那對病人表面上或許有好處，但最終反而是傷害。」

「好，我試試。」

東毅真心笑了起來，他發現自己竟已經開始習慣汪昊講出荒誕至極的言論。

每個中醫師在一開始一定都用豬肉練習過指力，針得刺穿皮層，突破皮下組織、肌肉和筋膜直達穴道，尤其是一針透兩穴的透針法，時常會用到三寸以上的針，在這種深度下沒有阻力是不可能的。

他勸自己不用想太多，把針尖擺在方才找到的位置，像是在等水泥地面變成流沙一樣等著，然而漫長的五分鐘過去，東毅有種武俠小說裡人劍合一的感受，卻什麼變化也沒有，這時汪昊把他的針提起，又重新用指尖定位一次，再直接幫東毅停針，但那位置幾乎在同一個點，只有極小的移動，最多不超過一毫米。

「這樣再試試。」

東毅凝視著指上的針，不知過了多久，那不到一毫米的差異竟真的起了作用，素麗的皮膚像是突然芝麻開門，對東毅的針放行，雖然進針不到半寸，但整個過程的觸感非常奇特，真的如汪昊所言，毫無平常穿透肌肉組織的阻礙感，甚至有種針被吸進去的錯覺。

這時，東毅突然知道汪昊進針為何不是垂直的，因為指下的感受很強烈，顯然繼續垂直向下會遇到阻礙，不轉彎是不行的，他嘗試微微改變針的方向，然而這跟剛剛找穴位時的感覺一樣，茫茫然毫無邊際可循，只能一直調整來碰運氣，期待哪一刻指下的穴位能接受他，讓他更深入。

東毅不禁覺得自己像個毫無經驗的鎖匠，就在他這麼想的時候，指下又出現那麼一丁點空隙，讓他的針多進一毫米，但旋即就是一面牆，仿若真的能看到，他甚至能感覺到其實剛才被放進來，就是為了給他看這面牆，要逼他死心一樣。

又掙扎了一陣，東毅把針取出。

「不行，我覺得進不去了。」

「第一次能這樣已經很不錯了，休息一下吧，幫媽擦擦澡。」

深呼吸大吐一口氣，東毅整個人癱軟在椅子上。

「有什麼心得嗎？」汪昊問，一邊準備水盆跟毛巾。

「還說不太出來，這整個過程對我來說是滿誇張的一件事，我從來沒想過針灸可以是這樣的。」

「沒關係，你以後會變成一個超一流的中醫師，其他醫師也會覺得你在做的事情很誇張，完全無法理解。」

「但我想問，這樣做是為什麼？」

「還躺著？來幫忙啊。」

東毅趕緊跳起來，接過溫毛巾擦拭素麗的背，一邊說：「我是想說，以前取穴是靠六經，五行補瀉的理論去推論，但現在這樣靠感覺去找穴位，進個針要折騰半天，為什麼要這樣？就是……我要怎麼去理解這件事的意義？」

「你有沒有管過人？」汪昊突然問。

「吓？」

「比如分配工作，溝通協調之類的。」

「有，在醫院最後一年做總醫師的時候。」

「解釋一下那都在幹嘛。」

「嗯……主要安排要跨科別的照會，就是協調主治醫師想徵求別科醫師的意見，然後還有床位啊，實習跟住院醫師的教學啊，就是一些行政方面的事情。」

「那你應該會懂，你試著想像人的身體就是一間醫院，身上每個部位雖然一起工作，但它們其實是獨立的個體，有各自的責任、壓力跟抗壓性，因此產生不同的反應，」汪昊說著接過東毅手上的毛巾，搓一搓再拿來擦拭素麗的右肩胛，「現在這個部門突然變得很忙，裡面會有那種被壓榨被羞辱拚死也要撐下去的，也會有事情一多就雙手一攤，表面上做做樣子的，所以當壓力來的時候，很快就會開始『失常』，權利義務的分配開始不公平，個體彼此之間會產生嫌隙，原先明確的規矩制度也會漸漸被當成一個屁。」

「你說嫌隙？身體裡的組織也會有嫌隙？」東毅接過洗好的毛巾，打開素麗的手臂擦拭腋下。

「當然，不懂得反抗的人會被當成白痴，大家自然極盡所能去拗他，身體就會出現一些狀況，而我們在這種時候通常會先亂吃一些補品，等同於這家醫院莫名其妙拿到一大筆補助，擺爛的那群就有機會開始從中撈油水，久而久之會開始出現派系，派系彼此會互相攻擊，試圖爭奪資源，讓認真做事的人感覺自己很蠢，而這種人因為累積很多壓力跟不滿，反應起來會特別激烈，這時整個單位就爆炸了。」

汪昊好像身歷其境，但這整段話東毅聽得很吃力，他想到一部科幻黑色喜劇動畫，裡頭的瘋狂科學家爺爺把一個老朋友的身體內部改造成遊樂園，再用縮小機把遊客丟進去來賺門票錢。

「大概能理解你的意思，但我還不確定這些階段在身體裡實際上是什麼狀況，而且這跟我們針灸有什麼關係？」

「我做個結論，就是說這件事情演變到現在早就已經非常複雜，所以你要針哪裡，會關係到你怎麼理解這件事，你覺得問題根源在哪裡，有沒有破口，在這個根源之外還有沒有哪些輕重緩急，如此種種。」

上身都差不多了，照著順序接下來要擦胯下，兩個男人有些遲疑。

「是像《難經》裡提到瀉南補北法那樣？」東毅自然地拉開褲頭伸進去擦素麗的臀部。

「概念類似，但寫《難經》的人程度顯然很差，或是故意寫給那種超級不懂得融會貫通的人看，那上面意見沒什麼好參考的，你要明白，針代表的是一個訊息，是一條指令。」

「所以像剛剛那樣的針法，帶給身體的指令是什麼？」

「也不是說這樣針下去就會在公布欄貼一張紙寫說『今天開始偷懶的人被抓到罰五百』，」汪昊比手畫腳輔助著，「這樣做每一針的訊息都不同，當然你現在可能還沒辦法理解，以剛剛我下的那一針來說，那意義大概等同於把一個坐領乾薪的大主管開除，整間公司的明眼人都會立刻知道這個地方可能還有救。」

東毅想像那個畫面，燈光死板的辦公室裡，一個尖嘴猴腮的人被天花板憑空出現的針刺穿肚子，毫無掙扎能力地拖出去。

「總而言之，只要持續這個針法，就能修復結構，讓媽的身體能留住陽氣，把那個東西趕出去？」

「理論上是這樣沒錯，但如果不找出媽到底經歷過什麼，永遠會有一個盲區。」

這時診療床上的素麗突然發出聲音，似乎醒了，兩人立刻警戒地確認她手腳上的綁繩。

「兒子啊。」

「媽？」東毅的聲音帶著懷疑。

「我怎麼會睡在這裡？」素麗試著起身，但動彈不得，又說：「欸？怎麼把我綁成這樣？你在哪裡？兒子！兒子啊！」

東毅和汪昊互看一眼，東毅用眼神示意想幫素麗鬆綁，汪昊搖搖頭。

「媽，」汪昊靠上前，扶著素麗被綁的手，「這是為了保護妳，妳睡著的時候有癲癇的狀況，手腳會一直亂打，怕妳傷到自己所以我們只好把妳綁起來。」

「那我現在醒啦，不用綁了，快點，這樣趴著我快喘不過氣了。」

「但這個症狀可能還會再發生，為了安全起見，我們還是先把妳的手腳固定住。」

汪昊說完先解開一邊的繩結，再把素麗的雙手雙腳綁在一起，才把素麗連著診療床的繩子解開。

「來，幫我扶媽起來。」

東毅趕緊上前把素麗扶起，她的臉被診療床的洞壓出一個圈，像是剛被馬桶塞吸過，但臉上的氣色明顯紅潤許多，神情也變回那個熟悉而帶著慈愛的樣子。

「哎喲喲喲，慢一點慢一點。」

「現在感覺怎麼樣？」東毅問。

「滿好的，我睡了多久？」

「整整一天了，妳還記得發生什麼事嗎？」

素麗搖搖頭，說：「只記得我們在吃飯，整個人好不舒服，後來的事情不太清楚了，好像有什麼事……啊！是什麼來著，想不起來。」

「沒事了沒事了，不用想了，妳餓了吧？」

素麗的雙手被綁在身後，東毅於是去熱早上剩的粥準備餵她吃，留下汪昊和素麗兩人。

素麗對著汪昊微笑，但汪昊的臉上什麼也沒有，他只是看著素麗，接著把手繞到素麗身後搭上她的脈。

在一片靜默之中，地瓜粥的香氣逐漸填滿空間，但無法抵銷空氣中的緊張感，素麗像是被人用槍抵在背後似的，直到東毅端著熱騰騰的粥回來才鬆了口氣。

「幫媽鬆綁吧，」汪昊說，「看來你是對的，脈象好轉很多，這個方向可以。」

「真的？」東毅有些驚訝。

「對，病正在退。」

「那真是太好了。」東毅回神趕緊將素麗手腳上的繩子解開。

「啊？你們把我的病治好了？」

「沒那麼快，但比想像中順利，東毅的功勞不小。」汪昊拍拍東毅的背，「幫媽把她的手腳揉一揉，我們坐著聊吧。」

東毅點點頭，拉起素麗往竹椅去，汪昊迅速把診療床闔起，但要收進去時卻故意撞了素麗一下，素麗一個重心不穩跌在東毅身上。

「對不起對不起，媽妳沒事吧？」汪昊丟下診療床把素麗拉起。

「你怎麼跟東毅一個樣，做事情這麼不小心。」

「好在媽的身子已經好多了，」汪昊向東毅使了個眼色，又說：「趕緊坐下，我來泡茶給大家喝。」

「唉，這麼大一個人，還不懂得要瞻前顧後，平常生活中那才是重要啊，你不也是修行人嗎？不然你都在修什麼？不是只有在墊子上打坐的時候才開始修行，對老人家要尊敬，對長輩要孝順這也是修行啊。」

「是，媽說的是。」

看見汪昊像他一樣被唸，恭敬拿著茶盤走出來的樣子，東毅不禁想笑。

三人坐下後，東毅拿起素麗的手腕細心搓揉，汪昊則自顧自泡著茶。

「兒子，」素麗看著東毅，「你也是，媽媽最清楚自己的身體，你們兩個很厲害，媽媽相信你們，但媽媽真的很有可能沒辦法再陪你多久，很多事情講了你要聽，不要都當作耳邊風就過了。」

「我都有在聽啊，」東毅沒有停下手邊動作，但躲開視線彎下腰去揉素麗的腳踝，過了一會又說：「我有努力在學啦。」

「努力還不夠，要做到，不然你要媽媽怎麼放心。」

「妳也要學著放心啦，妳的病有一大部分就是這樣擔心造成的，而且我們快把妳治好啦，不要想這麼多。」

「你不懂那種感覺，」素麗把腳抽回，「什麼預兆都沒有，突然一下子整個人就什麼都不知道了，也不知道會不會再醒過來，有過一次你就會知道，那真的很可怕，我不知道你是怎麼想的，講這個話你可能要不高興，但常常我都覺得你沒有真的很在乎媽媽，我知道你做很多事情都是為了媽媽好，但你做那些事情之外，也要多花點時間陪陪媽媽。」

東毅其實已經按完了，但他還是繼續按，他的眼眶有些泛淚，因為他知道素麗在說什麼，一直以來他都是這樣，好像用做很多事情來表達對素麗的愛，但那其實是因為他很怕，怕素麗覺得他不夠努力，怕後悔，更怕跟素麗相處時會被嫌棄，既然所做的一切是根源於害怕，那他只是在逃避而已。

「媽媽知道你很乖，很努力當醫生，但你要知道媽媽要的不是這些，媽媽只是想看到你過得開心就好，這樣媽媽就會很開心，媽媽這輩子把你帶大就值得了，真的沒有想多要求什麼。」

東毅只是點點頭。

「媽媽也知道你一直很好奇你爸的事情，那不是媽媽不想講，是真的沒什麼好說的，說起來也不會有什麼好話，但如果你真的想聽，媽媽可以好好跟你說一說。」

「哎喲，」東毅清清喉嚨，「不用說啦，那只是我在鬧妳而已，我沒有那麼想知道啦。」

「真的？不用擔心媽媽，事情都過去很久了。」

「真的真的，沒事，沒什麼好講的，」東毅一本正經地坐回去，拍拍素麗的手臂，又說：「現在我們應該要想的是接下來，妳有沒有想做什麼？可以培養一些興趣，像昊哥這樣找個好地方，種一些花花草草什麼的。」

素麗回以微笑，然而汪昊這時突然停下手邊正在預熱茶壺的動作，起身又拿出繩子。

「我聽懂了，」汪昊說，他的眼神嚴肅到有些兇狠，「連我也差點被唬過去。」

東毅一陣驚訝，立刻轉頭看看此時的素麗，她還是和平常一樣，汪昊卻迅速把素麗的雙手綁在竹椅上。

「在我說可以之前，妳下不了這座山的，死心吧。」

「什麼？」素麗一臉不解。

「老實點，我知道妳在想什麼。」

「昊哥你這是幹嘛？不是說這個方向對嗎？」

「這一點我也還沒想通，但我不想再看到昨天那個場面。」

「昨天？昨天後來發生什麼事？」

「不用再裝了，妳剛剛把腳抽回去的時候露了餡。」

東毅胸口一陣恐懼感瞬間湧上，因為方才素麗的話，他完全沒注意到素麗把腳抽回的勁很特別，而太極好手的掌上都會有沾黏勁，一般人被抓到，是沒辦法說拿回就拿回的。

素麗保持著微笑，茶壺裡冒著白煙，一陣漫長的靜默。

「你想不通的話我來告訴你，」素麗說，「你們做得很成功，那個女人已經徹底消失了。」

「怎麼可能，我們已經把妳全身的陽氣打通，理論上外來者不會有存在的空隙。」

東毅震驚到說不出話來。

「對，但是你們搞錯了誰才是外來者。」

第十章

素麗過去

一片黃土地上，上萬人引頸盼著，座上百官雲集，席後站滿身穿古代服裝的男男女女。台下的素麗年紀尚小，在父親凝視下，她褪下一身明制襖裙，換上道姑服飾，這一世的她還不是素麗。

上了台，眾人屏息，陽光閃灼刺眼，她真氣一運，迎來一道更奪目的光。

回到當下，曇陽子睜開眼，眼前站著兩個男人，是東毅和汪昊，她緩緩開口說道：「我才是這個身體的主人，那個女人只是一場錯誤。」

「妳是誰？」汪昊問。

「我是一個修行人，一個修行很久的人，我的道號叫曇陽子。」

「我媽現在在哪裡？」東毅激動地問。

「我不知道。」

曇陽子在說謊，她其實能感覺到那個女人還在她的脊椎深處伺機而動，但她不想再給這兩個男人任何一絲希望。在自己的身體裡一晃眼就被囚禁三十年，好不容易拿回來，卻得面對兩個是非不分的男人，他們竟還妄想把那個侵佔者找回來。

先前她也曾有掌握身體的機會，那感覺像是被大浪淹沒，又碰巧探出水面，下一刻就再次滅頂，但這次不一樣，這次的甦醒，像是被人猛然拉上船。

身體裡面還有另一個人，那感覺就像隨時有隻老鼠從腸子裡死命想往上爬，那老鼠抓緊她的胃袋，讓她連喘息都嫌吃力，一陣一陣感到作嘔。

她剛醒來的時候，聽到的是鋼琴的聲音，那琴聲像是溫柔地把她從夢中喚醒，那是一個好長好長的夢，長到幾乎要忘記了自己是誰，只記得那個在夢裡反覆出現的場景，是她在入夢前遇到的那件事，也是她最不想憶起的一件事。

書上說，真人無夢，意思是修道之人達到最高境界後，早已拋去世俗期待扣上的枷鎖，擺脫夢與非夢的分別，然而這三十年來她都被困在這個夢裡，二六時中[7]苦心精進的修行早已破敗不堪。甚至不只是這一世，這是從前世便開始累積的道果，像是長年呵護的一株細小的嫩芽，披荊斬棘克服阻礙，眼看著它就要開枝展葉之時，瞬間被人連根拔起。

這時，耳邊又響起一樣的旋律，像是要鼓勵她不能放棄，無論是多難熬的時候，我都會陪著你的，那溫柔的琴聲就像在講著這樣一句話。

還有機會的，這一世還沒完，雖然這個身體好重，好累，但若持續修持到可以還丹的境界，身體可以復原，還能期待下一世。

如果還有下一世，曇陽子不禁這麼想。

---

7 二六時中：中國古代把一天分成十二等份，並用十二地支做為代表，二六時中指的就是早晚各六個時辰，也就是一整天，時時刻刻的意思。

是那碗粥把她喚醒的，太久沒有感覺到自己的身體，一切感官知覺對她來說都太過強烈，刺痛、酥麻、直達腦門的激烈觸感隨之而來，頭上因此冒出細汗，在東毅眼裡才會是看似在忍耐痛楚的模樣。

她就是一個三十年沒開車的菜鳥駕駛，在脊髓深處的那個女人虎視眈眈，待她稍有差錯就要理所當然搶走她的駕駛座。

她必須振作起來，她能感覺到那個音樂在幫她，每當那個女人又從尾椎向上竄時，琴聲就像如來佛祖的掌心一般穩穩地按住，讓她得以在顛頗的路上小心行駛。

她得先理解到底發生什麼事，這兩個男人是誰？她認得那個老的，印象中別人都叫他「汪昊」，二十年前她有機會拿回身體時，就是這個人施針封住她的出路，且他有一定程度的道法修持，絕對要特別小心。

至於這個年輕人，從他的眼神可以看出來，他就是當時那個孩子。

但為什麼汪昊也叫自己媽媽？無法理解，只能猜測這是某種儀式的一部分，可能是外道的迷魂術。

「阿母，妳還好嗎？」汪昊離開後東毅問。

簡單的問好逼出曇陽子背上一層汗，相處三十年的母子絕不可能認不出來，一定會被發現的，自己被取代的時候，那個女人是怎麼笑？又怎麼說話？媽媽……應該是看起來很有威嚴的吧？

「我很好啊，怎麼了？」

「沒事，妳右手借我一下。」

曇陽子伸出右手，那是一種既期待又害怕的忐忑，她知道脈中能得知很多事情，這孩子可能給出很重要的資訊，也可能立刻揭穿她，想到這裡，她的頭開始默默抽痛。

搭在脈上的手指像蜈蚣的腳，那蜈蚣沿著手腕向上爬，沒入皮膚中，再從頭頂竄出來，沿著後腦勺爬向脊椎，這種焦慮感把曇陽子整條背脊束緊，那是條無限延伸的蜈蚣，直達腳底，再穿透皮膚滲透進去，穿過脂肪、肌肉、筋膜，一層一層，一圈一圈爬滿她全身，試圖把躲在裡面的那個女人挖出來，曇陽子趕緊調整呼吸，吐納是她最擅長的事，練習了兩輩子的事。

碰！

「妳是病人還是我媽啊？」汪昊碰力拍桌，大吼。

曇陽子一頭霧水，但汪昊的陰晴不定卻反而讓她清醒過來，讓她意識到自己為什麼在這裡，不應該是這樣的，她只是想把自己熱衷的事情做好，她想要再一次好好修行，她想要離開，她有資格離開。

曇陽子頓時理解了，是她兒子找回這個男人要把他媽媽救活，但他所認識的媽媽是那個惡毒的女人，不是曇陽子，所以他們想要成功，自己就得死。

自己的存在絕對不能被發現。

兩人不知道誰才是真正的主人，只要能隱藏身分，利用這層誤解，先讓身體能穩定下來，再找機會脫身，曇陽子這麼計畫。

汪昊以為他掌控著局面，但東毅的懷疑全寫在臉上，他拙劣的演技反而更突出這一點，顯然他對目前的做法有所保留，曇陽子於是決定利用兩人的落差。

「東毅，你幫媽媽說兩句話。」

「沒事沒事，妳這是老毛病了，之後再請師兄幫妳治一治，我們先去旁邊躺一下，師兄種的南瓜真的很好吃對吧？」

「好吃是好吃，有必要發這麼大脾氣嗎？」

「哎喲，人家好心收留我們，覺得被嫌棄當然會不開心嘛，妳就少說幾句。」

沒幾分鐘，汪昊開始無視曇陽子的存在，東毅顯然只是勉強配合。

曇陽子感覺到汪昊的手法跟恐懼有關，那是種最原始的恐懼，是人對於未知的恐懼，對無常的恐懼，他在利用這種恐懼，先是表現很無私的體貼，再藉由某些點來發作，失去那份體貼的焦慮感會讓人想怪罪自己，懷疑一定是自己哪裡做錯。

但只要能看清事情的底線，這種招數就派不上用場，要看得清不只心要細，更需要勇氣。

待東毅出去倒廚餘，曇陽子追出去，一出房門，外頭的陽光為眼前的世界增添好多顏色，草間林間的綠色竟可以有這麼多層次，交疊在一起轟炸她的雙眼，她差點看呆了，趕緊回過神去找東毅。

「兒子，怎麼啦？為什麼不跟媽媽說話？」

東毅雖然沒有理她，但曇陽子能感覺到東毅是個善良的孩子，兩人的眼睛很像，曇陽子不禁猜想，或許就算東毅發現自己已經不是他媽，他也不會加害自己。

然而回屋前她卻澈底對這個孩子感到作嘔。

是東毅的背影。

東毅的背影像極了那個男人，那個毀掉她兩世修行的男人，一股濃厚的無助與悲哀油然而生，讓她不得不面對現實，她差點對這個孩子產生同情，這種事絕不能再發生，就算得犧牲他，也要離開這裡。

裝可憐，利用東毅的感情，找空檔偷襲汪昊，逃出去，這樣的計畫在曇陽子腦海中漸漸成形，是這兩個男人先不分青紅皂白想斷人慧命，她沒有必要手下留情。

回到房裡，曇陽子啪嗒一聲跪在汪昊身前。

「汪大醫師，是我這個老女人錯了，我不識貨，不識相，不識抬舉，我真的沒有嫌棄你種的南瓜，拜託行行好別再玩我了。」

「裝是裝得滿像的，別以為我看不出來。」

「是真的！我對天發誓，求求你。」

曇陽子有著覺悟，無論汪昊是否真的看出來，她都得裝傻到底，但她不知道的是，不管她願不願意承認，做為女人，她其實跟她口中那個卑鄙的女人有很多相似之處。

沒過多久，汪昊開始發飆打人之後，整件事情反而變得很輕鬆，每當汪昊試圖加壓想令曇陽子感到恐懼，她內心的清明就更廣一分，曇陽子這時才意識到汪昊對於局勢有很嚴重的誤解，汪昊的這整個儀式，應該是以現在的這個人是外來者為前提啟動的。

認知到汪昊已經沒辦法對她產生威脅，曇陽子把重心放到東毅身上，這兩個男人看起來並沒有口中稱兄道弟的那種深厚感情，要分化他們並不是難事，而且汪昊竟連東毅也打，曇陽子一面假裝怕到尿褲子，一面利用自己的弱勢地位贏取東毅的同情。

如果自己的媽媽不想讓汪昊治療，東毅應該會帶她去找更好的醫生，曇陽子這麼確信。

「如果只能這樣治，我寧願不要好。」曇陽子故作哽咽。

「這是妳的自由，但如果妳踏出這裡，就永遠不要回來。」

「好，兒子，我們走。」

「阿母妳等一下。」

「等什麼？你就讓她去啊，她還以為你會跟她走。」

汪昊這話令曇陽子著實嚇了一跳，難道有什麼是她不知道的？

「阿母，沒說是因為怕妳擔心，其實妳的狀況，我身上也有。」

曇陽子第一時間並沒有理解到這句話代表的意義，因為她並不知道素麗為什麼病危的，還以為只是東毅身體也有某些難言之隱，就自己現在感覺到的身體來看，可能是頭痛、皮膚炎，但當她仔細琢磨這句話，一個顯而易見的事實擺在眼前。

東毅的身體裡也有另一個人。

曇陽子沒辦法接受這個結論，但這就是事實，當初她在招來惡鬼之時，也就是自己被惡鬼取代之時，東毅就在她懷裡，會這樣是理所當然的。

這都是她的錯，她所經歷過的那些折磨，將會成為東毅的未來。

她毀了這孩子的一生。

曇陽子的思緒在這裡斷了線，主導權被胸中一股莫名的怒氣奪走，那股怒氣不停重覆質問。

為什麼會這樣子？

曇陽子只想立刻離開這裡，她像發瘋似的攻擊這兩個男人，但旋即又被制服，她的心智受到長久修行的洗煉，集中到一個點上時，就像水流凝聚成高壓細線，變成一道能切割一切的水刃，在扭打的過程中，藉由肢體接觸，她的心思垂直突破汪昊意識的防衛，看見不屬於她的記憶。

汪昊有一個祕密，他曾經對自己的病人見死不救。

東毅掐住曇陽子的脖子，眼前一片黑，她又一次體驗失去身體的感覺。

曇陽子再次醒來時，是在一個無比漆黑的房間。

她的手腳被反綁，動彈不得，所有反射光線的可能性都被阻止，眼睛睜開跟閉起來毫無分別，如此詭異的環境，她卻很快就理解這個房間的用意，因為這樣的房間在她之前的家裡也曾特地打造過一個。

這個房間是觀光用的。

莊子說過，虛室生白，吉祥止止。

多數沒有修行經驗的人會對這句話有形而上的詮釋，認為這是指清除雜念後內心就像一個純白的房間。

從內丹觀出一片白光，是修行的基礎法門，這是為了確認光的來源不是外在，而是從內心發出所設計的房間。

一般人或許會感到慌亂，但曇陽子很熟悉這樣的空間，為了確保在睡眠中繼續保持內觀的白光，她以前都是在這片黑暗中入睡的，她讓全身上下進入最放鬆的領域，白光自然從眉心散發，在這樣的狀態中身體感覺無止盡地放大，像是已經擴展到宇宙的邊陲，才檢視自己的下一步。

她知道自己絕不會再失控，因為不能確保自己能不能再醒過來。

這兩個男人有各自的弱點，東毅對汪昊並不是完全信任，汪昊對東毅也保有祕密，而且他們無法分辨掌控身體的人是誰，這個模糊地帶還是可以利用的。

然而儘管曇陽子這麼計畫，以母親的身分對東毅苦口婆心，卻始終無法攻破他的心防，再次被發現後，她只好承認自己的身分。

「素麗是我這一世的名字，不是她的。」

「什麼？這一世？」東毅以為自己聽錯了。

「我不是這個時代的人，但我也不是長生不老，我死過一次，又轉世投胎來到現在，因為我修習有成，所以保留著上輩子的記憶。」

汪昊突然眼睛一亮，東毅則一臉不可置信。

「上輩子？那是什麼時候？」汪昊問。

「我本來是大明女子，朝中重臣王錫爵的女兒，由於從小就不愛做女紅，反而對修道有興趣，在當時還算小有名氣。」

「妳意思是說妳其實是個明朝女道士？」東毅的語氣帶點嘲諷。
「嘉靖年間婁東人，俗名王燾貞。」
「妳真的以為這種鬼扯可以打發我們嗎？妳說什麼子？哪個ㄒㄧ哪個ㄓㄣ？」
「曇陽子，曇花的曇，太陽的陽，我在當時算是小有名氣。」
「有意思，這樣很多事情就說得通了。」汪昊說。
東毅立刻拿出手機搜尋，曇陽子發覺汪昊好像看到什麼奇珍異獸似地打量自己，整個人靠上來。
「妳是怎麼做到的？保留記憶這件事。」
「我只是照著經典好好修持，煉精化氣，煉氣化神，養成胎息之後自然入定，在那個狀態羽化登仙，醒來就是一個嬰兒了。」
曇陽子有所保留的是，她原以為羽化後便能自由地在虛空中遨遊，以靈體的狀態繼續修持，就像佛家所說的天人那樣，但死過一次才知道，在她羽化後到再次投胎，中間只有一片空白。
「這個是妳？」東毅亮出手機搜尋的照片，麻紙上頭畫有一身穿道服的女子，臉頰圓潤，雙眼半閉，一副能看破紅塵的模樣。
這幅畫把曇陽子抓回那個當下，金碧輝煌的道觀裡，她的樸素顯得詭異，正為她作畫的人是她的父親，她知道在父親眼裡她只是個工具，貞潔的形象能為他帶來很多利益，但作為一個修行人，她並不是那麼在乎。

「畫得醜死了，快拿開。」

東毅又點開一張圖，是一個道觀，龕上題著「曇陽恬憺觀」。

「這是妳寫的？」東毅問。

曇陽子湊上前瞄了一眼，點點頭。

「昊哥你這裡有筆墨嗎？」

汪昊繞到角落櫃子翻找，挖出一支筆，「剛好有支軟筆。」

東毅解開曇陽子右手的繩子，隨手抓了汪昊做的竹筒音箱放在她腿上。

「來，妳寫給我看。」

曇陽子接過筆，凝神於竹筒上，在一次屏息之內寫完，狹小的空間內她運筆猶如刀劍，筆鋒凜冽懾人，字跡在剛猛中竟保有典雅之美，提筆後，字跡跟照片上的如出一轍。

東毅完全看呆了眼。

「保留前世記憶的例子並不少，但多數在八歲以前就會逐漸遺忘，妳剛剛說醒來發現自己是嬰兒，後來呢？」汪昊問。

不待曇陽子回答，東毅強行把汪昊拉到一旁。

「你問這個幹嘛？」東毅有些火氣。

「是你說要好好了解她的。」

「對，是你剛剛對她講的話一點興趣都沒有，現在又給我問一堆跟媽無關的事，接下來由我來發問。」

曇陽子漸漸確定，這兩個人的合作只是因為利益，當利益的天秤擺盪到自己這一側時，汪昊甚至可能會幫她。

「好嗎？」東毅似乎快要失去耐性。

汪昊這才點點頭。

兩人又回到曇陽子身前，東毅直接在曇陽子眼前的地上坐下，似乎想降低自己的威脅感，她靜觀其變。

「很抱歉，剛剛是我不好，我們可以繼續嗎？」

「你相信我說的都是實話吧？」

「相信了，對不起剛剛有點激動，我想知道更多關於我媽的事。」

「如果是她的事，我也沒什麼能說的。」

「妳的道行這麼高，一定知道些什麼，她是怎麼出現的？」

曇陽子發覺東毅的眼裡壓抑著什麼東西，在很深很深的地方，甚至可能連他自己都沒察覺到，是一股恨意？還是憤怒？除了這些，還有好多東西也一起被壓抑下去，脆弱、懷疑、懦弱，全都被揉成一團捨棄在角落，檯面上的只剩下一種扭曲的邏輯，他顯然已失去愛人的能力。

曇陽子不得不承認，這孩子有知道的權利。

「是我把她找來的。」

「妳找來的？」

「對，我知道不能這麼做，但是是我用儀式把她請來的。」

「什麼意思？她是誰？」

「我……我不知道要從哪裡開始說起。」

「不知道還是不想說？我也不想逼妳，但我們必須知道到底發生什麼事才有辦法幫妳。」

「現在這樣我很難說，能至少把我鬆綁嗎？」

東毅點頭，立刻要上前鬆綁，被汪昊按住，東毅撥開他的手。

「我們信她一次，看她這樣子我也很難過。」

鬆綁後，曇陽子揉揉自己的腳踝，說：「謝謝，真的要說的話，我可能得從很前面開始說起。」

「如果是妳明朝的大小姐生活，我對那些事沒興趣。」

明朝時父親的樣子閃過曇陽子腦中，那是父親官場失利後數月，父親的眼神變了，身子也病了，小小年紀的她唯一能做的就是拿著手裡的經文苦讀，只是她不知道，這條修行之路後來竟真成了父親的救命草。

「好吧，」曇陽子想了一會兒才開口，「我這世的父母很早便因意外過世了，那時我才十四歲，正是修行的精華時期，幸運的是他們留下一筆不小的財富，我家就在這座山上，是一間別墅，但不是那種社區型的別墅，周圍幾里內沒什麼人煙，這對我的修行是很好的助力，於是兩老走後我就每天一個人在家裡靜坐觀修，體內精氣往復循環，幾乎沒什麼睡也不會累，那陣子進步很快，我開始能看見一些不屬於當下的事情，但我知道這都是自然現象，所以沒怎麼在意，直到我看到自己會遭遇一個劫難。」

「劫難？」東毅問話時看了汪昊一眼。

「對，因為不知道何時會發生，我立刻開始做準備，拜託我大伯幫我買好足以供應半年生活的糧食，接著就再也沒出過家門，反正我的生活很單純，每天至少十六個小時的觀修，也完全沒有交際應酬，想要就這樣度過這個劫難。」

「那樣是不對的，」汪昊突然插話，「有其象必有其事，劫不能用躲的，要用化的。」

曇陽子一時說不上話，竟直接哀傷地哭出來。

東毅立刻站起來抽了張衛生紙遞到曇陽子手上。

「謝謝。」

曇陽子用力整理情緒，兩個男人被晾在那裡，等她擤完鼻涕後繼續說。

「對不起，因為這對我來說幾乎是剛發生的事，」曇陽子閉上眼深沉地喘了口氣，「只能怪我對命學並不擅長，那時我以為萬無一失，便安心繼續修行，我記得很清楚，那天我在練習觀五臟精氣，順著口訣去平衡各個臟腑的生剋協調，結果門鈴突然響了，是我大伯，他說他出差順道過來看我一下，我沒什麼多想就讓他進門，他說他帶了我最喜歡喝的津津蘆筍汁，以前爸媽還在的時候他們都不讓我喝，說女孩子喝太多飲料會胖，但我私底下都會吵大伯買給我喝，總之我很開心，馬上坐在客廳喝了起來，大伯坐在旁邊看著我喝，問我還有沒有跟學校老師聯絡，我不記得我是回答了還是還沒，突然一陣天旋地轉就直接昏過去。」

「昏過去？」東毅問。

「對。」

曇陽子的話在這裡打住，一陣漫長的沉默。

大伯俊俏的側臉閃過曇陽子腦海，讓人不禁想輕吻，那天明明是自己先倚上去的，連日的修煉點燃了下丹田的命門火，一股難耐的慾望早在大伯踏進屋前就已燎原，不過曇陽子說不出口，她趕緊速速揮去這個念頭。

「後來呢？」東毅問得小心翼翼。

「後來，」曇陽子停頓了一下，似乎在想她該如何解釋，「後來發生什麼我完全沒有印象，大伯不在了，我還在客廳，但內褲濕濕的。」

東毅的表情頓時變得凝重，曇陽子知道，這是他第一次聽見關於父親的事，整個空間都是壓迫感，說話的責任又掉回曇陽子身上。

「在那之後，我的氣就再也到不了下丹田，不管我怎麼修都沒有辦法，就像是原本來來回回的火車站，有天突然少了一站那樣，我對身體的變化很敏感，平常腳底的皮膚多長了一層我也會感覺到，但因為少了那一站，我身上的氣沒辦法儲存下來，每天散出去很多，很快地我的敏銳度也開始每況愈下，直到一個月後，我發現自己的月事沒來，才知道自己應該懷孕了。」

曇陽子看向東毅，東毅迴避她的眼神。

「妳沒有報警嗎？」汪昊問。

「我不知道該怎麼辦，甚至不知道該怎麼想，我沒有人可以問，沒辦法修行之後，每天待在家裡也不知道該做什麼，所以我只好反覆去修，嘗試讓氣能夠再進到下丹田，但完全沒有辦法，我感覺到自己的呼吸變淺，沒辦法像以前那樣一路吸到腳底，整個人也越來越心浮氣躁，我想不通，為什麼會這樣子，是哪裡出了差錯，是因為我太沒有防備嗎？不對，再更往前推一些，雖然這一切表面上都是我造成的，但更起因於那個男人起的歹念，不過我卻沒辦法這麼想，因為如果我沒有選擇自己一個人住在山上，把那棟房子賣了要住在哪裡都可以，我也可以自己出去採買，我又繼續追問，如果再往前，如果我從一開始就沒有選擇修行這條路，就不會看到自己有什麼劫難，那這一切都不會發生，也沒有人會需要受這些苦。」

曇陽子有些激動，說完後才發覺似乎失言，但東毅並不以為意。

「這是真的，我媽把我帶大的時候我也很常納悶她到底為什麼要生我下來。」

「我不是那個意思。」

「沒事，我想說的是，雖然我很常感覺到生下我根本不是她想要的，但她還是拚著命把我帶大，她這三十年沒有過過一天輕鬆的生活，換來的是什麼，到現在我還是不知道，對了，妳還沒說完吧？」

「關於你的母親，是我在報紙上找到的，你們應該知道，人死後並不是什麼也沒有，如果死前有很深的執念，那個念頭會殘留在他死去的地方。」

東毅一臉不置可否的樣子，對此他顯然不相信，曇陽子繼續說。

「在我修行出現障礙之後，很久沒有作夢的我突然開始作夢，每次都夢到我的下半身被一條大蛇吃掉，於是我決定搬出去，換一個生活方式，那時我才發現，除了修行之外我其實一無所有，我開始怨恨那個奪走我一切的人，我搜尋每天的報紙，直到看到一篇社會新聞，是在三重一個自殺的女孩子，她跟她男友都有毒癮，她男友一次失控打她的時候，一氣之下摔死她的兒子，她男友去坐牢不到一個禮拜，她就在家裡上吊自殺，這時我就決定，我要利用這個女人的怨氣毀掉那個男的。」

東毅陷入沉思，似乎在回憶裡尋找媽媽跟這個故事的關聯性，一陣停頓後曇陽子又繼續說。

「但是我失算了，那時我的功力已經大不如前，我找到那個女人上吊的屋子，在裡面進行祕傳的儀軌，但那個女人沒有去找照片上的男人，卻反撲到我身上，兩個元神碰撞就像在玩大風吹，差別在於搶輸的話你不會知道要在旁邊站多久，當時我立刻內觀清氣上聚腦門，又腳踏七星罡步引北斗保住元神，但還沒踩完，氣一樣在下丹田卡住，內觀的白光一熄滅，就沒了意識。」

曇陽子一次說了太多話，有點渴的樣子，東毅替她倒了一杯水，曇陽子喝水的模樣像隻小貓，一小口一小口慢慢啜飲。

「下一次我醒來的時候你已經是個孩子，」曇陽子看著眼前的東毅，又看向汪昊，「那時候你也在。」

東毅似乎一時說不出話，汪昊則好像早猜到了結局。

「那時候你多大？」

「八歲。」

「現在三十了？」

「對。」

一陣短暫的沉默，曇陽子嘆了口氣。

「我不奢求你們能理解我，你們原本可能以為我是個惡鬼，突然上了她身，甚至威脅要殺你們，但我希望你們想想，如果是你們一覺醒來發覺自己突然變成年過半白的老人，那是多難接受的事，多失去的這二十幾年，我不恨你們，現在你們應該知道，我才是受害者，是那個女人拿了不屬於她的東西，我已經失去太多，現在要求就這麼一個，我只想找個小地方繼續修行，簡簡單單地活下去。」

看東毅沒有回話，曇陽子繼續說。

「放我走吧，我求求你們，你跟她有過三十年的相處時光，現在該輪到我了，至於你，」曇陽子轉頭對著汪昊，「你到底跟這件事有什麼關係？我跟你有什麼深仇大恨嗎？你們根本不是兄弟吧？幹嘛跟著叫我媽？」

「昊哥跟我是結拜的。」

「那很好啊，以後有他陪你，有個伴不孤單。」

東毅的掙扎全寫在臉上，汪昊則始終一語不發。

「你們都是醫師吧？醫術真是不錯，但也一定知道醫生不是神，生死有命，有些病人該放手的時候還是得學會放手，你們還有大好的未來，可以救很多很多人，很多只有你們兩個才救得活的人。」

「我的醫術還不行，跟昊哥比差遠了。」

「好好學，你很幸運，有這麼厲害的哥哥帶著你。」

「是我逼他的。」

汪昊臉色一變，像是在講「你幹嘛跟她說這個」。

「是嗎？那你也是不得已的，你是為了你媽媽，你昊哥會原諒你的，中醫博大精深，他有真心想教你嗎？」

「有，一直以來我都是以昊哥為目標在努力，他用實力告訴我神醫真的存在，儘管在學校裡中醫永遠矮人一截，頭上有一頂偽科學的帽子，但我心裡知道那是因為他們沒有看過中醫真正的能耐，而在我找到昊哥之後，我更加確定只有他能治好我媽，他已經超越當年那個神醫，甚至超越中醫本身，更讓我覺得激動的是，我能聽懂他在說什麼，我覺得我有機會能追上他。」

「那很好啊，你媽媽一定也很為你高興，你沒有辜負她把你帶大。」

「不行。」東毅突然說。

「什麼？」

「我現在才想明白，其實她早就知道這一天會來，她常說能看到我拿到醫師執照，自己這一輩子值了，但她完全捨棄自己的人生，辛辛苦苦把我帶大，我至少要讓她過個幾年好日子，難道沒有兩全其美的方法嗎？」

「如果真的沒有呢？」

「那我……我還是得試試看。」

看著東毅惶然的眼神，曇陽子不禁想起大伯在兒子死前也因不願放棄，露出過同樣的眼神，正是她當時不願伸手相助，才整垮了大伯整家人，曇陽子不願再造惡業，嘆了口氣。

「好吧，其實還有一個方法。」

「是什麼？」

「我去死就可以了。」

東毅跟汪昊似乎沒辦法接受這種惡趣味的玩笑，面色凝重。

「我的意思是，以你們兩個的功力，應該有辦法把我的身體治好，剛剛趴在診療床上，我能感覺到下丹田有一股細微的暖流，如果我的身體能夠恢復，或許就能在清明的狀態下離開，投胎去下一世繼續修行。」

「我好像看過類似的方法，藏傳佛教的頗瓦法[8]就是要讓修行人能自由選擇轉世的方向。」汪昊說著開始在書櫃翻找相關書籍。

「妳願意嗎？」東毅問。

「我可以試試看。」

---

8 頗瓦：藏文音譯，字義是遷移的意思，是藏傳佛教修行人為了不再輪迴，在將死時控制自己的意識轉生淨土的技巧。若程度不夠到不了淨土，就可能得附身在其他生靈身上，這便成為「奪舍」。

第十一章

病根

房裡，像是兩人已經經歷過無數類似的寧靜夜晚，汪昊正在泡茶，東毅滿臉疲憊，看著門外分不清是樹林還是夜空的漆黑景色，凝視著，像是那站著一個老友。

「已經三天了，一點進展也沒有。」東毅說。

「如果這是一件很簡單的事，我們兩個也不會坐在這裡，來，喝茶。」

東毅接過茶，一口喝掉，故意讓燙口的茶湯燒灼自己的食道。

「再過幾天就要滿月，你就可以擺脫我們了。」

「與其挖苦我，不如再去走幾步路。」

「反正那也不是我媽，我媽是個毒蟲，為一個爛男人自殺的傻女人。」東毅說著有點哀愁。

「你是真的覺得沒有進展？」

東毅沒有回答，他站起身，恭恭敬敬地在走廊上來回緩步，這幾日東毅凌晨拔草，拔完了就練這個，是汪昊教他的，說是可以讓身上的經絡復位，氣血暢行，若氣能灌注於末梢井穴，運起針才會隨心所欲。

這步子的口訣只有四字，「直來直往」，也就是不能外八也不能內八，從腳板一路向上，小腿、大腿甚至雙手的擺動都得是直的，如此簡單的要求卻十分累人，沒走幾步核心肌群便會感到痠痛。

那步伐看似平凡，卻有奇異處，看著像是交班的憲兵在踢正步，又不似憲兵那樣拘謹猛力，反倒更像是滿周歲的孩子在學步。

東毅又走了兩輪，難掩煩躁，不耐地停下。

「昊哥，你聽外面那些蟬在叫，不覺得很放鬆嗎？為什麼牠們明明馬上就要死了，卻可以聽起來這麼放鬆？」

「牠們只是想做愛，太緊張會硬不起來。」

「有道理，搞不好牠們之中也有很多很緊張的，扒在樹上叫不出來。」

「在你小時候，我幫媽針灸那天，你還有印象嗎？」

「當然，這種事要怎麼忘記。」

「那你一定記得那天的十三鬼穴沒針完，後來出現一個聲音。」

東毅的神情頓時有些凝重，點點頭說：「我記得。」

「那個聲音讓我對自己醫術的理解重新翻盤，我從那一刻才願意相信，有些存在是我徹底不了解的。」

「那你後來了解了嗎？」

汪昊搖頭。

「我一直在追尋那個聲音到底是從哪來的，那不是幻覺，你也有聽到。」

「也不是什麼心電感應，有耳膜震動的感覺。」

「我後來還有聽過一次。」

「是什麼情境？」

「跟你無關，但我覺得那個聲音來自於我們自身，像是從身體裡發出來的，或許那就是我們的元神，元辰宮吧。」

東毅無言以對，汪昊嘆了口氣，說：「我們從頭疏理一次。」

汪昊從桌上堆疊的醫書中撕下一頁白紙擱在茶盤上，拿出軟筆在中央畫出一條橫線。

「媽一開始發病的時候有哪些症狀？」

東毅嘆了口氣，說：「我想想，她那時很常在深夜驚醒，或我在猜她根本沒睡，手腳會有痙攣的狀況，好像很渴，但又不想喝水。」

「這是婦人藏躁，津液虧虛得很嚴重，」汪昊在線上做了個記號，標記時間軸跟症狀，又問：「後來呢？」

「後來你出現了，幫媽針完之後再也沒發作過，直到上個月我出國前突然爆發，但我發現她戶頭裡錢都領出來，感覺是要離家，所以可能更早她就有感覺，只是一直沒跟我說。」

「這中間你有幫她把過脈吧？」

「有，其實一直以來脈象上沒什麼變化，我還帶她去掃過ＭＲＩ，請教過神經醫學方面的大學長，他說解離的人格之間腦部照出來結果會不同，但當時看起來是沒有思覺失調病患會有的特殊腦部病變。」

「你知道我為什麼學中醫嗎？」

「沒聽說過。」

「魯迅你知道吧？他說『中醫是一種有意或無意的騙子』。」

東毅點點頭。

「我跟他是反過來的，小時候我只對命學有興趣，直到學生時期我爸得了一場大病，為了治療還飛去美國，等到我跟我姐收到消息的時候，是我爸的朋友帶著我們兩個過去找他，好不容易到了美國，看到他躺在病床上，旁邊插著好多暗紅色的管子，他整個臉是垂下來的，好像爛掉的橘子那樣皺皺的，嘴上一直發出微弱的氣音，我跟我姐都聽不清楚他在說什麼，愣在那裡不知道該怎麼辦，我想去牽他的手，床單一打開看到他的手都是黑的，腳也是，那個黑不只是像瘀青，而是感覺那個東西已經不是人的手，是一個黑色的假手，當時雖然沒有你那時那麼小，也算是懂事了，但還是被那個畫面嚇到，我只好去摸摸他的額頭，我從他的眼睛裡看得出他完全沒有感覺，甚至認不出我們兩個，才聽懂他一直發出的氣音是在講什麼。」

汪昊模仿那個氣音，像是氣球漏氣。

「他在說『死』，他想死。」

「那是葉克膜？」東毅問。

「對，我知道是技術還沒那麼成熟，但總有一試的希望，但對於當時的我來說，就是那台機器殺了我爸，甚至比殺還要更殘忍，是把我爸的靈魂抽走，留下一個哀怨的空殼在那裡，聽到醫生的解釋更讓我火大，都是一條一條的邏輯，因為這樣所以那樣，又因為那樣所以怎樣怎樣，好像以為這樣解釋過就能釐清真相，也就是我爸會死是一個必然的結果。」

「嗯……通知家屬真的是一件很吃人生歷練的事。」

「總之在那之後我就看清西醫的局限，想把我爸帶回台灣找最厲害的中醫，以我爸當時的人脈，要看遍各家山頭那些國醫都沒問題，但我姐不願意，她說不想再讓爸受更多折磨，西醫有個領域還是滿厲害的，說幾天內會死就會死，我們姐弟倆就這樣抱著我爸的骨灰回家，從此我就開始研究中醫，因為中醫不會用那些點對點的邏輯，或至少是像五行那樣，五個點對五個點的複雜模型，是用整體一起看待的。」

「後來你是跟那些國醫學中醫的？」

「我講這個不是要讓你更了解我，我是想表達我們既然是中醫師，就要有中醫的思考邏輯，把中醫的優點發揮出來，你再用力想一想，有沒有什麼事情是我們沒注意，因為根深蒂固那種點對點邏輯所忽略的。」

東毅陷入沉思，但腦袋像故障的打掃機器人一樣重複已經掃描過的區域，他轉轉身子伸展筋骨，嘗試改變姿勢來轉換思考方式。

「其實我不覺得西醫的邏輯缺乏整體觀，一開始都是有的，只是在追逐細節跟技術的時候，很容易迷失，」東毅看汪昊不置可否，便繼續說：「現在我們知道一直以來媽的身體所有者其實是曇陽子，如果換個角度想，我小時候是她第一次發病，也就是曇陽子第一次試圖要回來，她那個時候表現出婦人藏躁的情況，而且是陰虛的類型，應該是兩個意識在爭搶同一個身體所引發的，等於是一台電腦灌了兩種作業系統，同時運作之下ＣＰＵ超載，資源迅速過度消耗導致的。」

「這樣回頭想，當時我能治好她，真的算誤打誤撞。」

東毅輕蔑地笑，說：「我還用這個案例發過論文，講得頭頭是道，但這樣她為什麼會去咬傑克？」

「那隻鳥有名字？」

「牠是我朋友，是紅領綠鸚鵡。」

「如果是從曇陽子的角度出發，她是一個道士，覺得自己被附身，會去咬鸚鵡是因為……」

「她想破法！」東毅突然大聲說。

「結果剛好鸚鵡血裡我入了藥，補足陰虛，讓兩個意識又可以繼續同時運作了一陣子。」

「接著你用了十三鬼穴，下到一半就出事了，十三鬼穴的用意是大補陽氣，把體內至陰之物往外逼，所以當時那個聲音其實……不是曇陽子，是我媽。」

汪昊回想起汪玥死前來求診的情境，他把這個邏輯套上當時的情境，腦中浮現許多令人不安的可能性。

「昊哥，這樣除了十三鬼穴是不夠的，你當時還做了什麼？」

「薩祖心咒，那時我唸的是薩祖心咒。」

「薩祖是誰？」

汪昊看向東毅，露出不可置信的表情。

「薩守堅啊，你沒聽過？你真的是中醫師嗎？」

「學校又不會教這個。」

「那你知道巴哈吧？莫札特？柴可夫斯基？」

「所以薩祖心咒是什麼用意？」

「他是宋朝一個道士，也是醫師，後來太厲害被封為神，傳說他會用棗子佈施孤魂野鬼，那時我是想請薩祖上身，來把這個鬼逼走。」

「但這很怪，因為曇陽子又被關了二十年。」

汪昊思忖了一陣子，才說：「薩祖沒有趕走這個鬼，反而把她這個道士關了起來，照她的說法，她其實犯了大戒，最合理的解釋是……這是薩祖對她的懲罰。」

「所以現在刑期服完她才被放出來？我們兩個其實是這個祖師安排的獄卒？這樣說得通嗎？」東毅搓搓他短短的頭髮，「越想越亂，哪有這種事，媽之所以會病發，有很大原因其實是我幫她安排的風水出問題，我沒注意到那房子以前被打通過，後來工程沒做確實就拆成兩間出租，這也是薩祖算到的？」

「都是有關連的，都是有關連的。」汪昊把白紙翻面，點上兩個點，在點旁寫下「風水」、「業力」幾個字。

「我真的不是很想接受什麼因果輪迴這些事情，因為這樣不就代表會得這個病是命中注定？既然是這樣幹嘛不找和尚喇嘛看病就好，我也不是沒看過這種病人，得什麼病都先上網google，找不到答案就說是什麼業力在作祟，不是啊，很多症狀西醫就真的無法解釋，但中醫不一樣，中醫的邏輯會去找病根，而且是真正的病根，風寒表裡虛實寒熱，或許是濕，或許是鬱，這都是脈上看得見的，如果把病根推給因果輪迴，不就是雙手一攤，唉，都是上輩子造的孽，然後去廟裡燒香拜拜收驚，這樣能解決問題嗎？」

汪昊又點上兩個點，分別寫下「情志」跟「肉體」，才說：「不只是人的身體是一個整體，人跟外在一切影響因素也都是一個整體，必須這樣考慮才行，我們很接近了，一定還有什麼我們沒想到的。」

「我們能做的都做過了吧？你覺得媽的身體現在恢復到什麼程度？」

「解構上的結點能解的全都解了，至少通了九成，但她的感受卻跟一開始一樣。」

東毅摸著自己的下丹田，像是剛懷孕一樣，似乎在感受裡面的東西，說：「少腹感受不到氣流，也就那幾種可能性，現在我們排除了氣機不暢，也用過你手上最好的補藥，所以也不是元陽不足，還有什麼可能？有瘀？」

「脈上沒有瘀，下焦脈你也摸到了，完全是空的，像是臨終前的病人，是我們的補藥沒有發揮作用，藥氣完全下不去。」

「劑量不夠？」

「不對，我們已經以兩為單位在投藥，而且都是最猛最竣的藥，一般中醫師看到方子就嚇死了。」

「那是沒有對的藥引？」

「氣行下焦的牛膝有入，也有入脾胃的藥引，古書上那寫突發奇想的怪藥引你也有幫忙去找，狗鞭骨、剛落的月經，做到這樣已經等同於手把手拉著藥性進到下焦，我覺得問題不是藥，是藥得去的地方根本不存在。」

「你有遇過類似的病人嗎？」

「其實不少，精神有狀況的女人很多都跟下焦鬱熱有關，有一個媽媽長肌瘤子宮切掉之後，也有這種藥下不去的狀況，但不一樣的地方是，她是下焦卡滿手術後的沾黏，雖然麻煩但花時間還是解得掉，再加上就算子宮被切掉，身上的氣還在，氣還是會繼續往那走，去完成本來循環裡的運作，但媽身上沒有，子宮明明還在，但氣直接跳過這一塊。」

東毅在房裡來回踱步，停在汪昊的藥櫃前，一個透明玻璃罐裡頭裝滿黃黑交間的蟲子，是炮製過的斑蝥，炮製時會飄出藍綠色的煙霧，有劇毒，東毅看著其中一隻斑蝥，牠的下半身像是燒焦了，緊縮成一條漆黑的棒子。

「如果這是不可復原的呢？」東毅說。

「沒有什麼不可復原的，西醫最愛講什麼不可逆，肺葉萎縮的病人我也治回來過。」

「但如果被截肢就沒辦法了吧？」

「也是西醫截的肢。」

「如果這個狀況就像是被截肢呢？」

「等一下，她是從懷上你之後就開始出現這個狀況，後來身體又多了一個意識，出現其他症狀，這應該算成兩件事。」

「嗯……有道理，我小時候那些婦人藏躁的情況比較像是後者，兩個意識共用一個身體把津液耗盡，下丹田消失不能混為一談。」

汪昊看著紙上的四個點，點上第五個，在點旁畫下一個問號。

「但現在這兩個問題同時存在，會互相影響，病有它的層次，很可能已經交織在一起，要把病治好，要像剝洋蔥那樣一層一層往內處理。」

「洋蔥……」東毅走到廚房，隨手抓了顆蒜頭在手上搓啊搓的。

「是天象，我們遺漏了天象。」

「什麼？」

汪昊在第五個點上補上「天象」，把點跟點之間的線連起，變成一個複雜的五行圖，才說：「沒事，我只是突然想到天象的影響。」

東毅有些失望，繼續搓著手上的蒜頭，又臭又香的味道沾滿他的手指，蒜皮被他搓開，露出裡面的蒜肉，他發現裡面竟然是兩顆蒜，有塊比較小的蒜頭附在大的背上。

「下丹田不見……如果是沒辦法納入呢？排斥？」東毅問。

「像器官移植之後的排斥？」

「對，但這樣只能解釋懷孕期間的狀況，有什麼外來的東西進來了，所以身體先暫時排斥下丹田，但在我出生之後這個狀況為什麼還延續？」

內房的門緩緩打開，是曇陽子，她不像剛睡醒的樣子。

「媽——」東毅一說出口又吞回，丟下蒜頭走上前，「抱歉，我們吵到妳了嗎？」
「我聽到你們的討論，想到有一件事情我沒說。」
「什麼事？」
「你，」曇陽子指著東毅，「你的身體裡應該也有另一個人。」
東毅整個愣住，眉頭深鎖，他發現自己完全沒辦法否認這個可能性，全身突然有一種奇怪的感受，好像有點不認識自己的身體，手腳不知如何擺放，口乾舌燥起來。
「為什麼這麼說？」汪昊問。
「原本只是一個直覺，但後來越來越明顯，我覺得你不是這個身體本來的主人，在裡面有另一個我很熟悉的人。」
「這不算原因吧？」
「你自己覺得呢？」曇陽子轉過頭看著東毅。
東毅別過身，幫自己倒了杯水，坐下來也沒有喝，顯然還在思考。
「你的意思等於是說，東毅也是外來者，侵佔現在這個身體？然後他三十年來都沒發現，甚至連自己也不知道？」
「你們知道Alaya吧？」
「阿賴耶識的梵文，佛教的術語，是連結累世因果業力的種子。」汪昊講給東毅聽，但東毅顯然還在震驚。

「我能感覺到我們兩個之間Alaya的連結，不是跟表層的這個意識。」

「感覺，怎麼感覺？阿賴耶識在哪裏？脈輪上嗎？」

「我不是想嚇唬你們，我是想幫忙，不用這樣講話。」

東毅這才喝下一口水，汪昊跟曇陽子都看著他。

「確實，」東毅嚥下口水，「妳說得有道理，不能排除這個可能性。」

「不能排除，也不能確定，而且就算真的是這樣，也只是多一個問題而已。」

「不對，搞不好有幫助。」

東毅把上自己的脈，但並不是為了把脈，他是想確認這個感覺，他每次把指尖搭到脈上的時候都會有這種感覺，好像他已經做過這個動作無數次，就像呼吸心跳一樣，是一種不需要動腦的下意識反應。

「昊哥，你教過很多學生嗎？」

「怎麼突然問這個？很多啊，手把手這樣帶的也不少。」

「那你覺得我的資質怎麼樣？」

「你不算我的學生，我們是師兄弟，別忘了。」

「我知道，那我配得上當你的同輩嗎？」

「當然可以，你掌握得很快，甚至比我當年快得多，你想說什麼？」

東毅長長吸了口氣，似乎準備說什麼很難接受的話。

「我其實也不確定，但這樣說起來，以我這種出身背景，能考上醫學系，直到後來國考榜首，就都不是奇蹟，是他在幫我。」

「誰？」

「我體內那個人，我從來沒感覺過任何記憶斷片或彌留，不是他突然上我身幫我代打，那些試都是我考的沒錯，但奇怪的是我常常學得比大家都快，就覺得很多事情好像我以前學過了，現在只是在複習一樣。」

「你是說你體內那個人是個神醫？」

「大概吧，我也不知道。」

「那這樣你是誰？」

東毅摸著杯緣，指尖收到陶瓷冰涼的觸感。

「如果我想的沒錯，我猜，我就是那個女人被男友殺死的孩子。」

房間陷入一陣沉默。

曇陽子靠上前坐在東毅身邊，伸手想摸摸他，被東毅擋開。

「你大概這幾天熬夜腦袋打結了，剛剛是你自己說不相信什麼前世今生，現在講這個有什麼意思？」

「不對，這可能是一個破口，如果他真的是個神醫，把他請出來，或許就能解決我們兩個解決不了的問題。」

「我就是這麼想的。」曇陽子插話道。

「這個推測真實與否都還沒確定，如果你是外來的，是誰把你找來的？又如果他這麼厲害，為什麼現在掌控身體的人是你？」

「我不知道。」

汪昊笑出來，又說：「好啊，來啊，試試看啊，如果真的把他請出來，那你這個外來的會去哪，你有想過嗎？」

「不然呢？我們現在還能怎麼辦？針灸藥石都試過一輪了，還是我們現在叫一台計程車下山，送進榮總，跟急診主治說，那個，不好意思，我媽練氣功的時候氣下不到下丹田，可不可以幫她看看？喔對，另外她身體裡面還有另外一個人，方便的話順便治一下。」

「要的話你們自己下去，我可以幫你叫車，還可以打給我在榮總的學生，幫你們兩個喬床位，」汪昊說完站起來，好像在找東西，又說：「唉呀，忘記我是一個死人，沒有電話，那沒辦法了，你們自己去急診室排隊吧。」

「昊哥，我是認真的，我覺得這可行，但我需要你幫忙。」

汪昊嘆了口氣，看向曇陽子說：「這件事是妳提的，妳怎麼看？」
「如果是你剛剛提的那些問題，我可能會有解釋，因為當時整個儀式是在那個女人家裡執行，而我正在懷孕，很可能一次進來了兩個意識，所以東毅才打從出生開始就沒感覺到有另一個人存在。」
「我是說現在，妳的下丹田還是一點消息也沒有，再過兩天就要月圓，到時更不存在另一個意識逗留的空隙，時間很緊迫，還要把機會壓在一個從來沒出現過，甚至不確定存不存在的神醫？」
「妳剛剛說那個什麼Alaya的，其實我也有感覺，」東毅說。
「在我身上？」
「對，那個很熟悉的感覺，對妳這個人好像很親密，但看見眼神卻覺得陌生，所以知道妳不是她，而且這個感覺正在慢慢變淡，快要沒有了，」東毅說完轉過頭看向汪昊，「昊哥，拜託了，這只有你可以辦到，我只信任你，把我身體裡的人請出來。」
汪昊嘆了口氣，說：「你確定？」
東毅點點頭。
「但你有個地方搞錯了，對這種狀況我也是一無所知，如果真有個神醫在你體內，看要不要找個催眠大師來比較快。」

「不然你現在拿個鐘擺出來盪，幫我催眠。」

「如果真的神醫出來，還把這個病治好，但收費很高怎麼辦？」

「到時候再把他關回去囉。」

汪昊笑了，起身拿出針盒。

「那來吧，我也不知道會發生什麼事情，我們從十三鬼穴開始。」

東毅點頭，也起身把診療床拉出來，兩個人把空間佈置起來的默契，像是長期一起工作的同事。

東毅順手拿了原本用來綁曇陽子的繩子，說：「安全起見。」

東毅很迅速被五花大綁在診療床上，平躺著。

「一針人中鬼官停，左邊下針右出針。」汪昊口誦歌訣，針尖已經停在東毅人中上。針進，東毅閉上眼睛。

第十二章

神醫

針進入東毅的人中時，是一陣電流一般的酥麻，這股酥麻取代了其他一切感受，好像打開了某個開關，從人中為中心點張開一個力場，這個力場逐漸擴大，蔓延到鼻頭，眼睛，到整張臉上，最後連頭皮也被覆蓋。

他突然想起小學二年級時他玩過的怪獸對打機，那時他們母子剛上台北，讀的是素麗拚著老命抽籤去插班的貴族學校，同學們都有司機接送，像他這樣家裡沒錢的只能搭校車，他在校車上因此交到幾個朋友，朋友間雖然不會刻意互相比較，但其實大家暗地裡都是這麼想，有東毅在真好，東毅是我們之中最窮的，而東毅也老早就察覺到。

某一天，車上一個男孩不跟大家一起看每天重複播放的電影錄影帶，他拿著一台小方塊一直按，不時搖啊搖的，東毅很快中了他的計，主動問他「這是什麼？」「這是怪獸對打機啊，可以對戰，我哥送我的，他在賣。」那男孩說，東毅看見那不到兩寸的螢幕上有隻恐龍正啃著新鮮肉塊，他想像那頭恐龍跟另一頭恐龍對戰，互相撕咬的情景，渾渾噩噩地過了一天，當晚回到空無一人的家裡時，摸走素麗放在買菜錢籃子裡的兩千元。

東毅買了兩個，花了一千六，他是這麼想的，只要把另一個用更貴的價格賣給別人，然後再買一個，用價差慢慢把自己的那一個賺回來，就可以把錢放回去了。東毅於是只拆了一台，利用素麗回家前的空檔玩這台怪獸對打機，幸虧當時網路並不發達，只能從遊戲機制裡自己摸索，那是他第一次照顧一個東西，要餵它肉，哄它睡覺，幫它清大便，但東毅沒辦法在每次它需要吃肉時餵飽它，於是它長成一隻瘦巴巴的小雞，東毅不知道該怎麼辦，又去請教那個男孩，「簡單啊，找一支原子筆，戳後面那個洞就可以了。」男孩說，東毅戳下那個洞，才發現原來它的一生是可以重新來過的，它又變回一開始那個看似只是一團毛球的小幼獸，這次東毅決定要對它負責，「一定會讓你變成恐龍的。」東毅對自己說，他整個人沉迷在那不到兩寸的方塊世界裡，搭車、上課、甚至上廁所時都在玩，早就忘記要把另一台賣掉的這個計畫。

東毅的反常很快被班導注意到，那天是他唯一一次看到素麗來學校，素麗已經找到藏在床底下的另一台怪獸對打機，原封不動地退還給那個男孩，看見素麗卑躬屈膝地對那個男孩致歉，東毅知道他離死期不遠了。

當晚，東毅的屁股被衣架抽了三十下，從頭到尾他一句話也沒說，整夜躲在棉被裡哭，他開始想像自己背上也有一個洞，戳下去就能重新開始，出生在一個多金富裕的家裡，過著幸福美滿的生活。

現在，東毅人中上的針正讓他有這種感覺，這針下去之後，一切都將重置。

第二針刺在兩手大拇指上，同樣的酥麻感分別從兩側延展開來，他感覺原先指尖敏銳的觸感逐漸消失，整個手掌變成一團毫無知覺的肉塊。

第三針是足大指，五針下去後，東毅不得不佩服當時孫思邈發明這套針法的高明，針氣像是五根木樁，每根都入土三分，死死把東毅釘在床上，東毅覺得自己像一隻誤入蛛網的蒼蠅，已經無法動彈，只能等待死期降臨。

「還好嗎？」汪昊問。

東毅點點頭，汪昊繼續往第四針下。

第四針下在手腕上，推動那股酥麻逐漸進逼，這針像是在對東毅說話，放棄吧，這不是你的身體，趕快還給原本屬於他的人，東毅知道他不能被針氣說服，努力抗拒著這個念頭，他想到自己八歲那年，素麗的心智也被這樣的針擰轉過，當時素麗撐到第幾針？七？八？他能做得到嗎？

第五針刺在腳踝，針理是同一個邏輯，東毅發現這不是一張蛛網，而是一個驅趕的過程，針氣一至，不應該在這裡的本來就該逃竄，現在去路全給封死，獵人只需破壞可能藏匿的空間，等著甕中捉鱉。

東毅知道自己的任務，他需要身體裡那個神醫，但這具體會怎麼發生他卻毫無頭緒，是像電影裡演的那樣，出現一個漆黑的房間，一道聚光燈打在中央，讓他們能在裡面對話嗎？如果看得見這個神醫，他會長什麼樣子？會是一個嬰兒嗎？或是一個滿臉鬍鬚的老道士？

東毅突然想到一個問題，他是外來者，是佔據這個身體三十年的人，難道這位神醫不會恨自己嗎？

如果換位思考，這傢伙占著茅坑不拉屎，現在突然來找人，還只是想利用人，這種事情到底誰會答應？

第六針下，後腦勺一片劇烈痠麻，又逐漸轉成脹痛，東毅眼前突然蒙上一層白霧，像是對講機距離太遠開始收不到訊號，隨著視覺，東毅發現自己的聽覺也逐漸開始溶解，他用力清了清喉嚨，卻好像是在很遠的地方傳來的聲音，這讓東毅瞬間焦慮，大喊道：「等一下！」

汪昊立刻抽針，東毅能從他的表情看得出，自己現在的樣子非常不對勁。

東毅大口吸氣，但感覺肺泡也一起失靈，吸入的氣體在胸口逛了一圈就又飄出去，在毫無悲傷感的狀態下，眼淚流了下來。

「讓我來。」曇陽子說。

曇陽子站到東毅頭頂那側，隔空繪符，在東毅頭上畫了七個小圈圈，又在東毅的眉心跟兩側臉頰上點上三個點。

「我安住你的三魂七魄，不用緊張。」

東毅並沒有感覺明顯的改善，但至少在針氣持續進逼下，他的焦慮感有減緩，他繼續大口喘氣，試圖讓身體穩定下來。

「還要繼續嗎？」汪昊問。

當然要繼續！東毅想說卻說不出話，只能勉強移動手指，要汪旲等他一下。

東毅的嘴裡開始出現一些毫無根據的味道，首先是甜味，一種類似烤過的花生醬味道，接著花生醬裡的鹹味像一陣巨浪覆蓋過他的味蕾，這股鹹味又再次轉變成一種苦澀，像是舌頭被燒焦，他立刻發現這些味道的根據，甜味是土，鹹味是水，苦味是火，土剋水，水又剋火，這個味道在循著剋制關係逆流而上，他趕緊猛咬舌頭，試圖阻止它，這讓他想到曾經看過坐電椅執行死刑的人，很多是因為咬斷自己的舌頭而死的，或許就是這種感覺。

汪旲一發現東毅在咬舌頭，立刻抓了根湯匙把東毅的嘴撬開，撕下自己的袖子塞進東毅嘴裡。

「不行了，這樣不行。」汪旲說著準備起針。

「嗯！痾！」東毅大叫，但只能發出怪異的聲音。

「你還想繼續？」

東毅用很小的幅度點頭。

汪旲神情嚴肅，觀察著東毅臉上的氣色，想了一陣子後才說：「好吧，那我們設定一個代號，聽得懂就眨眼一次。」

東毅眨眼。

「好，如果想先暫停就眨眼兩次，只要你眨眼三次，我們就停止。」

東毅眨眼兩次。

「那你先休息一下，我會一直在這邊看著你，等你覺得可以了再眨眼兩次，我們再開始。」

東毅鬆了口氣，繼續跟身上的感覺纏鬥，口中卡著汪昊的袖子，他只能任由味蕾上的苦澀繼續放肆，後腦勺的針雖然已經被抽走，但針氣尚存，能感覺到一股麻木感沿著脊椎向下竄，他繼續用力呼吸，卻始終喘不過氣。

「你先把心放在呼吸上，」曇陽子說著伸出手點著東毅的鼻尖，「跟著我，想著你的氣息就在我碰到的地方。」

曇陽子的指尖順著鼻頭慢慢往下，削過人中上的針柄，經過嘴唇，東毅感覺她指尖有一股強烈的影響力，像是小時候牽著的大人的手，一路領著他回家。

指尖停在東毅喉頭的時候，曇陽子說：「你的呼吸現在只到這裡，唯一能讓呼吸更深的方法就是放鬆，但你需要保持專注，同時放鬆，你做得到的。」

東毅根本無法控制身上的肌肉，只能努力把自己的呼吸放慢，想像自己的呼吸像太極拳發勁時連綿不斷，但同時背上的麻木感還在前進，經過腰椎、尾椎，穿過薦骨，突然東毅的褲襠有一股暖意，他知道自己應該是尿褲子了，難為情的羞恥感湧上。

算了，先到這裡吧，晚一點再試一次也可以，東毅想著。

另一個念頭飄起，如果起了針，身體還是沒復原呢？會不會一輩子就這樣了？有人會願意照顧這樣一個廢人嗎？沒有吧？就算是至親也做不到。

東毅不禁想到汪昊的命盤裡那凶星匯聚的兄弟宮，這大概就是自己的結局。

值得嗎？

東毅閉上眼，揮去雜亂的念頭，重新嘗試讓自己的呼吸跟隨曇陽子的指尖，制心一處，無事不辦，佛陀是這麼說的吧。

還沒感覺到神醫的存在，要繼續才行。

就算身體拿不回來，現在放棄也一樣拿不回來。

東毅屏著不知道從哪來的一口氣，眨了兩下眼睛。

汪昊扶著東毅的頭，再次刺入腦後的針，接著兩針下在臉頰上，這是第七針，已經超過一半，東毅感覺自己像是一頭活屍，下顎以下的身體已經被手榴彈炸得粉碎，不只失去所有知覺，甚至也像活屍一樣喪失了語言能力，他變得難以組織自己的思考，連在心中唸出一個句子也變得困難，念頭支離破碎，詞彙跟詞彙的拼貼毫無意義可言，腦中彈跳的片段像是隨機抽籤系統不循節奏次序，這時他甚至沒辦法感受到慌張，因為情緒都是有來源的，有主詞有動詞，但他已無法組織其中的關聯。

第八針在嘴唇下方，一進針的瞬間，東毅整個人抽動一下，汪昊立刻抽針，但針氣已經發揮作用。

現場的三個人都不知道，東毅體內的存在遠比他們所想的還要強大。

東毅突然有一種很放鬆的感覺，方才的酥麻、電流、雜亂的感受與念頭都還存在，但這好像只是很小很小的一件事，小到微不足道，幾乎可以忽略不管。

如果能量最強的東西是太陽，東毅此時感覺自己就是太陽本身，太陽照亮大地並不需要費力，只是順便而已，或是再更強大萬倍，東毅覺得自己是一個黑洞，或甚至是這個宇宙本身，他感覺到所有存在的一切都在他裡面，是一體的。

劇烈的晃動，一陣猛烈的炮聲轟炸，這聲音逐漸縮小，東毅睜開眼，雖然還看不清，但能感覺是汪昊在拍他的臉。

視覺緩緩聚焦，東毅終於能看清汪昊，汪昊的表情帶著一種難以啟齒的遺憾，還沒辦法移動身體，但隨著觸覺回復，顯然手腳上的綁繩、口中的布跟身上的針已全取下了。

「你聽得到嗎？」汪昊問。

東毅點點頭，聲音非常清晰，甚至能聽見聲音在空間細小的迴盪。

「你現在感覺怎麼樣？」

東毅舉起自己的手，才知道汪昊表情的意義，他的手像被丟進油鍋裡炸過，五隻手指變得像是乾屍，呈現一股暗淡的灰褐色。

「你先不要緊張，這應該是津液衰竭造成的，我去備藥。」汪昊說完走到廚房裝起一鍋水，又走到藥櫃手忙腳亂地抓藥。

「這裡有鏡子嗎？」

東毅說完便起身，他感覺自己的身子無比輕盈，像剛清掉積年累月的宿便那樣輕鬆自在，他走向廚房，曇陽子想拉住他，被東毅很輕易地撥掉。

水還在不停灌進鍋子裡，東毅透過水面看見自己現在的樣子，感覺像是用修圖軟體瞬間老了三十歲，但他似乎並不因此感到特別驚訝或難過。

「我剛剛發生什麼事？」

「下到承漿的時候你抖了一下，然後開始角弓反張，大量出汗，整個過程應該不到一分鐘。」汪昊說。

「不到一分鐘？我感覺過了好久。」

「你現在真的能走路嗎？要不要再坐一下？」

「沒關係，我現在感覺很輕鬆，而且我好像有點線索。」

「線索？」

「還說不上來，雖然跟我想像的很不一樣，但我剛剛應該是跟那個神醫牽上線了。」

「真的？他說了什麼？」

「他不是用說的，」東毅試著想表達，但腦中沒有適合的詞彙，「我也不知道該怎麼講。」

「那線索是什麼意思？」

「只是一種感覺，我怕我講出來會很像什麼裝神弄鬼的身心靈導師。」

「你他媽該不會證悟空性了吧？」

「搞不好喔。」

「那就是還沒啦，證悟空性哪有在那邊搞不好的。」

「我看到一些東西，雖然我是真的很不想講這個，而且搞不好只是我潛意識在自我暗示，」鍋子裡的水裝夠了，東毅把水關了，把鍋放上爐子點開，「我好像看見一些因果，一種這件事是我早就做過千萬次的感覺，像是自己曾經無數次一塊一塊把模型組裝起來，所以之後看到這個模型都知道它每個零件是怎麼來的，每一個卡榫是怎麼連接的。」

「每件事都看得見？」

東毅搖搖頭，說：「只有一瞬間，而且這只是一個感覺，沒有到很明確，但我可以確定你那個模型還差很遠，這個世界並不是只有物質和意識的存在，影響事情的層次也不只有風水跟天象，業力也只是一個很概括性的描述，在這之外還有很多我沒辦法觀察到的東西，簡而言之的話，作為人類我們太傲慢了，不對，應該是作為醫生的我們太傲慢了，我們以為自已已經掌握絕大部分的真相，做了一些措施，覺得這樣就能幫到病人，為病人好，這樣的想法其實滿幼稚的。」

一陣沉默，瓦斯爐上的火焰嘶嘶燃燒著。

「你這話感覺有道理，但一點屁用都沒有，這是你的結論？」汪昊說完擠開東毅，把手上的藥材丟進鍋裡。

「我也這樣覺得，但還有一件事情，」東毅說著看向曇陽子，「我看見妳的病跟妳這一生有關。」

汪昊聽完愣了兩秒，接著直接爆笑，說：「哇，本日金句，堪比每呼吸六十秒就有一分鐘過去。」

「不是啦，我的意思是她做了什麼，但她沒跟我們說。」

汪昊的笑聲戛然而止。

「你確定？」

「不能，但這只是我看見的很小一部分。」

曇陽子一動也沒動，看起來跟剛才完全沒有差別，但似乎因為東毅這席話，她立刻看起來像個充滿祕密的女人。

「所以有一件事是肯定的，」東毅繼續說，「有其象必有其事，這個病是一個必然，不可能倒退，所以我們該準備的是在這之後的事，也就是讓這個病被治好的象發生。」

「你醒來之後怎麼都說這種煞有其事的廢話。」

「之後是不是可以改行當邪教教主？」

「你現在已經是最一流的中醫師，要改行也得要是最一流的邪教教主才行，月入千萬那種。」

「我可以先從認真經營自己的粉專開始做起，說真的，我也有看到一些我們治療上的盲點。」

「哦？」

「妳的氣現在還是下不到下丹田嘛？」

曇陽子小心翼翼地點頭。

「道法自然，這個問題可以從自然界的現象去著手，昊哥你知道泄殖腔吧？」

「你當我是一般老百姓是不是？問這什麼問題。」

「下丹田這個狀況，如果從泄殖腔的思維去處理呢？」

汪昊蹙眉思考了一會兒，才說：「有意思，確實沒想過，但具體上有什麼醫療手段？」

「這我也還不知道，你經驗比較豐富，通常處理骨盆結構有哪些要點嗎？」

「很多喔，而且這問題不是這樣問的，病人來到我面前，我不是一看就知道骨盆歪掉要處理，他們可能症狀形形色色，有板機指，有胃食道逆流，有經痛有頭痛，我會去找病根在哪，去找身上的『勢』。」

「勢？」

「對，要知道摸到手上這塊區域是順勢還是逆勢，解剖學上人的骨骼肌肉都是在最原始的位置，但每個人因為各種先天或後天的原因，這些位置會偏移，後天原因大多跟日常習慣有關，平常上班都翹哪隻腳，或睡姿之類的，但也可能是更深層的，癌症，發炎，造成內臟向外牽扯，這個偏移會強迫身體去適應新的狀況，而適應的實際做法就是去旋轉。」

汪昊拉起東毅肚子上的衣角，向下扯。

「像這樣，有一個外力進來，先對結構產生一些拉扯，但這樣狀態並不會固定住，」汪昊把下扯的衣角左晃右晃，還有一些活動空間，但突然越晃越大力，拉到左側後卡死，衣服被旋緊的東毅看起來又瘦了一圈，汪昊又說：「像這樣才會定住，會出現很多條線，圍繞同一個軸心旋轉，確認這個方向之後要能分辨因跟果，比如板機指，落枕或最常見的經痛很多都是骨盆歪斜造成的，但你以為是因的，它其實是果，拿骨盆來講，骨盆會跑掉通常是果，不是因，也就是說因上面還有因，如果沒解決最源頭的因，一切處理都是治標不治本，沿著這條路徑追本溯源的過程就是『勢』。」

汪昊說完放開東毅的衣角，衣服雖然鬆開，但被抓住的地方跟拉扯的沿線還殘留著皺褶，配上東毅的臉，整個人看起來皺巴巴的。

鍋裡的水煮滾，一陣藥香四溢，東毅看著煮沸的藥湯若有所思。

「這幾天跟著你下針，手上的敏感度有慢慢累積起來，如果從這個勢的角度來看，泄殖腔這個思維確實很有趣，這代表一種原始功能的連結，或應該先反過來問，哺乳動物之所以跟其他脊椎動物不同，泄殖腔分化成生殖、泌尿跟排泄三個區塊的用意是什麼？」東毅說。

「為什麼倒還好，不太重要，說法一定很多，關鍵是泄殖腔這個東西在人類身上也是存在的。」

汪昊好像突然點破什麼，東毅恍然大悟。

「是人類的胚胎！在胚胎階段子宮跟尿道直腸原本是一體的！」

「對，所以如果用中醫的思維去解釋，它們的氣原本是一體的，但其實推到底，每個人身上的氣原先也都是一體的，只是一顆受精卵。」

「或許這個分化的過程才是關鍵？如果說把氣當作一個訊息，像是一個電腦訊號，發出指令讓細胞去執行，現在氣到不了下丹田，代表這條路徑是故障的，但我們可以借用泄殖腔本是一體這個思維，從相似的路徑切入，往二便下手！」

「但它們已經分化，我們知道它們曾經連在一起，或許可以這樣喚醒下腹部整個系統的回憶，你自己顧藥喔，」汪昊說完把東毅留在藥鍋前，走向一旁的曇陽子，問道：「妳現在可以運氣嗎？」

「可以。」

「需要蒲團嗎？還是像這樣站著就可以？」

「坐著可能比較容易。」

「好，」汪昊說著立刻從藥櫃底下拉出一塊地墊，然後又從櫃子裡翻出一個深咖啡色的蒲團，看起來已經被坐塌了，鋪在曇陽子腳邊，「麻煩妳現在試一下，如果引氣走大小便的路徑，是否辦得到。」

曇陽子半信半疑，但還是照做，她盤腿時的動作就像只是把身體放回原本該在的地方，好像她本來就是一個被設計成這樣的玩偶，脊柱中正，面容恬靜，散發佛像一般的氣質。

不到一分鐘，曇陽子放了個屁，她驚訝地睜開眼，說：「可以！」

汪昊跟東毅同時微笑起來。

「這個思維可行。」汪昊說。

「氣能通過排泄系統，但到不了下丹田，那我們現在該做的是……泄殖腔同步？」

「同步？我覺得不是，我覺得反而是分離。」

「你是說現在到不了下丹田，是因為泄殖腔又重合了，所以根本不存在？」

「不覺得有道理嗎？」

「有道理，但我們沒辦法確定，要先試一個？」

汪昊猶豫了一下，才說：「時間不夠，只能挑一個。」

「從脈上有辦法找到根據嗎？」

「就算她成功引氣的時候脈有變化，你覺得我們能判斷嗎？」

「那怎麼辦？起一卦？」

「好，用什麼占？」

「梅花易？」

「太簡略了，正式一點，用金錢卦吧，你有零錢嗎？」

「有，我找找。」東毅說完便挖出自己的包包翻找。

汪昊之所以說梅花易太簡略，並不是批評梅花易不準確，而是在形式上梅花易有其方便性帶來的缺陷，差別在於爻動。

一個卦象由六個爻所組成，爻動代表的是當事人在卦象中所能動用的變數，也就是對事情產生影響力的空間。

由於梅花易是利用當前環境或心中產生的兩個數字起卦，再利用數字相加或第三個數字找出爻動，占出來的卦象必然只會有一個爻動，然而金錢卦不同，金錢卦是從每一爻獨立計算，因此會有六個爻全動，或是完全沒有爻動的可能性。

這個可能性會輔佐占者判斷自己對於事件的能動性，如果有多個爻動，代表占者有多次機會影響事情的發展，然而若毫無爻動，則占者對於當前事件毫無改變的能力，只能旁觀。

東毅從包裡挑出三個十元硬幣，放在汪昊的茶盤上，蔣介石在上頭陰險地微笑著。

「來吧。」

「等一下，我點個香。」

汪昊點起他最喜歡的檀香，飄出一縷質感細緻的白煙，空間開始有種淡淡的木質調高級香味。

東毅坐到茶盤前，靜下心，鼻腔裡的檀香令他腦門舒暢，他在心中默想自己想問的問題，拿起銅錢放入手心，像擲筊一樣放落六次。

少陽、少陰、少陽、老陰、少陰、老陰。

又是地火明夷。

「明夷，四六爻動，怎麼解釋？」東毅問。

「火在地下，還有我們沒注意到的事情，四爻是入於左腹，得其心，右為正，左是邪道，代表這個方法是旁門歪道，上六是離火最遠的一爻，是最黑暗的狀況。」

「感覺很不妙，那換你。」

「那錢是你的，你換個思路再問一次就可以。」

東毅點點頭，在腦中想像素麗還是肚裡的胚胎，泄殖腔在第八週分離後，素麗長大成人，因為某些因素，原本分離的生殖系統又跟排泄系統重合在一起，體內的氣像是一團光球，經過泄殖腔時錯過生殖系統。

東毅再次擲出六爻。

少陽、少陽、少陰、少陽、少陰、少陽。

「睽卦，沒有爻動。」

「沒有爻動不行，睽卦主乖離，代表這個思路跟事實不符，或做下去根本是兩條平行線，而且沒有爻動，整件事情沒有影響，沒有改善。」

汪昊話只說了一半，睽卦的乖離主要在談人事，隱含的意思是這條路走下去，東毅跟汪昊會決裂，且永不往來，而他無能為力。

「怎麼辦？兩個都很爛。」東毅問。

「你該不會預期一吉一凶吧？哪有這麼好的事，當然是兩個爛的裡面挑一個。」

「那感覺要選我的。」

「同意，雖然是旁門左道，但至少有效，這是我們最後一次機會，要配合天象一起來。」

「還有風水，這裡風水好嗎？」

「這裡是我為了不想被人找到特別挑的，怎麼會好，你以為是在開店嗎？」

「那還要找個適合的地方，這麼臨時找得到嗎？」東毅猶豫了一下，突然靈機一動，

「啊！不然用你家？」

汪昊的眉心皺在一起，顯然是不想，但東毅看起來異常興奮，說：「我跟大嫂也算是見過，她應該會放我進去，然後還有要怎麼做的問題，泄殖腔同步，具體上用針灸藥石要怎麼辦到？這古書上不可能查得到，我們要求快，用藥應該是動物藥速度最快，所以要找到一種繁殖能力很強的非哺乳動物，還要先用針把骨盆腔裡的沾黏和結締組織全部解開，再用艾灸引導元陽進入下丹田，這一切還要在預先擇好的時間內完成，一個人一定是辦不到的，昊哥，我們要馬上開始動作，我們分頭，我先……」

過度氣機引動，東毅把自己的元氣散盡，倏地暈死過去。

第十三章

代價

東毅坐在那張他說不上喜歡的木椅上，腳底癢癢的，手上正在做暑假作業練習題。

這是東毅國二那年的暑假，上國中後已經無需被叮嚀課業的重要，因此暑假作業只剩圖書館要求的讀書心得和輔導室要的一篇「這個暑假我做的最有意義的事」。今天是放假的第一天，東毅的朋友們大多跑出去打球、打網咖或癱在家打電動，但東毅得拒絕所有邀約，在大家遊戲帳號裡的角色經驗不斷跳動提升時，努力消化素麗買來真正的暑假作業——高一銜接數學教材。

他坐在那張高度過矮的木椅上，背脊因此強迫必須隨時打直，這似乎也是素麗計畫的一部分，這張椅子就像他眼前的數學題，正在強迫他做到原先做不到的事，而素麗對此永遠只有一種解釋「以後你會感激媽媽的」。

指對數、乘法公式、柯西不等式，對東毅來說都是同樣無意義的字眼，他感覺不到這些字眼跟自己熟稔的國中數學到底有哪裡「銜接」，心中的情緒從困惑轉為沉重，接著是無能、無助，很快地這變成一場漫無止盡的折磨，他開始疑惑素麗為什麼要這樣對他。

在椅子的幫助下，他想像自己用畸形的姿態死在這張椅子上，並被素麗發現，這樣便是對這些練習題最好的答案，他想用扭斷的脖子跟暴凸的眼球來嘲笑素麗。

就在這時，素麗端著一盤切好的芭樂靠上前，東毅趕緊整理他的顏藝[9]。

「來，休息一下。」

「多謝阿母。」

素麗拉了張一樣的木椅在東毅身邊坐下，她的姿勢輕鬆自在，似乎想證明椅子沒問題，她從地上撈起東毅的書包，自然地拉開拉鍊翻找裡頭的東西，東毅顯然有些不安。

「欸？這裡怎麼了？」

素麗摸到書包底下通往側面的一個開口，底部的縫線破了。

「沒關係啦，大家的都長這樣。」

「怎麼可以，我幫你補起來。」

「不用啦，有空我自己補就可以了。」

「你怎麼芭樂吃兩塊就不吃了？不好吃嗎？」

「沒有。」

「乖兒子。」

素麗摸摸東毅的頭，把書包帶走，東毅額頭上滲出細細的汗，因為他知道接下來會發生什麼事。

不到一分鐘，素麗拿著書包走回來，她表情慈祥地坐在東毅身邊。

9 顏藝：源於日語，某些情況下面部表情極度扭曲的樣子。

「你交女朋友了？」

東毅一愣，小小搖頭。

「有沒有喜歡的女生？」

東毅又搖頭，這次更大力。

「有的話就老實跟媽媽說，媽媽不會生氣。」

「真的沒有。」

素麗的臉色一沉，從東毅書包裡拿出一封信，那是東毅藏在夾層裡的信，粉紅色的信紙散發淡淡花香。

「那這是什麼？」

不等東毅回答，素麗把信紙翻開，讀著上頭的字。

「親愛的小老師東毅，不知道這樣寫信給你會不會害你被女朋友誤會，但這是我第一年教書，而你是我這一年最喜歡的小老師，所以我想要任性一點，」素麗指著句子後面的可愛表情符號，問東毅：「這是什麼意思？她是誰？」

「就，新來的音樂老師。」

「她漂亮嗎？」

東毅猶豫了一下，才搖頭。

「騙子！」素麗突然大吼，又說：「你喜歡她吧，否則幹嘛特地藏起來。」

東毅動都不敢動。

「我就知道，早晚會這樣，真是太好了，媽媽太高興了，以後我就不用這麼累，還要管東管西，都交給她就好了。」

素麗把信丟在桌上，起身去拿東毅的書包丟還給他，又收走桌上的練習教材。

「你可以出去玩了，反正我知道你也想跟朋友一起出去玩，不用在這邊演給我看，沒必要。」

素麗走回房間，在關上門前像是想到什麼，又回頭說：「你知道你為什麼沒有爸爸嗎？」

東毅全身緊繃，再被輕碰一下就會哭出來。

「就是因為到處都有像她這種女人。」

素麗甩上門，留下東毅一個人。

東毅凝視著素麗的房門，門在他的凝視下逐漸旋轉扭曲，最終溶解成一片黑暗，東毅迫不及待地掉入這片黑暗當中，比起在那張椅子上呆坐著，要把他拖入多深的黑暗都好，他享受著這股墜落感，期待會這麼掉進地心再被甩入無垠的漆黑宇宙之中，最好就這樣讓他被動地扯離這裡，越遠越好，永遠都不要停，因為這樣他就不用再猜素麗在想什麼，要說什麼話她才會消氣，他知道他只會猜錯而已，猜錯只會伴隨更激烈的怒氣，甚至就算猜對了，他還是猜錯的，畢竟素麗的心不像身體，抓對病根就能得到正面的回饋。

東毅對這個場景絲毫不感覺陌生，這是他經歷過無數次的噩夢，在這天之後素麗整整一個多月沒跟他說話，東毅則徹底被這場冷戰擊潰，每次坐在這個夢裡，他都會喘不過氣，像是有一個氣閥在阻止他吸入更多空氣。

但這次不一樣。

腎主恐懼，腎也主納氣，東毅不禁聯想到其中的連結，更令他訝異的是，這次他有機會被抽離出來，看著難掩恐懼的自己。

下一個瞬間，東毅發覺自己竟在素麗房裡，他就是素麗，但只能在一旁看著。

素麗正在哭，她的感受一股腦地湧上來，那是一種難以言喻的傷心，是東毅剛出生時的吐奶反應，伴隨一些胃酸灑在乳房上，當時的素麗不知道下一餐飯在哪裡，一切的指望都放在懷裡的東毅身上，但這個孩子卻不接受她的奶水，而她也只能按捺著傷心與隨之而來的憤怒，忍痛把奶水擠進碗裡，裝進奶瓶。

一陣穿透全身的電流，激烈抖動。

又一陣，像串燒一樣貫穿東毅脊椎。

痠、刺、麻、撞擊。

「東毅，東毅。」

是汪昊的聲音，東毅睜開雙眼。

「你心火快滅了，這個先含著，是上等的生附子。」

汪昊塞了塊藥材到東毅嘴邊，東毅張嘴接下，口中立刻一陣酥麻。

「偶昏過氣多久？」含著藥材的東毅口齒不清。

「一下子而已，不到一分鐘。」

「感結過了好久。」

「我不想嚇你，但你的脈象衰弱得太快，這樣不處理會死的。」

東毅沒有回答，因為他其實能感覺到，自己像是一個在遠端拿著遙控器操控這具身體的人，而訊號正越來越弱，他用力吸吮口中泡過藥材的唾液，那股酥麻通過食道進入胃中化作一陣暖意，強化了訊號，他把藥材嚼爛吞下去。

「你幹嘛？含著效果比較好。」汪昊問。

「我們沒有時間了，要馬上準備下山，現在的天象如何？」

「這幾天都很糟，凶星凶互容，不可能去等天象，是人去抉擇。」

「怎麼抉擇？」東毅說著已經在打包行李。

「凶相已在，只能成事或成人，有一得必有一失。」

「那當然是成事，要怎麼擇？」

汪昊突然拉住東毅的手，斷了他的動作。

「你正經一點，你可能會死的，你這樣我沒辦法幫你。」

「我是認真的，而且如果我就這樣死了，不就成全了你盤上兄弟宮的象？能量釋放，你就可以回去陪老婆了。」

「這正是讓我很不爽的地方，你當時在結拜儀式上動了手腳，不就是想活命嗎？現在又這麼急著去送死，到底什麼意思？」

「你突然這麼關心我又是什麼意思?當初是你強迫我要結拜，逼我走上這條路的不是嗎？」

「你們在吵什麼？」站在一旁的曇陽子突然插話。

東毅跟汪昊愣了一會，都不知該如何解釋。

「他的身體不是他的，就這樣放著不管會死的。」汪昊搶著說。

曇陽子滿臉沮喪，似乎在深思有沒有別的做法，又說：「如果是為了治好我，這個代價太大了。」

「代價大不大是給的人決定的，我想把我媽救回來，這個理由難道不夠嗎？」

「廢話，當然不夠，如果你死了，就算把你媽救回來，難道她會開心嗎？」汪昊話說出口才發現自己說成「你媽」。

一陣沉默，東毅明白汪昊激動之處，他輕搓雙手，想著這幾日來他手上學到的東西，若能把這些用來治病救人，絕對比個人私情來得重要，想必素麗也會替他高興，想到此處，東毅一嘆。

「我有我的想法。」東毅輕輕說。

「什麼想法？說啊！」

「這是我跟我媽的事。」

「你想死給她看是嗎？」

又是一陣沉默。

「如果我說是呢？」

「我不會允許你這樣做，我們已經結拜了，我作為大哥，不會幫著家人去送死。」

「所以你不會幫我囉？」

「對，反正你現在這麼虛，我推你一下就會暈過去，再把你綁起來，先想辦法把你的元神安住再說。」

東毅突然狂笑起來，把行李丟下，走向一旁的曇陽子身邊。

「我開玩笑的啦，不用這麼緊張，」東毅說著迅速瞥了藥櫃一眼，只有曇陽子看見，

「那你說我們該怎麼辦？離滿月只剩兩天。」

「你先來坐好，我好好把一下你的脈。」

東毅突然伸手取下藥櫃上的斑蝥，打開瓶蓋，汪昊聽見聲音嚇了一跳，回頭看見東毅的舉動，露出無可奈何的表情。

「你以為這樣很酷是不是？」汪昊說。

「我們立刻出發，如果你想阻止我，我就把這罐全吃了，一個小時內我就會血便死掉。」

「你的屍體還會勃起，我會把你丟在竹子湖路上，全台灣都會記得這個死在陽明山上的白痴現代神農氏，這真的是你想要的？」

「老實說我也不知道，我只知道我不想在這種時候放棄。」

汪昊嘆了口氣，走向東毅，東毅緊抓著裝滿斑蝥的玻璃罐。

「好吧，但你要知道，你沒有說服我。」汪昊說。

「你願意幫我了？」

「天快亮了，泄殖腔對應的是胞宮，任脈所主，經氣流注大約是凌晨三點，也就是今天入夜前需要做好準備，藥材的部分交給我，你打算怎麼跟我老婆談？」

「我還沒想過，但應該……講八分實話？」

「她不是沒有心眼的女人，你的思路轉變這麼大一定會讓她起疑，如果她問到後來發生什麼，你要怎麼解釋？」

「我就說……我找到你留給學長的祕笈？躲在山上研究？」

「你自己聽一下這個話有人會信嗎？」汪昊思忖片刻，又說：「你就說你後來找到新店的道長，她會知道你在講誰，道長跟你說這個病是業力病，一定要在風水最好的地方才能把福報補回去，所以才去拜託她。」

「好，我知道了。」

「你講一次。」

「我後來透過學長找到新店的道長，他告訴我這是業力病，要找到風水最好的地方才能把我媽治好，我找不到適合的地方，才又去拜託她。」

「道長現在過得怎麼樣？」

「吓？」

「道長幾年前白內障惡化，後來就完全看不到了，很多人搶著幫他針灸都被拒絕，你這樣一下就穿幫了。」

汪昊說完從領口內拉出一條藍線綁著的護身符，扯下，遞給東毅。

「你戴著這個，不經意讓她發現，她就會相信你。」

東毅看著手上的布塊，淡褐色的小袋子包著一張紙片，說：「這是……符？」

「對，道長親手畫的，只有他認可的弟子或親信能拿到。」

「這是保平安用的吧？給了我，你怎麼辦？」

汪昊微笑，沒有回答。

布袋掛在東毅腰間，隨著微風甩動，東毅正騎車下山，曇陽子坐在後座，顯得有些拘謹，兩人單薄的行李掛在東毅胸前，讓他的背有些圓肩，清晨的陽光透過霧氣灑落，騎車的二人看似正以慢動作前進。

早在離開汪昊藏身處時，東毅便默自驚訝汪昊對風水竟有如此把握，汪昊的藏身處竟就在布滿海芋田的觀光熱區旁，而事實上也沒有小孩或遊客誤闖過那間小屋，此處距汪昊家並不遠，就在視線所及的山線上。

後座，曇陽子正吃力地掃視周圍，似乎在找什麼，她點點東毅的肩，把頭靠上前。

「你還好嗎？會不會頭暈？」

東毅搖搖頭，提高音量說：「不用擔心。」

「等等，我想到頗瓦還需要一種很特別的草，你先放我下來。」

東毅立刻放慢，靠在路邊。

「妳要找什麼？我跟妳一起找吧？」

曇陽子從後座跳下，脫下安全帽，說：「那是一種叫吉祥草的植物，在氣脈明點貫通之後，需要用它點在頭頂，來引導意識牽引出去。」

「那種植物陽明山上會有嗎？」

「那只是一個媒介，用性質類似的植物應該也可以，我小時候在書上看過，記得它的樣子，此外我也得先找個適合入定的地方。」

東毅看著曇陽子身後的樹林，有些猶豫。

「我應該不會花太多時間，不然我們約好今天中午在這裡碰面。」

「不能下山去找間花店嗎？」

「那也還是需要一個地方入定，難道我要在人家家裡頗瓦嗎？」曇陽子見東毅沒有反應，又說：「如果你把我治好之後，我卻來不及頗瓦離開，到時候不就白忙一場？對我來說是沒什麼差別，我是想幫忙才這樣提議。」

東毅從口袋摸出素麗的手機，交給曇陽子。

「我打開妳的定位，這樣我就知道妳在哪裡，如果妳遇到什麼困難，或是找到妳說的地方，就用這個傳訊息給我。」

東毅打開通訊軟體，對曇陽子示範一次，確認曇陽子會用之後，目送她走進入山的步道，接著才繼續滑行下山，來到汪昊家的別墅外，日式庭院一如以往，白色佛像淺淺地微笑。

門外，東毅拿出手機確認沒有新訊息，掏出一片附子含在舌下，按下電鈴。

不到一分鐘，有人來應門的聲音，東毅擠出生硬的燦笑。

「唉喲，」應門的許若真見著東毅的樣子，嚇了一跳，多花了兩秒才認出是東毅，「謝醫師嗎？怎麼沒過幾天，你把自己搞得更狼狽了。」

「師母好，又來打擾，我看起來很糟嗎？」

許若真稍微湊近一些，檢視東毅的臉，說：「瞧你這皮膚皺的，你是不是菸抽很兇？」

「才沒有，」東毅說著微笑搖頭，「這都是太陽曬的，很誇張吧？我自己也嚇到。」

「都幹什麼去了？環島嗎？要來怎麼不先說一聲，趕快進來吧，別站著。」

東毅隨著許若真進門，發覺屋內的擺設稍微有些變化，心中猜想，有錢的寡婦一定很容易熬出病，看來她的生活也是閒得發慌。

「師母抱歉，我後來才發現我沒有您的電話，還有，我今天會來，是因為有一件事情想要拜託您幫忙。」

「哦？找我幫忙？」許若真並沒有特別在意，在廚房中島桌忙著準備茶壺，「你隨便坐啊，不用客氣。」

「對，」東毅並沒有坐下，「實在非常抱歉，這很可能會造成您的困擾，但這件事情我想到能拜託的就只有師母您。」

許若真神情稍轉，放下手邊的工作，只倒了一杯水回來放在東毅面前。

「你遇到什麼麻煩嗎？欠錢？我需要報警嗎？」

「害師母操心了，是家母，家母生病了。」

許若真喘了口氣，如釋重負的樣子，「這我知道，我後來有跟書偉聯絡，他說你母親生了重病，從此之後你就人間蒸發，大家都很替你惋惜，怕你想不開做什麼傻事，你老實跟師母說，你有沒有用那個？」

「那個？」

「就那個啊，」許若真比著用吸管吸飲料的動作，「你們醫生很容易拿到，好多人一輩子就這麼毀了。」

「師母誤會了，我沒有嗑藥啦，可能我看起來真的老太多，才讓師母不得不往那邊想，事實上我到處在找可以治好家母的方法，現在才終於找到。」

「治好？可是我聽說那沒辦法痊癒不是嗎？」

「不對，老師他在二十年前治好過一次，讓我媽多活了二十年。」

「以前是以前，現在是現在。」

「我知道如果他在的話，一定能把我媽治好的。」

「但他連自己的命也沒保住。」

「總之我找過新店的道長，道長說我媽的病有得救，但需要一個風水極好的地方施治，我找來找去，腦中最後想得到的地方就只有這裡。」

「這裡？」許若真防備地蹙眉，「你量過我們家的風水？」

「對，對不起。」

「你是要帶令堂住進來我們家嗎？你把我家當作安寧病房？」

「不是的，我們只會待一天，最多一天，只要借我一小塊地方就好。」

「一小塊？哪裡？」

「老師安排的風水是為您量身打造的，這裡風水最好的地方是⋯⋯主臥房的床頭。」

許若真凝視著東毅的雙眼，眉心深鎖，似乎在考慮同意這件事會帶來的後果。

「我拒絕。」

東毅並不是天真地以為許若真會欣然接受，但也來不及準備另一套說詞，如果騙她這裡有蟲害，或風水有問題，或許她會輕鬆同意搬走幾天？沒有時間懊悔，東毅腦中閃過一個臆想：如果有專門的公司能提供風水絕佳的空間租用，那該有多好。

東毅跪了下來。

「師母，對不起把場面搞得這麼難看，但我是真的沒有其他辦法了，我知道我們也沒有什麼交情，您根本沒有幫我這個忙的理由，但這是我最後的希望，我媽辛辛苦苦三十年把我帶大，我卻沒有當過一天孝順的兒子，我小時候她總說她不辛苦，只要能看我當上醫生就是她最大的幸福，然而我現在是醫生了，她卻要走了，我只想讓她能開開心心地驕傲一次，我媽剩下的時間不多，如果我再去一間一間看房子，她……她可能……」

「我知道你的意思，」許若真別過眼睛，迴避東毅悲傷的神情，「你是個好孩子，也是你老師的好學生，你很努力，但你也要想到我的立場，如果今天是有朋友來找你，說……說他跟他老婆不孕，想借你的床睡一晚，你會答應嗎？不是我不想幫忙，但你前陣子來找我，還擅自量了我們家的風水，我很難不懷疑你當時是不是就這麼計畫好的。」

東毅無話可說，她說的是對的。

「還有，你說這個辦法是道長告訴你的，我也很難相信，因為前陣子就有聽說，這幾個月道長身體越來越差，已經很久不見人了。」

「是真的！師母妳看！」

東毅從脖子上取下汪昊給他的護身符，許若真看見後非常驚訝，接過手上仔細端詳，甚至靠近鼻頭聞了幾秒，接著陷入漫長的沉默。

許若真看向東毅，把護身符遞還給他，說：「你母親現在人在哪裡？把她接過來吧。」

東毅對許若真的態度反差感到詫異，但不禁有些驚喜。

「師母願意幫我？」

許若真點點頭，說：「你們想要怎麼做？在我床上幫她針灸？餵她吃藥？」

「對，最好還能在上面睡一晚，讓針力藥力走遍全身。」

「沒問題，我可以睡客房，你們想多住幾天也可以，還有什麼我可以幫忙的？」

東毅越聽越怪，開始感到毛骨悚然，原先的喜悅蕩然無存。

「師母怎麼了？」

「什麼怎麼了？我願意幫你啊，你不是應該高興嗎？」

「但師母剛剛才說讓我這個外人住進妳家是件很怪的事，妳沒有理由幫我。」

「我剛剛找到理由了。」

「什麼？」

「我問你『你們』想要怎麼做，但你毫不遲疑，你根本沒有去找過道長，你們是兩個醫生一起在治療你媽。」

東毅的腋下滲出汗來，連眼球都動彈不得。

「那個護身符上面的缺角我看得很眼熟，他身上的味道難道我會認不得嗎？我可以幫你，但你也要幫我，你要幫我把我老公帶來。」

第十四章

命

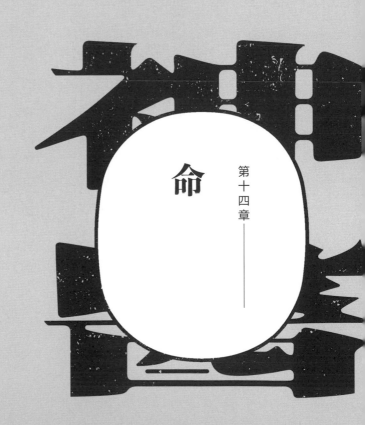

東毅的背脊發涼，一陣電麻直達腦門，他會害死汪昊，這正是汪昊一開始拒絕他，甚至想殺死他的原因。

已經完蛋了嗎？不行，要先鎮定下來，堅持自己的說法，只要態度能比對方更堅定，就有機會用氣勢壓過去。

真的有機會嗎？笑著說師母搞錯了，那真的是道長給的，味道很像，只是剛好跟汪昊用一樣的沐浴乳？

「你自己聽一下這個話有人會信嗎？」汪昊的話猶言在耳。

汗為心液，因此心神不寧時會冷汗直冒，東毅按住自己心經上的神門穴，想藉此安定自己的心，絕不能讓許若真看見他頭上冒出一絲細汗！

汪昊已經死了，東毅對自己說，他嘗試過去找他，最終不得不放棄，等等，如果裝瘋呢？假裝自己思覺失調，引導若真認定他有精神問題，順著前面被誤會在吸毒，所以看見汪昊起死回生的幻覺？

不行，這樣許若真不會願意幫忙。

不能是個瘋子，但折衷一些，為了治好母親變得有些偏執應該是可以的，說法要乾脆俐落，又找不出會被挑戰的點，最簡單的方法是……跟對方站在同一陣線。

但要怎麼解釋他身上戴著汪昊的護身符？

「師母，」東毅嘆了口氣，看似語重心長地說：「對不起，我其實沒有去找過什麼道長，我也一直在找汪昊老師。」

「他人呢？」

「為了救我媽，我跟那些陰謀論者一樣，認定老師還活著，我去過六張犁的墓園，也在這附近花了好長的時間，因為我相信如果老師還活著，一定會想待在您的身邊。」

「所以他現在在哪？」

「師母，很抱歉，我沒有找到他。」

「你說謊！你手上那個護身符明明是他的！」

「我終於放棄之後，想找到老師生前的筆記，所以才來找您，至於這條護身符……是我從老師的書桌上摸走的，對不起，我不是有意要騙您，但基於老師的理論，治病需要同時兼顧風水和天象，我是真的沒有其他選擇。」

「書桌？這個護身符他從來沒有離過身，連洗澡都不會拿下來。」

「這我也不清楚，我是在抽屜裡的夾層找到的。」

許若真肅穆地看著東毅，又看看他手上的護身符，考慮良久。

東毅還跪在地上，擺出一副委屈又懊惱的可憐姿態，不禁開始想像許若真立刻拿起電話報警，他被上銬帶進警局，山上的曇陽子被毒蛇咬死滿臉發黑倒在樹叢裡的畫面。

「在你來找我之前，」許若真終於開口，語氣柔弱許多，「我接到一通電話，你老師打來的。」

東毅當然知道那通電話。

「我真的從話筒裡聽見他的聲音，但我一點也高興不起來，因為那代表他不僅還活著，還把他那自以為是的邏輯發揮到極致，那時我閃過一個念頭，如果他真的還活著，甚至敢來找我，告訴我他做的這一切都是為我好，我一定要狠狠甩他一巴掌，然後澈底離開他，一點蹤跡也不被他找到，就像他對我做的這樣。」

東毅無言以對。

「但另一方面，我也跟這世上其他女人一樣，願意用我的一切換他回來，」若真靠上前，也跟著跪下來，握起東毅的手，「孩子，請你老實跟我說，如果他還活著，讓他來見我，好好解釋這到底是怎麼一回事。」

「師母，」東毅低下頭，「我很抱歉，我不知道他在哪裡。」

「這樣啊。」

許若真緩緩坐回沙發上，才說：「還是把你媽帶來吧，如果我的床真能有什麼奇效，也算幫你老師做一份功德。」

「真的嗎？」

許若真黯然地點頭。

「謝謝師母！謝謝師母！」

「你去吧，我來把房間收拾一下。」

「等一下！」東毅起身要走，卻突然被叫住。

「你手上的東西應該要還我吧？」

東毅趕緊把護身符交給許若真，不停鞠躬道謝，離開時，汗才不停汩汩地冒出來，汗滴從眉頭落下，卡在睫毛上的感覺，又讓他想起國中時那個暑假，一天素麗出門工作之後，他為了省電連電風扇都不開，汗如雨下地彎著身子卡在那張木椅上狂做練習題的時光，只是他一直都不知道，只有像這樣毫無意義地折磨自己，才能讓他稍微好過一些。

時間還早，東毅傳了封訊息給曇陽子，但沒有等到回音，於是先自行騎車下山採買藥材，他抓了滋補下丹田陽氣的方子，也多抓幾帖不同思路的方劑以備不時之需。

回到放曇陽子下車的步道口時大約時值中午，曇陽子看似已等候多時，人概是不小心誤按了跳出鈕，找不到再次打開通訊軟體的方法。

「妳有找到嗎？那個吉祥草。」東毅問。

曇陽子從口袋撈出一串小白花，那是油點草，看起來像是迷你版的蘭花，純白花瓣中央有撮鮮黃的蕊心，花瓣尾部像是突出兩顆綠色的戽斗下巴。

「就是這個？」

「不是，但很接近，這個就可以，我找了好久，最後在可以入定的地方找到，那塊地有股靈氣，你那邊順利嗎？」

「還算順利，但等等妳要裝作很虛弱的樣子，最好只剩一口氣那樣，啊，要不然妳就一直裝睡好了。」

曇陽子有些疑惑，但還是點頭。

「那我們走吧。」

東毅背著曇陽子進到許若真家時，注意到門口有一個打包好的行李箱，雖覺有些怪異，但沒有多問。

許若真已清空她的臥房，這是一個採光與景色極佳的房間，能遠眺整個大台北的起伏，地上鋪著在秋冬赤腳也不會感覺冰冷的典雅木質地板，空氣中隱約還能聞到汪旲最喜歡的檀香氣味。

把曇陽子安頓好後，東毅下樓把剛買的藥材丟進鍋裡熬煮，許若真的態度若即若離，對東毅想借用廚房的要求，始終帶著親切又有距離感的回應。

用心，東毅看著鍋裡的藥湯滾滾冒著煙，回想汪旲說煮出好吃的粥的祕訣，他試著想像眼前這鍋湯就是素麗，用最溫柔的方式攪拌它，但他卻做不到，專心攪拌個兩三下還是可以的，但這並不像是小孩子在玩遊戲，攪拌鍋裡的藥材一點也不好玩，他不得不想到素麗惱人的一面，像鍋裡熱騰騰的蒸氣不停燒灼他的指尖，更別提客廳裡的許若真正遠遠地看著他。

東毅繼續攪拌鍋裡的藥材，生地、川芎、茯苓的香氣搶過其他藥氣竄出，看著白濁泡沫下逐漸濃稠的褐色汁液，心中一股難以抹去的自我懷疑又油然而生，一個問題重複在他腦海中循環播放：這真的有用嗎？

中藥、針灸、風水、天象，這都是他確確實實從自己身上感受過的具體力量，這力量就像太陽照在皮膚上立刻就會感覺到徐徐暖意，它的存在是毋庸置疑的，然而中藥的力量卻不是這麼直接乾脆，它作用在東毅看不見的地方，作用在一塊曖昧又晦澀不明的蠻荒之地，東毅能感覺到汪昊距離那塊蠻荒之地更近一分，但那始終還是蠻荒的，是沒有人煙，無法到達的一塊野地，或許數千年後，在人類終於解答「統一場論」，找出宇宙中所有物質的起源與未來，暗物質與暗能量通通綻放光明被人類征服之時，那塊遙遠的野地也會被馴服，然而現在並不是，東毅當前擁有的選擇其實只有兩個，相信或不相信，而若選擇不相信，也得相信另一個不值得相信的東西。

驚覺自己的思緒飄遠，東毅再次專注在攪拌上，他知道自己不該像個宗教家一般追根究柢，宗教大師只會得出「活在當下」那樣的結論，去讚嘆鍋裡的藥材如何自然生長成今日的模樣，藥色的光澤又是如何在日光折射下絢爛繽紛，那對東毅而言毫無幫助，他專注在攪拌上，試著透過攪拌讓藥材能更快地被湯汁吸收，才能趕上他跟汪昊約好的時間，這才是他該做的。

「你打算怎麼做？」

東毅嚇了一跳，不知不覺許若真已經站在他身邊。

「針灸藥石，我能做的也只有這些。」

「但如果是心理有問題，光吃藥會好嗎？」

「身心是會交互影響的，就算只是精神問題，中藥的做法是改變它產生的環境，讓它自然……」

許若真揮揮手，打斷東毅的解釋，說：「好了好了，這種話我聽得夠多的，當我沒問吧。」

「師母是想知道什麼？為什麼我不讓我媽住院嗎？」

「也不是，我只是想知道你有沒有什麼特別的方法？」

「特別的方法？」

「你花了這麼多時間去找你老師，就是想找到一個特別的方法吧？不然一樣都是中醫，你也是一流的，難道會差這麼多？」

「我也不知道，但我能肯定我治不好，跟很多事情一樣，一關係到自己或是家人，腦袋就容易一團亂。」

「那現在呢？」

「還是一樣，我以為多問一些學長就能找到自己的盲點，但大家都給我一樣的『節哀順變』的表情，有的甚至還跟我說，要把這當作是老天爺的恩賜，一切都是最好的安排。」

許若真彎下腰靠在中島桌上，若有所思。

「如果你老師還在，你覺得他會怎麼做？」

「我猜……他會先罵我在亂搞，什麼都不懂。」

許若真笑了。

這時門鈴一響，東毅知道他的藥引到了，許若真要去應門，東毅想搶在她前面，卻被攔住。

「你忙你的。」

東毅能從廚房看見許若真穿過門廊走到庭院，在靠近柏油路的地上撿起一個東西，接著左顧右盼，似乎沒看到有人，就又走了回來。

許若真進屋後，儘管她沒有開口，但整個空間的氣氛突然緊繃起來，因為她的呼吸節奏截然不同。

「趁他還在附近，叫我老公進來。」許若真不帶情緒地說。

「誰？什麼？」東毅裝作聽不懂。

許若真把手上的白色瓷罐打開，抓出裡頭一塊乾癟的內臟，那顯然比一般鳥類的生殖器大得多，她一臉噁心，但立刻恢復堅定。

「不准再騙我，現在就去，不然我馬上把這鬼東西吃掉。」

「師母在說什麼？去哪？」

「你以為我不敢是不是？」許若真說完便咬下那東西一個小角，瞪著東毅嚼起來。

東毅立刻關火，放下湯勺。

「好，拜託不要，我去，我現在就去。」

東毅小心翼翼地穿過中島桌，走向大門，許若真隨著他靠近，漸漸向後退拉開距離。

東毅一出門的瞬間，許若真衝向水槽把口中的東西吐出來，打開水龍頭漱口，眼淚也跟著嘩啦流下。

衝到馬路上的東毅左右掃視，眼前是那塊他躲過的破菜園，左手邊有個向下的陡坡，右手邊則是庭院圍牆外一整排的松樹，一路延伸看不到盡頭，情急之下，東毅只能用梅花易找人。

一卦二象，尋者為體，失物為用，若物可尋，能從卦氣方位找到線索。

東毅上前數著菜園裡的植物，這裡儼然已荒廢多時，只有兩顆爛白菜及八根姑婆芋葉，二為澤，八為坤，是地澤臨卦。

臨者，林也，汪昊還在附近。

用卦為澤，人在西南方。

東毅走下西南方的陡坡，才到轉角，就聽見有人的動靜，立刻壓低聲音說：「昊哥，是我！」

不遠處的樹林裡，汪昊探出頭來。

「你出來幹嘛？」

東毅愣了一下，才說：「東西我拿到了，但那怎麼這麼大？」

汪昊確認沒其他人，才從樹叢裡走出來。

「那可是我冒著生命危險拿到的，今晚動物園可要天翻地覆了。」

「動物園？」

「對，那是鴨嘴獸的泄殖腔。」

東毅心中一震，他忘記了，哺乳類也是有泄殖腔的，就是單孔目，他難以想像眼前這個男人到底怎麼拿到這個東西。

「竟然……你沒事吧？」

「我當然沒事，快點回去吧，就要入夜了。」

東毅露出快哭出來的表情，上前抱了汪昊，汪昊有些驚訝。

汪昊背後，東毅摸出手上的針，朝他腦門送入，汪昊瞬時暈倒在東毅肩上，再次醒來時，已經坐在自家的沙發上，許若真在他對面。

臥房裡，那塊內臟已被東毅搗成泥狀，想到那隻大老遠從澳洲飛來的倒楣鴨嘴獸，東毅不禁有些內疚。

更讓他內疚的，是樓下現在一聲不響的汪昊，東毅揮去雜念，把藥引挖出和進盛好的湯藥裡，攪拌均勻後把曇陽子扶起，餵給她吃。

「感覺怎麼樣？」

曇陽子靜下心感覺胃中的暖意，搖搖頭。

「那妳先躺好。」

東毅拿出針，拉開曇陽子的衣物，把手輕放在她的肚皮上，感受汪昊所說的，指下皮膚的張力和更深層的氣息流動，隨著胃中的暖意擴散，有種感覺越發明顯，是震動。

那震動像是奇幻冒險電影會出現的古墓機關，在體內各處，看似毫無關聯的地方，此起彼落地正在挪移，或像一張原先交織纏繞的網，因為某處鬆動而造成整體結構不得不微調。

東毅繼續把手放著，貼著肚皮的掌面漸漸發熱，他想到聽過老中醫就算沒有針也能針灸，因為手上有氣，只要足夠專心就能達到療效，就像孩子摔傷時媽媽上前惜惜，也會立刻感覺比較不痛。

曇陽子突然放了一個屁，身上的震動暫時趨緩，一股陳腐的臭味瀰漫。

「現在呢？」

曇陽子動動身子，說：「胸口好像有比較輕鬆，脖子後面也是。」

「下腹部呢？」

「還是沒什麼感覺。」

東毅充滿疑惑，胸口？脖子？藥氣走錯方向了嗎？但至少有反應，醫生怕的不是治不好病，甚至也不怕病情加劇，因為那至少還能用一些「病灶發出來了」之類的話術搪塞過去，醫生最怕的是完全沒有變化，那毫無辯解的空間，會讓病人跟醫生感覺這全是一場空，雙方都在浪費彼此的時間。

東毅試著去輕按曇陽子的腹部，腹診在漢語醫界長期被輕忽，但在日本卻極為重視，因著重望聞問切的語境下，望而知之謂之神，其餘的診斷方式都被視為雕蟲小技，但東毅嘗試結合從汪昊身上得到的技巧，透過腹部按壓尋找更深層細緻的訊息來源。

指下，整個人投入其中，澈底放大的感官知覺裡，透過臟腑之間鮮明的推移挪動，東毅甚至能感覺到臟腑彼此有著獨特性格，從各自的軟硬、彈性、移動軌跡、轉動幅度之中，腹裡像是住著一家人，他們顯然不是什麼愉快和樂的家庭，彼此間有著不言而喻的怨懟與不滿，每個臟腑都有自己憤怒的理由，也有不得不繼續的無奈。

心者，君主之官，神明出焉，東毅想到內經裡每個中醫師都滾瓜爛熟的一句話，把體內的器官擬人化早在先秦時期就做過了，但那樣的脈絡老舊又不合時宜，人是會變的，人體內的器官也是會變的。

東毅繼續專注在指下的感受，他發覺在臟腑互動之間，大家都是不自由的，這樣的不自由有著程度上的差異，而每個臟腑的局限跟束縛，都來自於遠端一個力量的拉扯。

得找到那股力量的來源才行，東毅想。

東毅沿著腹部向側面摸，發覺張力的牽引從側腹深入內部，接著就斷了線索。

啪，一個清脆的聲音斷了東毅的思路。

客廳裡，許若真沉重地喘氣，汪昊的左臉頰漸漸泛紅。

「妳知道我有多愛妳，」汪昊語氣冷靜，像是早知道這會發生，「任何可能會傷害妳的事情，我絕不可能去做，是真的，我是不得已的，我做的一切都是為了妳。」

又是一記巴掌，許若真用盡吃奶的力氣，但汪昊神情中沒有任何不悅。

「妳好好想一想我的提議，現在事情變成這樣，這是唯一的方法，我也不希望妳跟我一起過這種苦日子，但如果妳愛我，還想跟我繼續下去，那就只能這麼做。」

「我一個人過得很好，你去找你的愛徒吧，我甩完這兩巴掌氣也消了。」

「只要多一個人知道這件事，我就有可能活不成，不是我要找他，是他想方設法找到我，纏著我。」

「那是我能力不足，找不到你。」

「我差點真的死掉，要不是為了再跟妳在一起，我也不可能這樣躲著。」

「你口口聲聲說這是為了我，想要更多時間跟我繼續相處，但這麼長一段時間，難道你就不怕我會……」許若真頓了一下，「走出去？我可能已經找到新的人，甚至已經結婚了！」

「妳想想在這之後我們還能有很多很美好的相處時光，就只有我們兩個人，我是完全屬於妳的。」

「我不要想——！」許若真激動地幾乎是尖叫，「你什麼意思？你到底把我當作什麼？」

許若真一氣之下甩頭就走，她拉起門口早就準備好的行李箱，準備離開，但被汪昊拉住，許若真拚命想甩卻甩不開。

汪昊跪了下來，雙手握著許若真的手，說：「小真，我真的很對不起妳，我有想過妳的感受，我知道這很難接受，但如果不這麼做我就會死，那樣的話我會永遠失去妳。」

「你有想過我的感受？那請你告訴我我是怎麼想的。」

「我……」汪昊說不出來。

「我老公死了，一年後發現他還活著，原來他是假死，現在他終於出現，要跟我再續前緣，好感動，你是這樣想的吧。」

汪昊只是搖頭。

「就算真的重新在一起，一定會有疙瘩，你要不要先把你還會有多少死劫都在行事曆上記一記，不然我怎麼知道你下禮拜會不會又假死？你這個人已經澈底失去我的信任。」

汪昊鬆開手，說：「為什麼我準備那個祕密基地，妳還記得嗎？」

許若真把大門打開，轉開門把的手懸在空中。

手指繼續向上摸索，東毅還在跟那股力量纏鬥，在它消失前的動向是往上的，於是東毅沿著肋骨一路摸索到腋下，但或許是肋骨的阻擋，他感覺不到一絲蹤跡。

是從內臟往外拉扯嗎？那又是什麼拉著內臟？東毅無法區別其中的差異，或許這兩者同時存在。

針藥並行，東毅知道自己此刻必須做點什麼。

他繼續向上摸索，過程中曇陽子就像是一個尊貴的顧客，對病人而言，躺在那裡需要面對兩種矛盾的感受，一是把時間跟身體交給對方，應當得到報酬的理直氣壯，其二是不知道對方在想什麼，怎麼看待自己，澈底失去自主權的卑微脆弱。

沿著側乳，通過鎖骨，東毅好像在脖子上摸到一點什麼，他立刻把雙手放在曇陽子脖子的兩側，輕輕推動去感受左右手的差異，才逐漸明白手上的感覺是什麼，那是旋轉。

人都是左右不對稱的，左右的肋骨數量不一，臟腑的左右排序不同，再加上慣用手，以及日常動作型態的不斷雕刻，身體會自然輕微旋轉去適應目前的狀態，但這樣的不對稱有一個臨界，超過就會過度遷就，產生疾病，而曇陽子的脖子顯然超越了這個臨界。

東毅曾聽說過佛教修行人需要通過十萬次大禮拜的考驗，而僧人不只需要坐禪，更要經歷上萬小時的行禪。

行禪也就是他這幾日潛心琢磨的步伐，當走路姿態完全調整到「正道」上，動作達到數以萬計的規模，將會造成原先身體模式的破壞，破而後立，立了又破這樣屢次循環，才能讓一個人的身體進入適合修行的狀態。

而東毅要做的，是要把這上萬小時才能達到的目標，在曇陽子身上藥氣行走的這一小時內完成。

震動、旋轉，東毅能感覺到藥氣正在幫助他，提供這個身體推動改變的能量。

沿著曇陽子耳後，他終於找到那股力量的來源，在顱骨裡面。

是腦部病變嗎？東毅心想，但他不能確定，光從紙上的感覺，那股力量就在很表面，但又不是在皮表上，更像是從顱骨交界的縫隙中傳來，它穿透皮下組織連到皮上，繼而向下牽扯，沿著頸部進入體內，影響方才他摸到的臟腑結構。

為了確認這分感受，他對指下顱骨內最緊繃之處進針，同時另一手按在曇陽子腹部，不停推移來找尋其中的關聯，結果是對的。

針進，頭皮一陣微小的暖意流動，臟腑的伸展空間也同時打開了一些。

東毅難掩驚喜，但顱骨的緊繃之處還相當多，便繼續像一個想咬破布袋的老鼠，一點一點地解開沾黏。

樓下，汪昊站起身，許若真始終看著門外。

「那是我們在一起之後妳的第三個生日，」汪昊語氣裡忍著哽咽，「妳對我說，就算這世界只剩下我們兩個人，那也沒關係。」

許若真沒有反應。

「我不是一個會講甜言蜜語的人，從小我姐就說我像塊木頭，不懂得察言觀色，不像她得夾在爸媽中間，聽他們互相冷嘲熱諷，但她不知道，我每天把自己埋在命理的書堆裡，也是因為在那裡面我找到一套屬於我的處世之道。」

「不要想找藉口，自己做的事情自己承擔。」

「這不是藉口，我爸過世的時候我就知道他是錯的，他一直跟我說學命是為了知命改命，是他用他的命幫我上了一課，光是知道會發生什麼根本沒辦法改變事情，必須要有所犧牲，把發生凶象的一切連結澈底斬斷才行，這才是改命真正的意義，就是因為這樣，我才不得不做到這種程度，如果只是燒香放血那樣的扮家家酒，每個人都做得到。」

「你確實是改命了，恭喜你還活著，這是病人們的福音，快去利益眾生吧。」

「妳覺得我應該怎麼辦？就這樣去死嗎？」

「死啊！每個人都會死不是嗎？」

「妳是認真這樣想嗎？」

「你不知道這一年來我經歷了什麼，在你死那天，有一部分的我也跟著死了，那之後只有一句話支撐著我繼續活下去，」許若真轉過來，對著汪昊流下一行淚，「能有一份真愛一起過一輩子，得之我幸，不得我命。」

許若真說完後帶上門離開，留下汪昊獨自一人。

臥室裡，東毅滿臉漲紅，臉頰滑落一滴汗珠，他並不能憑藉印象中解剖學的顱骨交界處逐一處理，像戳椪糖那樣把骨頭的分界線切開就完事，在解完周遭沾黏後，他發現問題源自太陽穴下蝶骨的內層。

蝶骨如其名，是一塊長得像蝴蝶的骨骼，同時連接到兩側的表層太陽穴，但那只是兩隻蝶翼的最末端，會從中延伸到腦部最中央，托住腦下垂體，乘載整顆大腦的關鍵骨骼，而蝶翼像是一隻殘破的蝴蝶，其中有無數小孔，負責讓大量頭部的神經與血管通行。

東毅這才理解，如果蝶骨是一切問題的核心，這樣的工作量僅靠他一人無法完成。

曇陽子似乎睡著了，藥氣還在走，還有機會來得及。

東毅壓住音量跑下樓，卻看見許若真已經不在，只剩汪昊頹坐在門口，他立刻上前。

「昊哥！我需要幫忙！」

「昊哥，你怎麼了？」

汪昊沒有反應，東毅繞到他面前。

「結束了。」

「什麼？」

「一切都結束了。」

第十五章

覺悟

東毅大概能猜到發生了什麼，許若真走了，很可能再也不會回來，但東毅現在才理解這對汪昊而言有多麼重要，從汪昊的反應看來，汪昊所做的一切都是為了她，看著汪昊空洞的眼神，東毅不禁想起第一次在六張犁公墓山上看見汪昊的模樣，那時的汪昊動作果決俐落，為了愛人甚至毫不遲疑想殺死自己。

東毅的背叛摧毀了這一切。

是嗎？或許汪昊在接受提議時就知道原先的計劃已經破局，又或許是汪昊誤判許若真的態度，東毅沒有時間執著這個問題，無論如何，汪昊帶著一份鐵一般的覺悟才走到現在，而自己呢？

時間有限，東毅得說服汪昊幫忙才行。

「昊哥，時間不多，我需要你幫我。」東毅說著搖晃汪昊的肩。

「為什麼我要幫你？」

「我們是兄弟啊！」

汪昊一陣訕笑，說：「兄弟又怎麼樣，也有兄弟對彼此開槍的。」

「那你作為醫生，看到這種病例都不會心癢嗎？只差最後一步了。」

「憑什麼她能被治好，我要被犧牲？」

「事情還沒結束，只要師母還活著，你就還有機會不是嗎？」

「你不懂她。」

「你很懂嗎？」

汪昊的臉色一陣黯然。

「我不是那個意思。」東毅說。

「你之前說我們這些醫生太傲慢，你是對的，如果有機會再來一次，我寧願簡簡單單死在她面前，至少還能在她心裡留下一個好印象，不會搞成現在這樣，變成一個自以為是的變態。」

「我還以為精通命理的人不會後悔。」

「我知道這樣想沒用，但我做不到，而且我只是想告訴你，如果你以為自己有辦法說服我，那更是傲慢，人都有一死，不要掙扎了。」

東毅內心此時生出一個歹毒的念頭，他發覺汪昊的判斷力失常，而且處在很強烈的情緒當中，那是悲傷，悲屬金，過度悲傷會讓人失去理性思考的能力，這是因為土能生金，過度悲傷激化金，讓金過度消耗自己的母親「土」的力量，讓土變虛弱，而土掌管的是思考。

東毅默默拿出針，他知道自己這一針刺下去代表的意義，他會變成一個冷酷的人，但他說服自己，他沒有選擇。

他迅速翻開汪昊的掌心，刺進中央的勞宮穴，那是心經要穴，心主火，火能生土，同時火也能克制金，汪昊像被蛇咬到一樣把手抽走，瞪著東毅，但眼神也瞬間清醒許多。

「他媽的，你這小子。」

「現在感覺怎麼樣？還會後悔嗎？」

「你以為這樣我就會幫你嗎？」

「真的真的非常抱歉，剛剛師母威脅要把那塊藥引吃掉，我真的沒有辦法，如果有什麼我能做的，換我幫你……。」

「少廢話，那是我的事，沒有要你幫忙，」汪昊站起身，「我們走吧，她在樓上？」

東毅眼睛一亮，利用針灸操控人的情緒，他沒料到這竟然是可行的，但也可能是突然的痛覺讓汪昊清醒過來，男人的情緒本來就是曇花一現，又或者是被壓抑下來，他無法分辨。

兩人上樓後，東毅才簡單解釋不到三句，汪昊便立刻了解狀況並開始作業，兩人分別跪在床頭兩側，不需要對話，對著曇陽子的兩邊頭皮做著幾乎是機械性的動作，尋找張力來源，用針解開。東毅能感覺汪昊的動作比自己快非常多，就像是兩個人同時拼一張拼圖，都從最外層往核心處靠近，而汪昊會在自己的部分進度超前時適度幫忙東毅解開尚未處理的沾黏，而東毅不時輕按曇陽子的腹部作為檢查，彷彿能從腹裡的觸感逐漸看見這幅拼圖最後的樣貌。

「你聽過腹腦說嗎？」汪昊說。

「有，是指腹部等同於人的第二大腦，很多神經傳遞物質是由腸道的神經叢分泌的。」
「不只是這樣，你可以想像成人不只是左右對稱，上下也是對稱的，有些人認為，腹腦就是中醫所指的下丹田。」
「所以我們現在這個方向是正確的？」
汪昊沒有回答，他也把手按在曇陽子的腹部上，同時東毅手上的針還繼續刺在曇陽子頭皮上，東毅其實有感覺，他們的進度已經趨緩，甚至停滯一陣子了，正是因為這樣他才會提問，否則心中那股慌張感無法平息。
「藥什麼時候喝的？」汪昊問。
東毅這才意識到已經入夜，他拿出手機，時間顯示六點五十，說：「大概兩小時前。」
「那不行，這樣來不及。」
「什麼意思？」
「有些病人就是這樣，會有一些撞牆期，病情反反覆覆，剛剛開始我就有這種感覺，現在的方向不對，但也不算錯，只是要多幾次嘗試，但我們沒有時間。」
「所以呢？」
汪昊只是長長嘆了口氣。
「現在要放棄？」東毅提高音量，曇陽子因此醒來。

「你試試看，現在運氣的感覺怎麼樣。」汪昊對曇陽子說。

曇陽子坐正，閉上眼，將雙手放在下丹田過了幾秒後，搖搖頭。

「還是不行，感覺全身沒有那麼輕鬆過，但氣還是到不了下丹田。」

「嗯……至少我們盡力了。」

「不行，一定有什麼我們忽略的。」東毅說。

「每個人都有盲點，尤其像我們這種花太多時間在上面的人，你已經把能做的都做到最好，不用太自責。」

「還有一個辦法，昊哥，再來一次十三鬼穴。」

天色已暗，在沒開燈的房間裡，東毅看不清汪昊的反應，只能感覺到汪昊的呼吸節奏有些改變。

「你會死的，還會死在我家，我房間裡，你要我怎麼跟警察解釋？」

「你還得先跟他解釋你這個死人怎麼復活的，」汪昊沒有反應，東毅又繼續說：「我經歷過一次，熟能生巧嘛，我會控制住，不用擔心。」

「那你去找別人幫你下，我不想殺人。」

「好啊，」東毅看向曇陽子，「那你教她要下哪裡，她來下。」

「已經夠了，可以了，沒有人會覺得這是不負責任的行為，哪個厲害的醫生沒醫死過人？」汪昊說著默默把兩人手邊的針藏到身後。

「你有你的覺悟，我也有，請不要看輕我，我不想這時還要用吃斑蝥逼你幫忙。」

「先等一下，我們再一起想一下別的辦法？」

東毅沒有回答，一片黑暗中，沉默似乎讓重力加重好幾倍，連手指抬起來都有困難。

許久之後，東毅才開口說：「我沒有想到，你呢？」

「好吧，你躺好。」

東毅躺在床上，或許是因為有過一次經驗，他這次感覺自己像是坐上電椅，他想起那種口中味覺亂竄，身體知覺被奪走的感覺，想著自己能有的對策，發覺這根本毫無意義。

十三鬼穴，東毅不禁想著這十三針如果全部下完，他會去哪裡呢？意識如果沒有身體就無法存在，不存在又代表什麼意思？

身旁的汪昊已經開始進針，東毅感覺四肢從末梢開始逐漸溶解，他閉上眼睛，專注守護自己的意識，他想像自己是一粒細小黑點，是一種絕對的黑，就算再強的光打上來也看不見的那種，因為既然十三鬼穴是一個搜捕並驅逐的過程，這樣的話，只要不被抓到就好。

鼻下，人中的針進來，東毅已經對身體澈底失去掌控，此時耳邊出現一種詭異的聲音，難以用語言形容，形容起來會很矛盾，是一個高頻的低鳴，聲音從腦門正中央向外傳來，逐漸擴大，再大到像是從宇宙的背景傳來，東毅感覺這聲音似乎在傳遞某個訊息，訊息重複又直接穿透他兩乳之間，無法忽視，他心中有什麼正被催化、升溫直至沸騰，那是一股令人生厭的情緒——他被強迫推向他自己。

他再次被拋入無垠的黑暗之中，但這次不僅是黑暗，他看見一條河，那是他跟蹤許若真時來到的那條小溪，他並不是因為哪塊石頭或轉折而認出那條河，而是心裡就知道是這裡，然而東毅並不知道自己為什麼出現在這裡，他沒有辦法移動，也並不想移動，他既不感到困惑也不明白，他看見在溪流的另一頭，站著他自己。

這是一個做作、自大的，同時又想表現地很恭敬、很謙卑，矛盾且虛偽的人，東毅無法否認，也無法理解為何十三鬼穴會把他推到這個尷尬的處境，於是他那搖搖欲墜的自尊心又開始作祟，他嘗試分析這樣的自己，他發覺這個虛偽又矛盾的心情，源自於他其實早就意識到，自己根本不值得目前所擁有的這一切，無論是衣食無缺的生活或是學醫的資源，他所霸佔的是另一個人有機會過得更有價值、更有意義的人生，但他卻浪費這麼難得的機會，自私地只想救自己的媽媽，也是因為這樣，他才需要擺出那副包容友善的高姿態，來證明他是一個有能力又善良的人，在這層表面底下，其實藏著一個怯懦猥瑣、真正的自己，這樣的落差造成他又得更加強調自己的努力與善良，否則如果面具底下的模樣被人發現，一定會被揪出來嚴打，剝奪現有的一切，這必然的偽裝造成的惡性循環就像一場病，就算找到原因，找到這整個循環的路徑也沒有用，只能眼睜睜看著這個圓圈無限向下繼續運行。

就在他這麼想的時候，另一個恐怖的念頭升起，或許自己這二十年來都知道素麗的病程正在繼續，而他刻意放任素麗病發。

東毅意識到，覺得素麗只能靠自己，沒有自己就活不下去，因此為了這個目標拚命努力的心態，打從一開始就是卑鄙的。

甚至還有更卑鄙的，正是他那份想把素麗治好的心情，他並不是希望素麗能因此感謝他，覺得養育這個兒子所花費的心力物超所值，而是希望藉由辛辛苦苦把素麗治好這個過程，這個無人能比美的壯舉，證明給所有人看，他是有價值的，而且是善良、正確的，無私、偉大，飽含智慧的一個人，然而追根究柢，也只是「我都已經做到這樣了，沒話說了吧」的試圖推卸責任的卑鄙心情。

東毅看著溪水另一頭的自己，才意識到那股高頻的低鳴似乎就是溪水流動的聲音，這條溪水也時時刻刻在他體內流動著，提醒著他的原貌。

既然是這樣，好像沒有必要繼續下去了，反正也沒有人是真心期待素麗被治好，甚至可能連素麗自己也不是，這樣的心情漸漸變得清晰，拉開一段距離看著自己，東毅對自己生出一股油然的厭惡，現在他只希望這一切能盡快結束，如果可以的話，最好一切都不曾發生，然而這是不可能的。

那聲音還在持續，溪水還在不停流動著，如果是幾個月前，東毅或許會以為那閃著光芒的溪流代表某種宇宙真理的祕密，代表人在結構與自由之間永恆的掙扎，然而他現在很清楚，那只是強迫他直視猥瑣自我的折磨而已，他只是必需選擇，要因為已經失去太多而繼續堅持，還是因為已經太過痛苦而立刻放棄，而這兩者都是那麼強而有力，因此選哪一邊都不會有人責怪自己。

這時，溪流對岸發生了一些變化。

東毅看見他自己回頭離開，於是這整個地方都是他的，溪流的聲音變回原樣，優雅而清甜，好像在幫大腦按摩一樣令人輕鬆自在，東毅浸淫在這樣的享受中，心中生出一個念頭，就這樣吧，就這樣一直待在這裡就好，讓時間停止在這裡，不用前進也不用後退，他不需要任何人，也沒有人需要他。

那悅耳的溪流像一首安眠曲，東毅放鬆地把全部交給它，就這樣不知道過了多久，耳邊突然傳來一個微弱的聲音。

「扁扁。」

東毅嚇了一跳，以為自己聽錯了，那是素麗在他小時候，因為他鼻子很塌所以戲稱的綽號，素麗每次這樣叫他，總會用手指夾住東毅的鼻梁，用力拔起。

他發覺自己不能繼續待在這裡。

東毅試著離開，但不知道該往哪去，因為根本沒有身體，於是他靜下心，閉上眼試著呼吸，儘管沒辦法感覺到，他想著曇陽子的話，想像氣息緩緩從自己的鼻尖流入，通過鼻腔，刮過氣管讓氣管變得有些乾燥，胸腔拉扯肺葉逐漸擴大，容納那些空氣進來。

東毅睜開眼睛，看見眼前汪昊的手指。

汪昊立刻抽針，針頭停在東毅的鼻頭，汪昊還在下人中穴，方才的一切似乎只是一瞬間的事情。

汪昊迅速把所有針取出，才說：「怎麼樣？這次成功成佛了嗎？」

「沒有，但我好像知道可以怎麼做了。」

「說吧，讓我開開眼界。」

「我們所見的只是真實世界的投影，要做的不是改變現況，而是稍微推一把，讓現況自己改變。」

汪昊不耐地看著東毅，東毅才發覺自己似乎講了什麼形上學鬼扯，馬上改口。

「跟剛剛我感覺到的東西有關，」東毅看了曇陽子一眼，「那不會是什麼愉快的經驗。」

「你看到什麼？」

「我自己。」

「其實剛剛那個瞬間，針還在我手上，我也看到了。」

「怎麼會這樣？」
「我想，你體內的意識可能不只是神醫，而是神。」
「為什麼？我們只是看到了自己。」
「傳說薩守堅真人有一位護法神，叫王靈官，祂原是地方火神，喜歡美女，被薩祖收服後才斷除慾望，民間傳說祂時常幻化為明鏡，提點眾生。」
「他的目的是什麼？」
「神是沒有目的的，『道』是什麼？道法自然，」汪昊說著，自己感到困惑，「但這樣祂為什麼要降生於世？」
「祂或許不是自願的。」
「這麼說，祂其實也是外來的，你體內可能還有第三個人，在出生前就被扼殺了。」
東毅聽完沉默片刻，才說：「我們得繼續。」
「要怎麼做？」
「要把一些不好的東西逼出來。」
「不好的東西？是毒素？瘀血？痰濕？」
「我不確定。」
「那要怎麼逼？每一種要用的穴位都不一樣。」

東毅沉默了一下，才說：「其實武器我們有，只是我們都不是那樣的人，對待病邪應該要隨著時間條件有不同的態度，如果時間充裕可以從結構著手，但如果很緊迫，必須要下狠手，既然是這樣，我們用全息。」

汪昊立刻理解，但他聽著東毅的解釋，表情卻五味雜陳。

「全息」原是一個攝影概念，指的是在相片上記錄光波中的所有訊息，但在中醫理論中，全息是指全部是一個整體，同時每一個局部也都可以投射到整體上，像是耳針、頭皮針或腳底按摩，醫生可以在局部範圍找到全身器官的對應點，進而診斷或治療。

「全息根本是常識，會有用嗎？」

「我們知道問題在下丹田，如果要把不好的東西逼出來，不是只用一兩個，而是要利用全身上下所有的全息對應點一起進攻，像是幾百顆導彈一起轟炸，精準打擊。」

曇陽子聽見「導彈」、「轟炸」等關鍵字，露出擔憂的表情。

「你怎麼聽起來像個冷酷的獨裁者。」

東毅把曇陽子放平，和汪昊兩人各自退到兩側。

「時間不夠，我沒辦法解釋，我針哪裡你就針哪裡。」東毅說。

東毅提針，汪昊貼上前看他進穴的位置，第一針落在耳上。

汪昊模擬東毅進針的位置與角度，曇陽子微微蹙眉。

東毅再進一針，這次在肘內，汪昊也跟進，但曇陽子似乎對針沒什麼反應。

再來是第三針，刺在掌上，第四針在小腿，第五針在腳掌，汪昊全都迅速精準複製，像是一面鏡子。

東毅接著又重複一次循環，第二次，第三次，這讓汪昊看傻了眼，因為針刺的位置相當接近，但又維持著同一個脈絡，像是局部之中還有局部，每一次都更加精細，像是一長串的地址，直到確認最後一個號碼才能抵達特定地點。

最後只要一針，刺在後腦勺，東毅下完後看著曇陽子，她張開眼睛，狐疑地看著兩人。

「就這樣？」汪昊問。

「等一下，」東毅說著捻動手上的針，穩定的節奏搭配呼吸，說：「實則瀉之，我還沒補瀉。」

東毅話語剛落，曇陽子像是被蛇咬到一樣，整個人縮起來，嚇得兩人微微彈開，曇陽子抱著肚子，拚命吐氣，看起來非常疼痛，她的吐氣聲漸漸因為過度用力而夾雜混濁的喉音，隨著喉音又變成嘶吼。

「停下來！停止！」曇陽子光是一句話就已經啞了嗓子。

汪昊立刻反應抓起一顆枕頭塞進曇陽子嘴裡，曇陽子激動地反抗，拚命捶打汪昊，完全不顧手上的針已經扭曲變形，東毅趕緊幫忙把曇陽子的手腳抓住，曇陽子卻吐掉枕頭一口咬上來，硬生生剝掉東毅手臂上一層皮肉。

東毅痛得抽手，汪昊反手穿掌想掐住曇陽子的竇動脈讓她昏迷，被東毅制止。

「不能讓她暈過去。」東毅說。

曇陽子試圖抽走手腳上的針，但她似乎痛得無法控制身體，整個人滾到床下，不停用頭撞擊床腳，像是這樣能緩解她肚裡的疼痛。

「壓著她。」

東毅說完跳上前踩住曇陽子的後頸，讓她無法再咬人，汪昊則整個人坐在曇陽子身上，曇陽子不停掙扎，忽地一陣蠻力猛把兩個男人彈起，接著衝到床頭，砸破杯子，想劃破自己的喉嚨，東毅撲上前抱住她，才再次把她壓倒在地，汪昊立刻跟上猛踢曇陽子的手腕，破杯瓷片彈開，鮮血緩緩從曇陽子掌中流出來。

兩人就這麼壓著曇陽子，連五秒都顯得漫長，不知道過了多久，曇陽子的胯下開始發出陣陣屁水交織的聲響，那股陳腐的惡臭蔓延開來，曇陽子的掙扎也隨之放緩。

一確認曇陽子停下動作，東毅癱軟在一旁，汪昊則上前把曇陽子的脈，這時曇陽子緩緩抽動，發出啜泣聲。

東毅趕緊起身，擔憂地看向曇陽子，和汪昊一起把曇陽子扶起來。

曇陽子的臉上帶著笑容，她哭著說：「你們成功了。」

第十六章

那一天

東毅眼前的曇陽子並沒有什麼不同，甚至氣色也沒有好一點，還是那個樣子，布滿細紋的皮膚，臉頰上的暗沉與斑點，如果不是從脈象判斷，根本無法分辨曇陽子是否被治癒。

東毅倒在床上，感覺全身的細胞都疲憊地放鬆下來，但腦袋卻異常清晰，他試著回想這些年來真的放鬆睡著的經驗，但怎麼也想不起來，他心裡有股強烈的成就感，卻覺得這份感受只是自己無意識想像出來的，隱約有些不安。

曇陽子進浴室換裝時發出刷洗的聲音，汪昊立刻上前阻止，曇陽子內褲上的排遺已經被洗掉大半，汪昊見東毅不感興趣，便自己留下了一小塊，那看起來像是一塊污垢，數十年沒有清理的爐台上會出現的那種，裡頭混雜著細小像塑膠的絲狀硬塊，不會有人想試圖化驗裡頭的成分。

曇陽子換裝時已經入夜，東毅叫了台計程車，汪昊則騎著機車跟在後面，車上東毅跟曇陽子什麼也沒說，他不知道該用什麼態度面對這個要把身體讓給母親的女人，是該感謝還是道別，慶幸兩人沉默的默契。

到了那個曇陽子選定的步道路口，汪昊也把車靠在一旁，三人準備上山時，曇陽子卻攔住身後的東毅。

「這個時候我想要一個人。」曇陽子說。

「你確定？這樣我們怎麼知道你已經……完成了？」東毅一時不知道該如何選擇用字。

曇陽子想了一下，拿出手機說：「我把手機放在身邊，到時候她醒來應該會打給你。」

「如果她那時還很虛弱怎麼辦？我們還是一起過去吧，我們可以在你背後，你就假裝我們不在。」

「這種事情不能這樣子，我要掌握身上氣脈流動，還要注意可以頗瓦的時機，要非常專注，如果到時候你突然打個噴嚏，出了什麼差錯怎麼辦？」

東毅一臉擔憂，但還是點點頭，曇陽子離開前意味深長地握住東毅的手，接著便走入山中，兩人目送曇陽子走進步道，消失在夜色裡。

被留下的兩個男人分別坐在階梯上，遠方能看見台北夜色透出樹林的微光，襯著星點稀疏的夜空，兩人看著這不算稱頭的夜景，良久後，汪昊率先開口。

「你有什麼打算？」

「打算……」東毅思忖，拿出包包裡的牛皮紙袋，那是素麗準備的環遊世界照片，「可能會帶她去渡個假，這都是她在發病前拍的，應該是用來騙我的，大概想讓我不要擔心，但我看她出國玩很開心的樣子。」

汪昊接過照片打量，塞還給東毅，說：「把那個錢省下來，聽我一句，老人家想看到的是什麼？當然是你結婚，生個孫子給她抱，那才是真的了一樁心願。」

「那我糗大了，八字都還沒一撇。」

「對醫生來說這有什麼難的，多得是女孩子搶著當醫師娘。」

「你呢？會去找大嫂嗎？」

「會，但不是現在，我們都需要時間靜一靜。」

「你原本打算怎麼做？躲到死劫結束，然後跟她移民去國外？」

「差不多吧，可能再演場戲，假裝我這幾年都被囚禁在鄉下，當黑道的私人醫生。」

「那現在怎麼辦？」

「還不都是你。」

「對不起。」

汪昊嘆了口氣，說：「會有辦法的。」

「我們之後還會再見嗎？」

汪昊只是微笑，沒有回答。

東毅想喘口氣，一站起來，腰椎卻像被人憑空抽掉一節，直接跌坐在石階上，汪昊伸手扶他。

「你怎麼了？」

就在汪昊發話的時候，東毅突然有一種奇怪的感覺，周圍的空氣好像瞬間被抽乾。

「應該沒事，但你有沒有過一種感覺？好像周圍的一切突然安靜下來。」

「你也有嗎？現在。」

東毅點頭，兩人立刻意會到需要動身，但東毅站不起來。

「你哪裏不舒服？」汪昊邊問邊扶著東毅的腰。

「L3，腰椎正中央，命門附近。」

汪昊抽針，在東毅手背上的腰椎點各進一針，激烈的運針痛到讓東毅想把頭塞進肚子裡，但背上旋即感覺好轉，像是有人在腰椎空缺處硬塞了一個東西暫時替補。

東毅嘗試起身，在汪昊的攙扶下全速爬上階梯，才走不到三分鐘，東毅已經滿頭大汗，看不見步道的入口，兩人在一片黑暗中停下腳步。

「怎麼找？你電話打看看。」

東毅有些頭暈，難以思考，他拿起手機撥給素麗，但訊號不佳，他撥了三次才打通，一個微弱的鈴聲在右側響起。

右側是一片濃密的樹林，兩人前後打量，東毅在剛剛經過的地方看見一道小缺口。

穿越缺口，倚靠著手機手電筒光源，兩人來到一塊相對來說比較貧脊的林地，感覺是網美或婚紗會來取景的地點，東毅試圖再次撥打電話，但此地訊號更差。

「應該就在這裡，感覺地方不大，我們分頭找吧。」

東毅點點頭，但此地的月光被樹葉遮蔽，不靠手電筒視線不到三米，東毅看著汪昊走向左側，脫離光線消失在黑暗裡，自己則用手電筒照向右側的區域。

不到三分鐘，不遠處傳來汪昊的聲音。

「東毅！」

東毅立刻把手電筒照過去，只是一片樹林。

「你等一下！」汪昊的語氣變得有些詭異。

東毅立刻衝向前，但腰部的支撐非常吃力，他扶著沿路的樹幹，來到汪昊聲音的來源，看見的是一個難以解釋的景象。

曇陽子坐在一個樹洞裡，不，不能說是坐著，因為她並沒有下半身，在她僅存的上半身上，有許多類似蕈菇的土色顆粒，在這些顆粒旁蔓延出粗細不一的藤蔓，像是要把曇陽子鑲嵌在這棵樹上，如果不仔細看，或許根本認不出那是一個人，更像是一個玩偶，一個被棄置在山上數十年的玩偶。

東毅激動地跪在曇陽子身前，使勁想把曇陽子從樹上拔出來，被汪昊推開，光源也因此歪向一旁。

東毅重新將光源對準時，汪昊正用手指測探曇陽子的鼻息，他露出遺憾的表情。

靠上前，有機會細看才能看見，曇陽子的下半身並不是消失了，而是自然脫落，曇陽子身上的末段是腰部，隱約還能看見肚臍的位置，更讓東毅驚訝的是，這個過程還在繼續進行，向上侵蝕曇陽子的身體。

東毅激動地想把曇陽子從樹上扯下，連接的藤蔓應聲斷裂，東毅把曇陽子放在草皮上，跪坐在地，緊張撥開她臉上的小蕈菇。

這時東毅才看見，曇陽子的腰並不是消失，而像是鈣化，變成一些白色的細小薄片，腳部以下還能在樹根上看見殘骸，碎裂成絲狀的部分堆積成一團粉末，東毅用指尖捻上一搓，細看，聯想到一個東西，羽毛。

他震驚理解到一件事，曇陽子打從一開始就沒打算頗瓦，她是要做她最擅長的，上輩子因為這件事轟動朝廷的事，羽化。

隨著曇陽子的身體脫離樹幹，她腰部的進程趨緩，一些細削因為震動飄散到空氣裡，像三月正開始起舞的柳絮，一絲一絲白色的羽毛懸浮在兩人周圍，東毅木然抱著曇陽子坐在地上，一旁的汪昊看著這一切，神情凝重。

懊悔像是一塊鉛石垂在東毅胸口，他很想怪自己太傻，但心中的酸楚已經把他責怪任何人的力氣侵蝕殆盡。

不知道在什麼時候，森林裡的聲音已經恢復，不似盛夏的蟬鳴帶點唏噓，有一搭沒一搭的鳥叫，伴隨著這塊空地上的兩人，不像安撫也不像嘲笑。

汪昊清了清喉嚨。

「回陽九針，可以試試看。」

東毅看向汪昊，抿住雙唇，眼眶泛淚，點點頭。

汪昊著手下針，但由於沒有下半身，有些穴道已經不存在，汪昊迅速跳過那些穴道，但還是難免有一絲停頓。

回陽九針是沒有辦法的辦法，在人臨終時，身上的陽氣還沒完全消失，只要還有餘溫，就有機會用全身引氣力量最強的九個穴道，把最後一點元陽逼出來，讓人能說完最後的話，通常是富豪人家主事者在交代遺言前過世，為了避免遺產糾紛而使用的針法，汪昊正是因為回陽九針才有辦法活著走過鬼門關。

東毅抱著曇陽子，看著汪昊下完這幾針，針留在曇陽子身上，讓她現在看起來不只像個玩偶，也像個針包。

曇陽子沒有反應，汪昊輪流在穴位上撚針引氣，不知道為什麼，東毅想到急診室裡對斷氣病人CPR的畫面，他不禁慶幸這裡的空氣還算好聞，耳邊也不會嘈雜儀器鳴叫的聲音。

然而奇怪的是，東毅似乎感覺到一道視線，他順著視線的方向看過去，在頂上的樹林之間發現一塊黯淡的白光，在光點的中央隱約能描出一個人臉的輪廓，那張臉毫無表情，所以應該已經不能稱之為「人」，它只是漠然地看著正在發生的事情。

東毅這才理解到，曇陽子又要投胎，而體內的護法神也跟著她離開了。

突然，東毅懷裡的曇陽子顫動了一下，發出虛弱的喉音。

她咳了兩聲。

「媽？」

「兒子啊？你在嗎？媽媽看不見你。」

「我在，我在。」

「你在哪裡？」

「我就在旁邊。」

幾秒的靜默。

「你還在嗎？」

「還在，不用擔心，我會一直在這陪你。」

「兒子。」

「怎麼了？」

「沒事。」

「你有想說什麼嗎？」

「沒有。」

「還是你有想去哪嗎？」

「我想回家。」

東毅兩行淚滑落，滴在素麗頭上。

「好，我們回家。」

「不要騙我。」

「我們沒有回家，沒辦法回家了。」

「回家比較舒服，那也沒辦法。」

「對啊，沒辦法，對不起。」

「幹嘛道歉。」

「我知道你的事了，生我之前的事。」

「那些事情不重要。」

「嗯，我只是想說一下。」

又是一陣短暫的空白。

「你很氣媽媽嗎？」

「哪會，才不會。」

「如果你覺得媽媽對你不好，你要知道……」

「沒有。」

東毅用力呼吸，試著平緩情緒。

「但是我想知道一件事，我國二那個暑假，為什麼妳不理我。」

素麗沒有回應。

「我不知道，我很害怕。」

「那是媽媽太傻，對不起。」

「我不知道該怎麼想這件事，但也不敢問，我覺得你不可能丟我一個人，但我又不想騙自己，因為妳隨時都有可能離開我。」

「我也很怕，你不要多想。」

「我其實一直很氣，你怎麼可以就這樣假裝沒事，你怎麼不去死一死，反正我一個人也能過得很好。」

素麗沒有反應，東毅感覺不出來懷裡這個人是哭是笑。

「是因為這樣才想當醫生嗎？」

「不是，我不是那個意思，我也不知道為什麼現在要說這個。」

「想怪我就怪，我不是好媽媽。」

「沒有，我沒有，我只是想知道妳到底怎麼想的，我很怕，也好想就這樣什麼都不管，但那樣的話……」

「乖兒子，你應該不記得你小時候，有一次我帶你去海邊玩水，我看你睡得很香，就在你旁邊也躺一下，醒來之後你卻不見了，那個時候我好緊張，一直到處找，最後才發現你不知道為什麼一個人站在海中間，那個時候我就想，一定要把你留在我旁邊，因為我不敢想像沒有你我要怎麼辦。」

「我不記得。」

「一直到你後來去當醫生，每天都好忙好忙，我就猜你是不是早就想擺脫媽媽，但我也沒辦法，你長大了。」

東毅拚命搖頭，但他說不出否認的話。

「媽媽不是那種很厲害的女人，能夠很獨立，媽媽累了。」

「不會，你很厲害，真的。」

一陣安靜。

「媽？」

素麗沒有回答。

「媽，你聽得到嗎？」

只剩下樹林裡蟲鳥的聲音。

東毅把素麗放下，擦去臉上的淚，遺憾自己什麼感謝的話都沒說，但再想想，其實想說也說不出來。

隨著東毅把素麗放在地上，素麗像是被土壤消化，腰上的羽化過程又開始迅速蔓延，東毅試著抓住一些什麼，但那細屑一碰到手指便被擰碎成比粉末更小的東西，就算東毅想屏住呼吸，樹林裡自然的空氣流動也會把他手上的羽毛帶走，沒幾分鐘的時間，素麗的身體已經澈底消失，取而代之的是空氣裡逐漸稀疏的白點。

東毅站起身子，用手電筒掃射周圍，沒看見汪昊，周遭安靜得像是一直以來都只有他一個人。

離開時，東毅回頭看了一眼，他想到要用手機定位標註這個地方，卻覺得會忘記這裡是很荒謬的事，便作罷。

繞著原路，走在步道的路上，東毅有時覺得頭腦很清醒，有時卻覺得很模糊，他因此沒辦法思考一個重要的問題，接下來要幹嘛，尾椎又開始隱隱作痛，他只知道素麗已經不在了，而他所擁有的一切都是偷來的，實在找不到理由繼續下去。

一直到山路過了兩三個轉角之後，他突然間大哭了起來，彷彿這一路以來他所有經歷過的人與人之間的感情，才在這一刻回來找他，無論他能不能成為一個神醫，他始終是一個人。

一回到步道口，東毅看見汪昊的機車還停在路邊，他走上前去才看見坐墊上夾著一張紙條。

紙條上寫著：「若真的事不用自責，是命，命讓我註定失去，但同時也讓我無法放棄，想找我的話，有若真的地方就有我。」

東毅淺笑，收起紙條，跨上坐墊騎車下山。

後記

孫明立

從高中開始接觸中醫，到現在也有十多年了，當時那些深夜裡坐在全速行駛的救護車上，陪祖母去掛急診的時光，及自己顫抖的手簽下病危通知書的觸感，至今還依稀可見。

祖母的病是氣喘，有一個病程，一次次看著她晚上洗完澡後喘不過來，負責叫救護車，看著醫護人員把她扛下樓，接著是止喘針，下一次變成要插管，再下一次變成需氣切才喘得過來，最後是因臥床太久導致腸堵塞，得用造口排便。

一個總是意氣風發的女人從暴怒拒絕這一切，到逐漸習慣臥床的單調生活消沉蜷縮，當時年輕氣盛的我目睹這整個過程，非常不能接受，認為現代醫學是蠻橫的，而且似乎對加諸在祖母身上的痛苦毫無悔意，他們至少該為自己的過度自信擔憂。

祖母的病一拖就是五年，這五年裡我學會一切長照技術，跟家裡的移工輪班照顧，徹夜幫祖母抽痰，一同接住祖母的情緒，想到她隻身來到遙遠異地跟我分擔這些苦難，不禁由衷感謝。

一天，我在上課時接到祖父心肌梗塞的消息，家人選擇用葉克膜延長他的生命。看著祖父緊緊抓住我的手，搖搖頭，我知道他覺得夠了，一天一天從家裡趕去加護病房，他的手腳逐漸發黑，眼裡失去靈魂，對當時的我，不，這對任何人來說都是殘忍的。

在那之後，祖父祖母都走了，留給我的只剩中醫，我可說是什麼忙也沒幫上，像一場空虛的扮家家酒，徒留傷感與埋怨。

這埋怨慢慢發酵，讓我對中醫有了不同的看法，中醫總是認為無病不治，抱著不可動搖的聖賢經典，心中的疑惑凝聚成具體的一句話：中醫也至少該為自己的過度自信擔憂。

這是我創作時的心情，儘管在寫作過程中幫助過我的人很多，但我還是自私地想把這部作品獻給我的祖父母，他們是我的幸運，讓我能無憂無慮地長大，擁有一個穩定的精神跟還算健全的價值觀。

再來我想感謝幾個人。

這部作品之所以能被完成，是在前輩張耀升指導下一步一步走過來的，是他看見我有創作的能力，從最基本的技巧與觀念教起，帶著我寫完這部作品。長篇小說的創作是一場漫長的奮鬥，光有技巧是不夠的，還需要足以跟作品磨合的耐力，要有能夠支持下去的精神狀態，有一個心存善念又經驗豐富的前輩存在更是偌大的幫助。

對一個還沒有作品的作家而言，我總是沉浸在自卑與自我懷疑當中，也是耀升指導我企劃寫作要點，讓我拿到文化部青年創作獎勵，這對我是莫大的鼓舞，也謝謝當年度的評審們，願意給我這樣的肯定。

田野調查方面，要感謝黃獻銘醫師（aka阿銘師）願意讓我跟診觀摩，他的針灸理論是書中不可或缺的元素，是我認為能夠推動中醫本身進步的可能。

本書的推薦人是我心目中的夢幻名單，無論接收到我的邀約後願意推薦與否，我都在諸位大師身上感受到無比的善意，無論是文壇還是影視圈，都沒有因為我只是一個無名小卒而冷落我，對此我要至上最高的謝意。

此外，也要感謝易智言導演在故事大綱階段的悉心輔導，以及幫我看過稿子的同事，尤其是給我許多意見的拉奇和幫我安排「祝由科」田調的奕之，及在許多被現實生活摧殘的夜晚陪伴我的阿湯和現在的伴侶，還有高中同學東毅（對我偷了他的名字）跟阿豬，以及幫我審稿的編輯阿樂、刀刀跟芳如。

在最後，我想要感謝我母親，一個故事要有一個核心情感才能寫下去，是我心中想著若有一天她要走了我該怎麼辦，憑著這樣一口氣才有辦法完成這本小說。另外我也要感謝自己，寫小說最大的收穫，莫過於在創作過程中的自我揭露與療癒，這是非常難得的經驗，會是我繼續創作的動力。

當然，也謝謝你讀完我的小說。

神醫

作　　者：孫明立
責任編輯：王梓耘、林芳如
責任企劃：林宛萱
裝幀設計：木木 Lin
整合行銷：黃鐘獻
副總編輯：鄭建宗、劉璞
總 編 輯：董成瑜
發 行 人：裴偉

出　　版：鏡文學股份有限公司
114066 台北市內湖區堤頂大道一段
365 號 7 樓
電　　話：02-6633-3500
傳　　真：02-6633-3544
讀者服務信箱：MF.Publication@mirrorfiction.com

總 經 銷：大和書報圖書股份有限公司
242 新北市新莊區五工五路 2 號
電　　話：02-8990-2588
傳　　真：02-2299-7900

內頁排版：宸遠彩藝
印　　刷：漾格科技股份有限公司
出版日期：2022 年 4 月 初版一刷
I S B N：978-626-7054-49-9
定　　價：420 元

國家圖書館出版品預行編目 (CIP) 資料

神醫 / 孫明立著. -- 初版. -- 臺北市 : 鏡文學, 2022.04
面 ; 14.8×21 公分 . -- (鏡小說 ; 57)
ISBN 978-626-7054-49-9(平裝)

863.57　　111003160

本作品獲文化部獎勵創作